北京汉阅传播
Beijing Han-read Culture

# THE PICCADILLY MURDER

ANTHONY BERKELEY

吉林出版集团有限责任公司

# 皮卡迪利谋杀案

[英] 安东尼·伯克莱 著
吴彦妮 译

# 古典推理文库之安东尼·伯克莱系列导读

◎ 天蝎小猪 / 文

## 多重解答第一人

探求推理小说的无限可能性，提倡和实践犯罪题材创作，创立“侦探俱乐部”，撰写精彩明畅的专业书评……安东尼·伯克莱（Anthony Berkeley，1893—1971）在推理文学的各个领域都是大师，领先于同时代的其他人物，他无疑是推理小说发展史上最重要的作家之一。而其最突出的成就则是——充分展现了“多重解答”的艺术魅力。

## 煊赫生平

伯克莱全名安东尼·伯克莱·考克斯（Anthony Berkeley Cox），1893 年 7 月 5 日生于伦敦附近的赫特福德郡的沃特福德，父亲是一位小有名气的乡村医生，育有三个子女，伯克莱是长男。他早年进入位于英国西南部韦塞克斯、拥有悠久历史的私立舍伯恩学校，后来考上著名的牛津大学，专攻古典文学。从这时起，他就开始构思长篇小说。1912 年 8 月，伯克莱撰写了两个笔记本长度的小说草稿，内容是以两个年轻女性为主人公的日记体长篇。这是一部未完成的作品，也是他现存最古老的手稿。

伯克莱早年的理想是以一个诗人身份得到社会的认可和赞许，他最早印成铅字的作品是 1913 年 9 月号《格兰德杂志》( *Grand Magazine* )发表的十四行荒诞诗《致厄瓦德涅》( *To Evadne* )。然而，第一次世界大战的爆发粉碎了他的理想。从军后，他远赴法国，在“一战”最初的三年期间多次负伤。从 1918 年因病(一说是遭毒气弹袭击受重伤)回国直到成为全球著名作家的这段时期，伯克莱到底如何生活，至今仍是个谜。有人说他为政府效力，有人说他任职于房地产公司，有人说他在律师事务所工作，至于真实情况究竟为何，谁也不清楚。不过，他曾在一家名为“帕布里希蒂”( Publicity )的广告代理店当过董事，却是不争的事实。此外，伯克莱还同别人共同经营过一个名曰“A · B · Cox”的公司。由此可见，他大概负责管理过考克斯家族的巨额遗产。

伯克莱一生结过两次婚，却没有生养子女，他跟第一个妻子玛格丽特 1917 年结婚、1931 年离婚。众所周知，伯克莱具有一种怪僻的幽默感，离婚那一年，他以法兰西斯 · 艾尔斯( Francis Iles )之名出版了以杀妻为主题的著名犯罪心理小说《杀意》( *Malice*

*Aforethought*),宣称要把这部小说献给玛格丽特。翌年,伯克莱同当过其代理人的A．D．彼得斯(1930年出版的《枪响二度》就是献给这位仁兄的)的前妻海伦结婚。1932年发表的描写薄命女主角最终被有性格缺陷的丈夫杀害的《事实之前》(*Before the Fact*,1932),则是献给了海伦。关于艾尔斯就是伯克莱一事是否被夫人证实过,我们还不得而知,但显然不能将这一插曲仅仅当成简单的恶作剧。

伯克莱早年曾编辑出版过一本幽默散文集《一锅好料》(*Jugged Journalism*,1925)。这本被视为短篇小说创作的实用入门书,除了收入英国小说家P.G.伍德豪斯向福尔摩斯致敬的"谐模推理"作品《阿福与飞翔的女人》外,也同时囊括了他当时为《笨拙》(*Punch*)撰写的大部分短篇作。在这本书的开头部分,伯克莱高喊"杂志时代就要到来了"。当然,他说出如此豪语是有一定背景的,因为以颇受欢迎的时事讽刺杂志《笨拙》为代表,加上《幽默家》(*Humorist*)、《时秀》(*Passing Show*)等一批知名刊物的助力,有着庞大执笔阵容的英国杂志业正在兴起。1922年,以小说家崭露头角的伯克莱,开始着手整理出版伍德豪斯、柯南·道尔、威尔斯等人气作家的幽默短剧(humor-sketch)、谐模小说(parody,又称仿作、戏作)、短篇小说和超短篇小说(short-short,又称小小说、掌篇小说)。从涉足这个领域到1929年因经典名作《毒巧克力命案》(*The Poisoned Chocolate Case*, 1929)而成为大师级作家的短短八年间,上述类型的作品总共发表了将近250篇。

此后，他组建了著名的“侦探俱乐部”（Detection Club）并担任首任名誉秘书。关于这家俱乐部，D.G. 格林所著《卡尔评传》第八章中有详细论述。要言之，其宗旨是谋求推理作家间的和睦相处，恪守侦探小说的传统。“侦探俱乐部”可能是世界上最早和最重要的推理作家组织，其第一任会长是 G.K. 切斯特顿，成员都是当时英国最顶尖的侦探小说家，包括阿加莎·克里斯蒂、多萝西·塞耶斯等。一开始，只有撰写纯粹的解谜推理小说的作家才有资格入选会员，惊悚小说作家则被排除在外。后来，会员标准有所放宽，像派翠西亚·海史密斯这样的犯罪作家亦得以跻身其中。1931 年，成员们还以接龙形式合作撰写了小说《漂浮的旗舰》。

伯克莱在 1939 年突然宣布停止小说创作，一般认为其主要原因有三个：早期军旅生涯带来的长期病痛；最后一部作品《至于女人》（*As for the Woman*，1939）的糟糕表现；从富裕的父亲那里继承的以不动产为主的一大笔遗产（到他去世的时候，其遗产总额达到了骇人的税后 130 余万英镑）。随后，伯克莱的写作活动转向以“法兰西斯·艾尔斯”的名义撰写书评。其实早在上世纪 30 年代中叶，他就已经在《每日电讯报》和《顺流逆流》（*Time and Tide*）上发表书评了，但正式开始书评创作则是在“二战”之后。1953 年至 1956 年间的《星期日泰晤士报》（*Sunday Times*）和 1956 年至 1970 年间的《曼彻斯特卫报》上，均有着伯克莱的书评专栏。他的书评深得读者信赖，经常结集印行。伯克莱很早就发现了鲁丝·伦德尔（Ruth Rendell）和费莉丝·多萝西·詹姆斯（Phyllis Dorothy James）等新锐作家的才能，他对美国作家的批评一般都是很辛辣的。1971 年 3 月 9 日，伯克莱在位于伦敦西北部的圣约翰森林区的自家寓所中安然病逝，享年 77 岁。

## 迷糊侦探

伯克莱的处女作是以其本名在 1922 年 9 月 9 日号《民主人士》（*Democrat*）杂志上发表的超短篇讽刺小说《我想知道》（*I Wonder*），主题是他一直关心的“夫妇间的爱情”。有趣的是，他在同一份杂志 1922 年 12 月 30 日号上发表的超短篇小说《杀人的权利》（*Right to Kill*）则是他关于犯罪题材的第一篇作品。

一般认为，对伯克莱的早期创作影响最巨的是幽默作家 P.G. 伍德豪斯（Pelham Grenville Wodehouse）。他的代表作之一《裁判有误》（*Trial and Error*，1937）就是献给伍德豪斯的。谁让伯克莱 1925 年写的四本书都是伍德豪斯的赫伯特 · 詹金斯出版社（Herbert Jenkins）出版的呢？另外，他的第一部长篇推理小说《莱登庭神秘事件》（*The Layton Court Mystery*，1925）、描写降灵会中“不可能消失”事件的《西塞莉消失》（*Cicely Disappears*，1926）[①]、以“A.B. 考克斯”名义出版的感人长篇《普莱斯利先生

① 最初于 1926 年 3 月以“A.B. 考克斯”的名义在《每日镜报》上连载，题作《温特林汉姆谜案》（*The Wintringham Mystery*），翌年由约翰 · 隆出版社推出单行本时则改以“A. 蒙茅斯 · 普拉特斯”（A. Monmouth Platts）的名义，该笔名在伯克莱一生中只使用过这一次。

的难题》(*Mr. Priestley's Problem*, 1927),都洋溢着伍德豪斯式的幽默感。

至于伯克莱是怎样染指侦探小说的,作者在1923年3月28日号的《笨拙》杂志上刊登的一篇名为《发端》的文章中写得很清楚。如果我们相信那些话,就完全可以这样说——伯克莱很早以前就想写侦探小说,因为他知道侦探小说特别来钱。当时正值古典推理"黄金时代"的黎明期,长篇推理作品都卖疯了。伯克莱1924年创作的密室推理小说《莱登庭神秘事件》,翌年以"?"这一极其怪异的笔名问世,该书开头有写给父亲的献辞。在这部小说里,只要涉及侦探的部分,总是尽量描写实际生活中可能有的行动,有意营造出一种自然的氛围,对于其发现的证据也尽可能采取平铺直叙和实事求是。也就是说,伯克莱在黄金时代的作家群体中,是最早提倡真实性和公平性原则的,他主张有效地发挥情节(plot)在整个故事中的作用。

《莱登庭神秘事件》这部小说,描写的是伯克莱笔下的主要侦探角色罗杰·薛灵汉(Roger Sheringham)跟他的朋友阿莱克·古连森滞留"莱登庭"的时候,庄园主人斯坦瓦斯被人发现死于自内上锁的书斋里,他的头被手枪射穿,桌上有疑似他亲笔留言的字条,一切都呈现出自杀的状态。薛灵汉在小说中以一个对犯罪学感兴趣的畅销书作家身份登场,他让古连森装扮成化名瓦特森的助手,自己则扮演侦探一角。本书的密室诡计谈不上有太大创意,但出人意料的凶手、急转直下的情节以及成其系列推理小说特征的细节描写，都是可圈可点的。伯克莱的幽默笔调在作品中也发挥得淋漓尽致，比如薛灵汉看似掌握了解开事件之谜的钥匙——对相关人员进行询问的场面中，他对每个人说教训诫，反驳警方所提出的自杀论调，直陈这是经过精心伪装的谋杀案，然后在书中剩下的篇幅里，时而摆出傲慢身段明察暗访，时而道貌岸然地循循善诱，试图查出是谁干的好事。由于薛灵汉招人怨恨的形象塑造极为成功，某评论家曾出言讥笑他的办案模式是：跑到酒吧坐下，叫来五六品脱的啤酒喝光后所有疑云便一扫而空！这种叫人感到意外的搞笑性格，真是令人捧腹不已。

跟《莱登庭神秘事件》属于一个族谱的，还有 E.C. 本特利（Edmund Clerihew Bentley）的《特伦特最后一案》（*Trent's Last Case*，1913）、A.A. 米尔恩（Alan Alexander Milne）的《红屋之谜》（*The Red House Mystery*，1922）、罗纳德·A. 诺克斯（Ronald A. Knox）的《陆桥谋杀案》（*The Viaduct Murder*，1925）等一系列作品。伯克莱说，他是“以从前就认识的某个没有礼貌的男人为原型”，塑造了薛灵汉这一作为“名侦探的对立面”的人物形象的。实际上，像薛灵汉这样“反名侦探”的“迷糊侦探”形象，在当时是很少见的。《活跃的詹妮》（*Jumping Jenny*，1933）的美国版《史翠顿女士之死》（*Dead Mrs. Stratton*）的开头部分，有一篇题为《有关罗杰·薛灵汉》的短文。根据这篇文章，薛灵汉的造型除了比伯克莱大两岁以外，简直跟他本人相同到了令人吃惊的程度。作为一个医生的儿子出世，作为一个畅销书作家谋生，在犯罪学方面有着很深的造诣，对自己的才能感到骄傲而疏远别人……都跟伯克莱相同。注重理论联系实际，善于根据人物性格展开推理，虽然得出的结论不一定正确，但只要有犯罪学、有研究人的机会、有爽口的啤酒，这个名叫薛灵汉的男人就自觉是一个幸福的男人，作家伯克莱兴许也是如此吧。

可能在《莱登庭神秘事件》问世的时候，作者就有了让薛灵汉再次登场的想法。但是，在之后的那部最终未能发表的作品《一个业余的女冒险家》(*An Amateur's Adventuress*)里，目击了杀人现场的主角克拉斯·格鲁，则是一个被暴力团伙纠缠的人。这部作品跟此前的《莱登庭神秘事件》的旨趣完全不同，是一部浪漫惊险小说，被认为模仿了阿加莎·克里斯蒂的《暗藏杀机》(*The Secret Adversary*, 1922)和《褐衣男子》(*The Man in the Brown Suit*, 1924)。但是，由于人们对《莱登庭神秘事件》的评价愈来愈高，薛灵汉又来了。

伯克莱出版的第二部长篇小说《维奇福德毒杀案》(*The Wychford Poisoning Case*, 1926)表现了他对实际发生的犯罪事件的深切关心。小说是根据1889年发生的梅布利克事件写成的。佛罗伦丝·梅布利克夫人被认为用砒霜毒死了丈夫，被判绞刑，后缓期执行。至于她到底是不是凶手则一直众说纷纭。这部作品是作为女作家E.M.德拉菲尔德(Delafield)的专题评论"副产品"发表的，不过这次也没有使用伯克莱这个名字，只说明这本书的作者就是《莱登庭神秘事件》的作者。当然，这些都不重要，重要的是出版这部作品的出版社从此并入了对推理小说理解甚深的柯林斯公司，从而使这位推理作家有了在商业上成功的机会。

《维奇福德毒杀案》一书的副标题是“关于犯罪的一种考察”（An Essay in Criminology）。伯克莱在写给E．M．德拉菲尔德的献辞里说，比起物证来，本作更重视心理方面的因素，并且申明作者有志于创作犯罪心理小说。《维奇福德毒杀案》写的是薛灵汉和也在前一部作品里登场的古连森住进了维奇福德的友人宅邸，友人是一对新婚夫妇。开篇是大家在一起吃早饭的愉快场面，聊天中谈到发生在本市的本特利夫人毒死丈夫的事件。根据事件发生时的情况，本特利夫人显然是凶手，但薛灵汉对此表示怀疑。于是，薛灵汉就跟古连森及其表妹——疯丫头希拉组成了一个三人业余侦探小组，开始独自展开调查。

仿佛为了进一步印证自己的这一心迹，伯克莱在“薛灵汉系列”的第五部作品《枪响二度》（*The Second Shot*，1930）中，力图在心理层面吸引读者。小说中，作者提倡追求人性之谜的趣味，并在此基础上进行剖析解答，应该说这是一部先驱性的作品。《维奇福德毒杀案》与这本书相比，虽然不能说是成果卓著，但毕竟言及数个犯罪事件，通篇幽默横溢，看点甚多。

安东尼·伯克莱这个名字在出版小说时第一次使用，是在同系列的第三作《罗杰·薛灵汉与风向标之谜》（*Roger Sheringham and the Vane Mystery*，1927）里。伦敦市警察厅的莫司比总探长在作品中首次登场，而我们的主角薛灵汉则受《每日电讯报》编辑部主任的委托，调查维茵夫人从海边悬崖上摔死的事件，跟表弟安东尼·沃尔顿一起赶到拉多玛斯村。在那里，薛灵汉又吸收了一位他一见钟情的女子加入他们的业余侦探小组，三人一起去解开事件之谜，而该女子正是犯罪嫌疑人。

被莫司比总探长揶揄为“侦探小说看多了”的迷糊侦探薛灵汉，要么就是错指凶手，要么就是充满自信的推理很快被事实推翻，但这些描写正是以作者特有的愤世嫉俗及其幽默感、批判精神、滑稽风格为基础的。从系列第四作《丝袜杀人事件》（*The Silk Stocking Murders*，1928）到第八作《活跃的詹妮》，是薛灵汉侦探最活跃的时期。在这一时期，伯克莱对侦探小说的可能性做了各种各样的尝试。

《丝袜杀人事件》是薛灵汉系列中比较正经的侦探故事，作品的笔触跟前三部作品相比突然变得严肃起来。在《每日电讯报》连载犯罪学短评的薛灵汉处，来了一个牧师，对方请求薛灵汉找回到伦敦以后失去了联系的女儿。经过调查得知，牧师的女儿被一只丝袜吊死了。本来已经按上吊自杀结案了，由于连续发生同样的死亡事件，薛灵汉怀疑存在一个连续杀人魔。本作的开头部分非常精彩，可惜结尾处稍嫌薄弱。

而接下来出版的《枪响二度》则是一部不逊于《毒巧克力命案》的杰作。为了加强凶手的意外性效果，作品采用双线叙述，整个作品的质量超过了克里斯蒂的某部名著。小说开头有一篇文章，谈论性格描写、制造作品气氛等推理作家应遵循的方向性原则，认为“如果有高超的技巧，读者即便知道了凶手是谁，也能津津有味地读下去”，并且指出，这些主张都是以艾尔斯的名义写的《杀意》等犯罪小说实践中得出来的经验之谈。诚然，这是作者的真知灼见，同时亦被用进小说的一条伏线。故事本身是在一位侦探小说家的宅邸里，一群人正在编写一部描述杀人事件的戏剧时，真正的杀人事件发生了。虽然这种类型的作品是很常见的，但由于这部小说构思非常巧妙，结局收到了“令人崩坏”的效果。

之后的《顶楼谋杀案》（*Top Storey Murder*，1931）和《地下室谋杀案》（*Murder in the Basement*，1932）也是可以被称为其代表作的长篇。前者写在一个脏兮兮的公寓的最高层发现了一个被人勒杀的老太太的尸体，薛灵汉晕头转向到了极点。后者写一对刚度完蜜月的夫妇在他们租住的房子地下室里发现有人被杀，调查尸体的身份和寻找凶手同时进行，薛灵汉写草稿和莫司比总探长的搜查同时进行，小说结构颇见功力。

在《活跃的詹妮》中，描写了一个侦探小说作家的宅邸里举行晚会时发生了杀人事件。这部小说是薛灵汉系列中情节反转最厉害的。晚会参加者都是以扮演一个被有名杀人狂杀害的人的旨趣前来赴会的，其中有一位既有被害妄想症，又以自我为中心，又喜欢施虐于人的女性，该女性被发现吊死在本来只为给晚会凑趣的绞刑架上。小说的叙述技巧高超，作为一个参加晚会的客人，薛灵汉被怀疑为凶手的“幽默”场面也出现了。

薛灵汉系列的最后一部长篇是《恐怖聚会》（*Panic Party*，

1934)。就“侦探小说的未来”这一问题同伯克莱展开过激烈辩论的、“侦探俱乐部”成员之一的米华德·肯尼迪(Milward Kennedy),在其代表作《死亡营救》(*Death to the Rescue*,1931)的献辞中说,本书是对伯克莱挑战所有推理诡计和类型之行动的回应。而伯克莱则称《恐怖聚会》是特意献给这位肯尼迪的作品,他尝试了跟肯尼迪完全相反的创作方法,并且打破了“侦探俱乐部”严格的写作规则。的确,作为黄金时代的推理小说,本作显得非常独特。她以孤岛为舞台,跟克里斯蒂的名作《无人生还》(1939)有得一拼。故事开头,一个叫做盖伊·皮金的怪人,带着以薛灵汉为首的一群朋友去自己买下的一座岛屿游玩。送他们上岛的船驶离后,皮金突然来了一个爆炸性发言,说跟他来海岛的这一群人里边有杀人犯,建议找出凶手。这只不过是一个为了观察朋友们有何反应的玩笑,谁知第二天早晨竟然发现皮金从悬崖摔落身亡。接人的船迟迟不来,来岛上游玩的人们一个个疑心生暗鬼,猜疑心最终使人们怀疑把皮金从崖上推落的是一个叫林奇的人。伯克莱在本作中试图将解谜元素与冒险小说、惊悚小说的特点融为一体,创作出结构宏大的推理小说,其结果则是产生了一部风格不统一、有些怪味儿的长篇作品。

伯克莱笔下的另一个系列侦探,是在《毒巧克力命案》里首次登场的安布洛兹·区特威克(Ambrose Chitterwick)。[①]区特威克

① 《毒巧克力命案》是伯克莱笔下两大名侦探聚首探案的唯一一部作品,因其意义特殊,故先前并未列入薛灵汉系列。

是一个性格温厚，无甚明显特征的小个子中年男人，没有工作，跟特别爱唠叨的叔母一同度日。《皮卡迪利谋杀案》（*The Piccadilly Murder*，1929）的开头，对犯罪学很感兴趣的区特威克，在一家酒店的休息室里，看见一个红发青年男子的手，在一个老妇人的杯子上做了一个奇怪的动作。那个男子走后，看上去睡着了的老妇人实际上是氢氰酸中毒而死。区特威克是一个很滑稽的人物形象，所以区特威克系列比薛灵汉系列幽默味儿更浓。读者虽然一看就明白他的推理是不对的，但还是愿意津津有味地看着他的推理如何崩盘。这也正是这部长篇小说的有趣之处。

区特威克也活跃在1937年出版的《裁判有误》一书中。这部长篇小说应该说是伯克莱的集大成之作。小说序幕部分，医生告诉一个叫陶德杭特的人，他活不了多久了。如何有意义地度过余生呢？陶德杭特问遍了周围的朋友，结果大家纷纷劝他杀一个人。进入正文以后，陶德杭特倒是杀了人，可是另外一个毫无关系的人却被当做凶手抓了起来。陶德杭特为了让警察信服自己就是杀人凶手，跟区特威克一起展开了一场恶斗苦战。正文分为五部，分别以恶汉小说风格、廉价戏剧风格、推理小说风格、报纸小说风格和怪奇小说风格呈现在读者面前。也就是说，伯克莱在《一锅好料》里详细论述过的多种写法，在一本长篇小说里统统实践了一下。另外，以法兰西斯·艾尔斯的名义发表的这部小说，开始尝试鲜明地刻画犯罪者的心理，并且跟伯克莱特有的细密情节很好地融合在一起。

## 多重解答

发表于1929年的《毒巧克力命案》是伯克莱最著名的推理作品，它是由同年稍早出版的一本名家作品集《幸运数字3》里的中篇小说《铤而走险》（*The Avenging Chance*，后收进1994年出版的《罗杰·薛灵汉的故事》一书）扩充而成的。根据《枪响二度》前言所述，伯克莱设计《毒巧克力命案》的情节时，试着采用了循环式结构。一位先生从朋友那里得到糖果公司寄给这位朋友的一盒最新开发生产的巧克力，拿回家跟夫人一起享用，结果夫人被毒死了，这位先生却活了下来。围绕这个事件，以薛灵汉为会长的"犯罪圈研究学会"的六位成员先后展开六次推理。

一般认为，这个所谓的"犯罪圈研究学会"系以伯克莱创立的"侦探俱乐部"为原型，但是，侦探俱乐部却是在《毒巧克力命案》出版以后的1929年末或1930年初创立的。但我们不妨这样推论：伯克莱创立"侦探俱乐部"的想法，在1928年写作《毒巧克力命案》的时候就有了。

《毒巧克力命案》的独创之处在于"多重解答"，即同一个事件竟然有两种以上的推理结论，而且这些推理结论相互之间的不同点，显示出其一种比一种高明、层层递进，最后的真相也出人意料。对那些钟情于逻辑推理分析、喜欢数学式心智游戏的读者来说，这部小说简直堪称是前无古人、后无来者的梦幻巨作。

小说开头，由苏格兰场官员叙述完案件以及警方调查的结果之后，六位推理小说迷便展开了调查和推理。他们基于不同的切入点（动机、证据、手法等），对案件进行了不同的推理分析。可以说，每一种解答都可以敷衍成一部不错的长篇推理小说，大部分解答都是巧妙而独特的，其严谨性也不容质疑。最令人惊讶的是，在五位推理小说迷提出了六种解答之后，最后登台演讲的会员，由之前的六种解答中剥丝抽茧，找出真正的凶手。读者这时才发现，种种线索已经埋于之前六种解答中，作者惊人的诡计让人赞叹不已。

情节展开如此别致，自然引起了黄金时代其他作家的注意。塞耶斯（Dorothy Sayers）的《五条红鲱鱼》（*The Five Red Herrings*, 1931）、帕特里克（Q. Patrick）的《屋舍险情》（*Cottage Sinister*, 1931）、戴利·金（Charles Daly King）的《海上迷云》（*Obelists at Sea*, 1932）和《铁路奇案》（*Obelists En Route*, 1934）、李奥·布鲁斯（Leo Bruce）的《三个侦探》（*Case for Three Detectives*, 1936）等佳作，都是在《毒巧克力命案》的影响之下诞生的。也正因此，英国推理评论家朱利安·西蒙斯（Julian Symons）盛赞这本书是"侦探小说史上最惊人诡巧的故事"。在他之前，只有本特利写过包含三重解答的《特伦特最后一案》，而本书之后，即便是以推理分析和多重解答为特色的奎因，也没有提供过超过六种解答的推理小说。由此看来，史上最具"推理性"的小说，非《毒巧克力命案》莫属。

## 犯罪先驱

1931 年 2 月，曾经出版过多部畅销小说的格兰兹出版社推出了伯克莱以“法兰西斯 · 艾尔斯”名义创作的《杀意》。但这部长篇被认为不属于推理小说的范畴，没有列入该社的“推理小说丛书”出版，而是由旗下的一家小出版社以简装书的形式发售。尽管没有受到出版社重视，这本书还是让读者想起了 1922 年发生于威尔士的、一个专横的律师杀死妻子的“阿姆斯特朗事件”（据说《杀意》就是受到这个事件的启发而创作的），而且，关于这本书的作者到底是谁的问题，也在全英国引起了很大的震动。那个时候引起的骚动，堪与克里斯蒂的《罗杰疑案》引发的关于公平性问题的争议相提并论。不久，出版社申明，法兰西斯 · 艾尔斯是一位著名作家的笔名。对《杀意》给予高度评价的《每日快报》连载了该小说，再次掀起全国性的骚动。关于作家究竟是谁，众说纷纭。有人说是毛姆，有人说是埃德加 · 华莱士，有人说是乔治 · 威尔斯，有人说是阿道斯 · 赫胥黎，还有人说是以“开膛手杰克”为原型、写了犯罪小说《房客》而闻名的贝洛克 · 朗兹。但就是没有人猜是伯克莱。有意思的是，看穿了作者身份的，是 E.M. 德拉菲尔德。当年，伯克莱的《维奇福德毒杀案》一书就是献给这位女作家的。当记者问德拉菲尔德“艾尔斯是不是您”的时候，这位女作家立刻否认，并且推测说，法兰西斯 · 艾尔斯恐怕就是写了《毒巧克力命案》的安东尼·伯克莱。人们最终确认了这一点。于是,关于"法兰西斯·艾尔斯究竟是谁"的争论于焉画上句号。

《杀意》写的是一个外科医生,娶了一个比自己大八岁,但由于是准男爵的女儿而傲慢无礼的妻子。这个小个子外科医生经常受到妻子虐待,遂萌生了杀妻的想法。作品以这个外科医生的心理活动为重点,描写了这个心里有劣等感、耽于空想,希望过一种没有妻子的生活,总算想到一种毒杀办法直至毒杀妻子的全过程。作品中描述的主人公在杀害妻子之前,跟妻子一起参观伦敦杜莎夫人蜡像馆的细节,以及他杀人以后人格变异,在自信和不安之间动摇的心理描写,都细致入微。

现在的评论家常把《杀意》跟奥斯汀·弗里曼的"倒叙侦探小说"和F.W.克劳夫兹的《十二点半从克罗伊登起飞》(*The 12:30 from Croydon*,1934)等作品联系起来,这是一种误解。事实上,浏览当时的书评就可以知道,除了赞赏《杀意》的新颖性和给人以巨大冲击的内容以外,没有谁提到过《杀意》跟上述二位有何接触。虽然从凶手的视点来描写犯罪的叙述方法跟弗里曼、克劳夫兹的作品有共通之处,但是《杀意》的不同点在于,它是没有侦探介入的犯罪心理小说。并且,《杀意》之所以成为里程碑式的名作,是因为它在推理小说中,首次描写了向凶手倾斜的心理世界,给犯罪小说创作思路带来的影响尤为明显,这要比鲁丝·伦德尔的同类作品早几十年。于是,理查德·赫尔、C.E.瓦里美等人很快加以效仿，包括罗伊·维克斯在内的其他作家也不同程度受到这部作品的影响。朱利安·西蒙斯更是将其收入“百大推理小说书单”，并说道：“如果要说哪本书是战后现实主义犯罪小说的鼻祖，就是这本了。”

《杀意》是从凶手的视点来描写犯罪的，与此相对应，稍后的《事实之前》则是从被害者的视点来描写犯罪的一部令人惊叹不已的犯罪小说。主人公丽娜跟生性乐观而招人喜欢的约翰尼结婚以后不久，知道了自己原以为的“理想丈夫”喜欢赌博，而且输了钱就把结婚时置办的东西拿出去变卖。不仅如此，约翰尼性格怪异，还有爱说谎的坏毛病，善恶不分。更有甚者，约翰尼为了得到遗产，竟然杀害了丽娜的父亲。尽管如此，丽娜还是不想放弃对约翰尼的爱。众所周知，这部长篇被希区柯克改编成电影《深闺疑云》（*Suspicion*，1941），不过电影比原作的笔触显得温柔许多。

同为非系列长篇，此后的《概不予取》（*Not to be Taken*，1938）和《寓所命案》（*Death in the House*，1939）又摒除了犯罪心理描写，回到了毒杀题材的老传统上来。两作是为了参加《伦敦周报》评奖而撰写的连载作品，后来才出版单行本，在接近尾声的时候，都有“写给读者的挑战书”。前者是一部乡村推理小说，连载时很多读者来信说出自己的解谜结果，没有一个完全正确的。后者是以议会为舞台的连续杀人事件，为了争取印度和平而演说的政治家们，相继被不明身份的恐怖分子暗杀，而且都是因为喝了讲坛上准备的水以后死去的。随后查明水里混入了南美印第安人用以浸制毒箭的"箭毒马鞍子"。但这种毒药却不足以致命，那么连续中毒死亡事件的真相又是什么呢？在不可能杀人事件之谜尚未解开的情况下，总理要亲自登台演讲了。看起来有点儿像惊险小说的《寓所命案》，一直被认为是伯克莱写得最差的长篇小说。不过，故事一步步向总理演说这个叫人提心吊胆的高潮发展的技巧，虽然不及过去的作品，但毒杀诡计、误导技巧、凶手的意外性等等，以及解谜过程，都还体现了作者一贯的高水准。

综上所述，作为早年与克里斯蒂、塞耶斯、切斯特顿、范·达因等人并称的推理大师，伯克莱在历史上的重要性不言自明。他的作品思路清晰、语言风趣、人物形象丰满，同时兼顾严密的逻辑性和意外迭起的解谜性；而其主张的对于犯罪心理层面加强描画的理念，又影响了其后许多犯罪作家；此外，他在书评领域还不遗余力地发掘了很多日后颇有名气的新人作家。因此，安东尼·伯克莱的深远影响至今犹存。

# 01

# 区特威克遭遇红发男人

在伦敦人的眼中，皮卡迪利王宫大酒店不过是路边的一家普普通通的酒店。高大的仿大理石门厅丝毫不显张扬，坐落在一处僻静的角落里，环形的楼梯秘密地潜伏在那儿，沿着角落盘旋而上；电梯从早开到晚，忙着把这个奇怪国家里的奇怪的人送到某个神秘的地方去。如果你和伦敦人玩个心理分析的猜谜游戏，告诉他们谜面是“皮卡迪利王宫”，他们会毫不犹豫、想都不想地说出谜底——休闲会馆。对他们来说，皮卡迪利王宫只有在作为休闲会馆的时候才名副其实。

对于我们这些老主顾来说，皮卡迪利王宫的休闲会馆就像欧洲新贵们常去的蒙特卡洛赌场，是尊严的象征，是许多人梦寐以求的聚会场所。镀金的仿大理石结构内部巨大、宽敞，小圆桌和椅子摆得密密麻麻，熙熙攘攘的女服务员个个手脚麻利，永远为了给身边急于解渴的客人斟酒而异常忙碌，触手可及的空气里满是嘈杂、热度和烟雾—我们保持清醒、得意扬扬地旁观这一切，并最终意识到我们正在观察最真实的生活。我们要么坐下来，呷一口所谓的马提尼酒，然后一心一意地品尝银鱼、烤鸡肉和色拉；要么加入三到六便士一份客饭的餐厅门口的等候队伍里（长长的队伍已经有一半甩到了休闲会馆的那一边）。这里的每个家伙都不好惹。

然而，休闲会馆不仅仅是为了满足那些单纯想找乐子的人，它作为一种社会现象的真正重要意义在于能够把各个阶层、各个行业的形形色色的人奇迹般地聚在一起，并能从中获取每年一百五十英镑到一千英镑之间不等的收入。

对于那些能用眼睛去欣赏的人来说，在这个独一无二的地方才上演的瞬息万变的种种足以让他们高兴上好一阵了。这边坐着的几个外出寻找廉价食物和表演的公立学校里的男孩正品着混合的味美思酒，年纪轻轻却都一副老于世故的样子，他们丝毫没有意识到自己的肩膀正与两个涂着朱红色口红的女人的身体亲密接触，这样的女人通常流连夜店生活，来这儿是想坐坐，喝一杯，恢复下体力；旁边一桌坐着几个臭名昭著的年轻的酒鬼，皮卡迪利王宫的休闲会馆对他们而言就像吸引苍蝇的糖一样有诱惑力，其中的一个酒鬼显然一副奴才相，身上还有股廉价香水的味，朝后仰的椅背正好靠在来自佩克汉的退休肉铺商人极受人尊敬的遗孀身上；会馆的那一边，一个还来不及把浓重的油彩从脸上卸干净的合唱队的女孩，正厚颜无耻、笑眯眯地盯着她邻居的一杯柠檬汽水（幸好一把空椅子勇敢地横在他们中间），她的那位邻居已经头发花白，脸上现出十分惊讶的神情，显然是位来自乡下教区的牧师。作为对社交细节感兴趣的人的优惠演出，每天下午5点到7点半这些不经意间发生的小喜剧都会接二连三地上演。

安布洛兹·区特威克先生愿意把自己看成是研究某类人的谦虚学者，他已经习惯时不时来这儿坐坐，借机躲避他的姑妈。

这个故事发生的下午，区特威克与往常不同，他去得很早，才两点半就到了，当时正是供应午后咖啡的时间。他费了好大的劲才找到一张空桌子（事实上，他是绕场地转了三圈一无所获深感无助之时，由一个高傲但却好心的领班引到座位上的），之后就如释重负坐在身后的椅子上。他刚刚在大商店里用过午餐，被整整一圈儿女人围着，简直烦透了，他当时真希望他姑妈别那么强烈反对他去男性俱乐部吃饭，而这个愿望已经不知道许了第几次了。但他姑妈就是不赞成他去那儿，她讨厌那里的……

很不幸，她赞成区特威克去大商店里吃午饭。区特威克答应为他姑妈办事，帮她弄到起居室里新窗帘的纸样，姑妈于是吩咐他别回奇斯维克的家里吃饭，要吃就挑完窗帘在那里吃吧。区特威克对涉及他姑妈的事一向采取最轻微的抵抗，便照她说的做了。他要了杯黑咖啡，为他服务的竟然又是刚才那位傲慢的领班，也许是咖啡发挥了功效，他为了解气又胆大妄为地要了一杯甜酒。尽管如此，他知道自己这么做根本没有用，因为他姑妈非常喜欢这种甜酒，喜欢的程度丝毫不亚于她厌恶男性俱乐部的程度。不管怎么说，他感觉又回到真实的自己了。喝了第一口酒之后，他放下酒杯，目光柔和，开始审视这个早已熟悉的场景。他感到今天的景象特别的有趣，因为以前他从未如此清晰地观察过午饭后的聚会场面。他不慌不忙地打量着身边的邻居。结果令他感到失望。这个场面和平时看到的一点也不一样。这里根本没有强烈的反差对比。只是些乏味、犹豫、矫揉造作的一群人。没有令人愉悦的眼神，也没有涂着朱红色口红的嘴唇，有的只是年轻的酒鬼、退休律师的遗孀和弥散在空气里诱使中年男人变得了无生气的物质。在伦敦的郊区，通常是大多数女性柔弱地占据着皮卡迪利王宫休闲会馆。

离区特威克坐的地方不远处，一个坐在靠墙的小圆桌旁的女孩吸引了他游移的目光。她是个非常漂亮的女孩，透着一种冷峻的美。但区特威克倒不是因为这个才一直盯着她看。很遗憾，区特威克对美女没有多少鉴赏力。他之所以被她吸引，是因为她不像那种会独自一人出现在这种地方的人。她的外衣和短裙比这里大多数的同类装束更加朴实、文雅，只露一点黑发的小帽上也没有太多的修饰。她是那样矜持，一点不令人期待和她之间会发生什么小插曲。区特威克一边注视着她，一边想，她一定是在等什么人，要不然就是……

就在这时，区特威克的目光正好撞上女孩的目光。后者很显然透着冷漠。区特威克急忙把目光移开。

除了女孩，只有另一个人能够引起区特威克的兴趣了。他在自己的位置上看得很清楚，那是个年长的女人，就坐在隔着几张桌子的不远处，身后是高大的仿大理石柱子。他立即心生怜悯。他对年长的女人还是颇有好感的，前提是这些人不是已经做了姑姑的人。这个人看起来一点也不像是位姑姑。一来，她是独自一人，而且脸上丝毫没有流露出威严的神情。她像是彻底陷入了一个谜团，好像她自己也不明白究竟是怎么来到这儿的，为什么要来，她到底怎样才能从这儿出去。很显然，她不是这里的老主顾，只是午饭后或者晚饭前来这儿坐坐。

没什么能吸引区特威克的了，于是，他又开始玩他最喜欢的游戏——充当侦探。仅从她的相貌来看，就单凭她的相貌，或者是她说话的方式（如果她确实说了些什么）、她的举止（如果的确如她表现的那样）以及其他什么她所能提供的线索（如果她确实提供了一些线索），区特威克就会推断出她的一切——她有什么样的思考方式、她有哪些行为上的习惯、她是什么样的性格；她是更喜欢狗不太喜欢猫，还是正好相反；如果她只身一人在一家不错的餐馆里会点什么样的菜谱；她是已婚、单身，还是丧偶；她支持保守党还是自由党。如果这个女人已婚，除了她结婚之后不再用的娘家姓之外，区特威克什么都能推测出来。他在乘地铁回家的路上，总是玩这个游戏，结果把他目光所触及范围内的目标人物弄得非常尴尬，那些被他下意识的目光锁定的“受害者”，不一会儿就开始感到不安，开始从头到脚仔仔细细地检查自己究竟有什么地方不对劲。

在区特威克运用他的聪明才智再一次开始科学推理之前，我们还是先回过头来，用他研究别人的那套办法来研究一下他自己的外貌。

扫上一眼，似乎可以得出这样的结论：安布洛兹·区特威克刚到中年，面庞红润，脸形偏圆，是那种经济独立而且过着舒适生活的绅士，短短的鼻梁上架着一副镶金边的夹鼻眼镜，头发不再像过去那样浓密了，他在奇斯维克的家里一定和一个极其守旧、顽固不化的姑姑住在一起。区特威克最显著的特点是性格异常温和，因此人们很容易推断出他和姑姑住在一起，而且这也是为什么她姑姑得以守在他身边的原因。根据同样的线索，我们还能看出这位姑姑运用某种比铁棒更厉害的东西支配着区特威克的生活，因为任何一位女性同性格如此温顺的男性住在同一屋檐下都会这么做；而且，一般看来，就像住在奇斯维克的许多姑姑一样，区特威克的姑姑应该是一位极其坚强而且意志坚定的老女人，这一点毋庸置疑。

就区特威克而言，还有必要把补偿性原则考虑在内。推论者因此会立刻得出结论，区特威克的性格里一定有抵消这种过分温顺的法宝，你可能会从他的兴趣爱好上发现这一点；区特威克长得一点儿都不像杀人凶手，因此很容易推测出他的爱好一定是犯罪学——事实上的确如此。从他每次进行案件推理时所表现出来的自信来看，人们会猜想他一定曾经全力以赴、通过自己的努力大显身手，处理了一件极其棘手的凶杀案，而面对这样一起案件，即使是警察和全国最优秀的非职业侦探也会因为束手无策而放弃。就像《毒巧克力谋杀案》里发生的那样。

关于区特威克，我们就先了解这么多。

这一次,区特威克没打算在自己的游戏上花费太多的时间。他很快得出了清晰的结论。这个女人的年纪在六十到六十五岁之间,脸部的皮肤因长期风吹日晒而不再光滑白皙,她的鹰勾鼻很明显,眼睛非常迷人,这些特点不仅说明她住在乡间,而且肯定家世背景不错。区特威克认为有充分的理由可以相信她是一个有头有脸的人。她左手上的戒指表明她已嫁为人妻或已丧偶守寡,根据暗藏于她迷惑状态之下的泰然自若和威严这点来看,区特威克选择了后者。

她的衣着更有助于我们了解她。这些衣服并不时髦——甚至可以说刚好相反,但是每一件都简洁大方,把各自的特点展现得淋漓尽致而又恰到好处,主人在它们的衬托下显得既体面又舒适。区特威克就是因为她的衣着打扮才觉得她有些来头,这是一个有一定社会地位的女人由于真心喜爱而穿在身上的衣服,而不是听从根本不值一提的法国商人的意见所选择的衣服。

区特威克开始总结,这是一个善良的老妇人,但有着相当坚强的意志。她很有可能……

就在这时,区特威克的思绪被打断了。老妇人的包一直放在旁边的一张空椅子上,一个留着红色卷发、体格健壮的男人走过来,把包拿起来递给她,然后一边打招呼一边坐下来。老妇人见了他显然松了一口气,他们开始交谈起来。

区特威克饶有兴趣地观察着这两个人。他在想,原来这就是她要等的人。现在我还不知道这个男人是谁,但毫无疑问,是她的什么亲戚。是她的儿子么?他们根本不像母子。咦,这个可怜的女人是近视眼。我之前竟没有注意到这点。她肯定是在眯着眼端详他。没错,她把眼镜弄丢了。这能否表明她做事不够细心,而我又在前面的分析里漏掉了这点。她只是有一点小小的马虎么?可她根本就不像个马马虎虎的人啊。一点也不像。如果让我说,我会说恰恰相反。噢,我明白了。她一向对自己的视力感到很自豪,自以为是猎狗的敏捷的驾驭者,永远第一个发现更远处的狐狸,她就是这类人,她永远也不会承认自己的视力正在下降。这就对了,与前面的推理并不矛盾。她现在正兴致勃勃地谈论着什么呢。是不是……

区特威克突然意识到那个红头发的大块头正注视着自己,而且肯定是在瞪着眼睛怒视着他。

区特威克吓了一跳。他知道在进行这种游戏时容易忘记不该总盯着陌生人看这条规则。他感到很尴尬,脸上发烧,一直烧到头发根,于是立刻把目光转向装饰在紫色大理石柱上半部分镶着翡翠绿叶的镀金花环。他无礼的盯视一定已经到了不可饶恕的地步才招致了那个男人近乎带着恶意的怒视。局促不安之下,区特威克吞下了三等份的甜酒,而张开的喉咙只能容下这些酒的四分之一。接下来是一阵撕心裂肺的咳嗽,他突然间希望那个红头发的男人能看到自己的这副惨相,就当成是道歉和赎罪吧。

他的希望显然落空了。当区特威克不再咳嗽视觉恢复以后,他内疚地朝角落里扫了一眼,那个红头发男人居然还在恶狠狠地盯着他看。为了逃避那个人的目光，他又一次望向那个带绿叶的镀金花环。尽管他努力让自己的注意力集中在欣赏花环引人注目的色彩搭配上，却依旧能感觉到那个红发男人愤怒的目光已经穿透了自己的前额，燃出了一个好看的小洞。

最难抑制的冲动莫过于内心明明非常想看而又不能去看。区特威克勇敢地坚持了一分钟，这用来与冲动相较量的一分钟，着实显得漫长。最后，他还是抑制不住内心的这种渴望。他的目光飞快地掠过那个红发男人，又飞快地移开，紧张与不安使他几乎有些发抖。

如果区特威克是一只母鸡，他会开口咯咯大叫了。因为那个“红头发”还在盯着他看，眼睛里的愤恨更浓了。

区特威克努力克制着自己想要喊出声的愚蠢想法。这件事变得越发的荒唐了。就算是他的无礼盯视在先，但毫无恶意的注视绝不至于引来如此的怨恨，强烈得犹如在空气中形成了清晰可见的波，一浪一浪地向区特威克袭来。尽管区特威克努力让自己平静下来，但他越是觉得这事不可思议，就越是焦虑不安。

在接下来的几分钟里，无论双方是否出于自愿，在两个男人的四只眼睛之间上演了猫抓老鼠的游戏。每隔几秒钟他就忍不住要朝那个红发的男人扫一眼，看他是否还在瞪着自己，而每一次，他都能遭遇那个男人的怒视。如果区特威克付掉一大笔钱，他早就能逃离这个是非之地了，但他还没为自己的咖啡和甜酒付账，而且也没有服务员会理会他抓狂般的四处求援。周围没有女服务员，也没有傲慢的领班，拥挤的环境里再找不出其他什么人在喝咖啡。除了区特威克和那个红发男人，一个喝咖啡的人也没有。

区特威克发了毒誓。他对他姑妈的睡帽起誓，他绝不会再朝那个红发男人的方向看了。为了平复激动的情绪，他开始小声背诵《金星号遇难记》。这首诗他四岁时就会背了，是在他去的第一个学校里学的，自从那时起到现在都没有忘记，像在这样的场合，区特威克发现它总能帮自己解决燃眉之急。

“就是这艘双桅金星号，驶向了……”整整过去了十八秒钟。“船长吸了口烟斗，吐出股烟……”又过去了六秒。“到这儿来，到这儿来，我的小女儿……”渐渐地，区特威克放慢了速度。这些诗句发挥了一如既往的作用，又一次抚慰着区特威克的心。朝那个多事的地方看的强烈愿望不再那样难以抗拒了。“他的尸体已如冰般冰冷。狂风鞭打着舵柄，一切都变得僵硬、荒凉……”

区特威克几乎恢复了常态，又能控制自己了。他的焦虑正在渐渐消失，取而代之的是性格中的坚强和适度的自尊心以及对已故诗人朗费罗的由衷感激。“巨浪般的浓烟掠过船员，如同甲板上的冰锥般冷峻无情……”

区特威克自信满满，背了一节又一节，直到诗的结尾，他放慢了节奏，眼睛出神地望着前方有着象征意义的花环，嘴巴一张一合，样子很虔诚，就像正在默念祷告。

“死亡竟如这般，在诺曼的礁石上！”区特威克旁若无人地背完了诗的最后一句。既然成功地抵制了诱惑这么长时间，区特威克觉得他可以向右前方快速地扫上一眼作为奖励。

这次朗费罗又为区特威克赢得了胜利。红头发的男人正在彬彬有礼地听同伴讲话。他脸上的恶意完全消失了。区特威克不仅得到了原谅，而且被人彻底遗忘了。

区特威克继续注视着，就像之前不断地盯着人家看一样，以此来庆祝他的如释重负。但说实话，如果一个人对你心怀怨恨长达十分钟之久，为了自己的尊严最好还是别做那人不喜欢的事。不是区特威克要为自己的行为找个说法，只是来自那个老妇人同伴的怨恨不仅没有使区特威克知难而退，反而激起了他的兴趣。

区特威克一边看一边琢磨，还得注意随时保护好自己，只要发现那个男人的头稍微转向他这边，就立刻若无其事地往别处看。现在可以断定，他刚开始的假设是正确的：那个男人肯定是老妇人的什么亲戚，而且还是关系很近的亲属。因为那男人最显著的特征就是鹰勾鼻，简直和那老妇人的鼻子一模一样。区特威克认为，这很明显是个家族特征，他把二者的关系暂定为姑姑和侄子。很遗憾，她终究还是位姑妈。

她现在的举止更像是位姑姑了。因为一直滔滔不绝讲话的只有她一个人，而且样子很生气，几乎是在发火。那个年轻的男人也一样，非但没有用孝顺的侄子对待姑姑的应有态度来倾听她的谈话，反而是怒气冲冲地在应答。一场小小的争吵正处于酝酿之中。

但是，他们为什么要在皮卡迪利王宫大酒店见面呢？真是件怪事。他们与常来这里的人不是同一类人，也不属于那些人所处的阶层。来这里肯定不是为了吵架。区特威克觉得这是他们俩带给他的最有趣的问题,也是最想不通的问题。

“哎呀,”他在心里想,“事情变得严肃了。那个男人肯定对她很粗鲁。可怜的老妇人已经被气得脸色惨白。是关于什么事呢?他们一直都在压低声音说话。天啊!”

区特威克有点吃惊,身子微微动了动。红发男人的头转向了一边,但不是朝区特威克的方向。他正让他的姑姑注意看屋子的另一侧,这回他说话的态度缓和多了。为了一看究竟,她只好顺着那个方向望过去,视线完全离开了她面前的小圆桌,上面还留着那个男人刚进来时要的咖啡托盘。就在这时,区特威克注意到那个男人的手在老妇人的杯口上方停留了片刻,但这件事在他的印象里十分模糊。这之后,两个人又转回头来,区特威克与那个红发男人正好四目相对。如果他之前的目光里充满了怨恨,很难说清楚这一次的目光里饱含些什么。但很明显,那个男人生气到了极点。

区特威克一惊,立即内疚地把目光移开,好在他刚好注意到一个女服务员朝他走过来。“打扰一下,先生,”女服务员说,“有您的电话。”

“哦,谢谢,谢谢!”区特威克感激地说,然后松了口气逃开了。直到走出了休闲会馆他才回过神来,不禁感到吃惊,因为根本就没有人知道他现在在皮卡迪利王宫大酒店。他的姑妈一定不知道,除此之外,再没有其他人了。怀着忐忑不安的心情,区特威克准备去接这通电话。

一个从未来过电话室的人想要在皮卡迪利王宫大酒店里找到它也不是件容易的事。那是一段很僻静的小走廊，介于一层楼和二层楼之间，电话室就在小走廊的尽头，叫的名字很奇怪。区特威克花了好几分钟才找到那儿，但吧台后的年轻女人好像并不知道有电话找他这回事。她让他去问问信息中心。

信息中心没有找区特威克的电话。这里的一个年轻女子认为有可能是口信，建议他去留言部门查查。他到了那儿，结果一无所获。他还去问了大堂的门卫和其他工作人员，虽然回答各不相同，但没有一个能帮上忙的。就在他不抱希望准备返回休闲会馆的时候，他发现刚才让他接电话的女服务员正从他身旁经过。

“接到电话了吗？”女服务员显然认出了他，和善地问。

“他们甚至没找到要我接听的电话在哪儿。”区特威克回答说。

“您的房间号不是473吗？”女服务员面无表情地问。

区特威克确认说他肯定不是住在473房的客人。

“喏，这就是原因了，”女服务员说，“我以为您就是他。你们长得太像了，就像是同一个人。”

区特威克觉得这就算是道歉吧，转身朝衣帽间走去。

“请问，您付账了吗？”女服务员问道，语气不太客气。

区特威克的脸一下子红了，问他欠了多少钱。

“真的没办法告诉您。”女服务员说，“您得去问您的服务员。”

区特威克一脸的尴尬，溜回到自己的座位。他的服务员，不用说，连人影都看不到。

区特威克完全心不在焉，他几乎没注意到那个红头发的男人在他出去的这段时间已经离开了——他看了看表，竟然过去了十五分钟。现在这里的人已经剩得不多了，除了区特威克和那个老妇人之外，隔在他们之间的几张桌子已经没有人了。区特威克最终确定那个红头发的男人已经离开了，这才壮着胆子仔细观察那个老妇人。

她靠在椅背上，头朝后仰，倚在后面的柱子上，很明显是睡着了。她的嘴微微张开，好像随时有可能开始打呼噜。

区特威克既难过又失望。看到另一个人在公共场合睡觉总是令人有点不舒服，何况是这个女人，她是最不可能做出这样失当行为的人。她现在开始打呼噜了。肯定没错。在离老妇人二十五英尺远的距离，区特威克听得一清二楚，很大的呼噜声此起彼伏。这真是太令人扫兴了。

区特威克真正担心的是，如果老妇人意识到她的行为，她会感到多么痛苦和丢脸。场面肯定很尴尬。周围已经有些人在朝她那里看了。窃窃私语和低声的嘲笑传到了区特威克的耳朵，他感到浑身都不自在。说起来有点荒唐，但是区特威克觉得自己有责任帮助她。一定得有人把她叫醒，以免她在众人面前再出什么洋相。但是谁去叫醒她呢？看来除了区特威克以外，没有人会去。

他用了几分钟时间来为自己打气，同时想尽一切可能为自己找个合理的理由。眼下没有一个女服务员能帮上他的忙。最终，他决定先去轻轻地拍拍老妇人的肩膀，把包递给她，就说它掉在地上了。这样做多少会带点责备之意,但不是很强烈。尽管他很不喜欢这个自找的差事,还是从椅子上站起来准备付诸实施。

区特威克似乎觉得这时的呼噜声已经小多了。就在他不情愿地朝她那儿走去的时候,他发现声音确实变小了。等他到了她边上,她已经不再打呼噜了。但从她的表情来看,她肯定已经睡熟了。她放松地躺在椅子上——就那样躺着,没有其他更合适的词来形容她的状态了。

在众目睽睽之下,区特威克很紧张地拍了拍她的肩膀。毫无反应。他又拍了拍。还是没动静。人们从四面八方望过来,区特威克感觉到了很多双在看笑话的眼睛,于是变得手足无措,最终失去了勇气。他用两只手粗暴地抓着老妇人,用力地摇晃。

结果令人意想不到。她的头很不自然地垂在肩膀上,双手从大腿滑落在身体的两侧,整个人好像完全陷在了椅子上。区特威克忘记了别人的目光,这时彻底警觉了,他弯下腰,轻轻地抬起了老妇人的头。

那双眼睛没有完全闭合,区特威克只扫了一眼,就明白了,很重的杏仁味迎面扑来。老妇人死了——就在他的眼皮底下死了。

# 02
# 直接证据

区特威克每次发现什么惨案都要随即暗自对自己所作的正确判断小小地庆贺一番。为了避免自己的惊慌失措可能会给周围的人带来恐惧和不安,他只是故作镇定地坐在老妇人身边(其实心脏已经跳得像发动机一样,而且感到特别的想吐),用勺子敲打一个留在桌上的空咖啡杯。他唯一能够想到的就是,现在千万不能大惊小怪,而且得保证在警察看到尸体之前谁都不能碰她。

区特威克制造的噪声立即引来了一个傲慢的女服务员,她显然非常生气。但区特威克没有时间理会她的感受。“请把经理请到这儿来好吗?”他在女服务员表达不悦之前抢先说。

“如果您叫我来是想付账单,”女服务员说,她对区特威克的话感到很惊讶,“我确信我……”

“和账单没关系,”区特威克近乎粗暴地说,“请把经理找来。”

她走开了。回来的是位领班。

“恐怕，”他优雅地说，“经理可能来不……”

“经理必须到这儿来，”区特威克忧心忡忡地说，“就现在。”

领班不慌不忙地说：“如果您肯让我处理您的投诉，我可以向您保证……”

“去把经理叫来！”区特威克尖声说。

领班回去了。过了很长时间，来了一个长相很精致的年轻男人，看样子对区特威克很不友好。

“你是经理吗？”区特威克很恼火地问。

“经理现在正忙，”那个男人冷冷地答道，“如果您不介意向我说说您的事……”

“说说我的事？天啊，这可是生死攸关的大事。”

“如果这位女士生病了，”这个年轻的男人冷冷地说，“酒店里有一位住客是医生。”他没多想，又加了一句。

区特威克站起来，与他面对面。“那就把医生和经理都叫来，”他迅速地说，“这个女人死了。”

年轻的男人迅速地离开了。

这回经理真的来了。

他是个聪明的人，立刻理解了状况。

区特威克向他和医生简单地说明了情况，说他看到了那个老妇人在打呼噜，于是走过去想把她叫醒，之后就发现她死了。经理点了点头，向远处的什么人招了招手，然后一扇屏风就像被施了魔法一样神奇地出现在面前，把现场围了起来。在屏风的掩护下，医生匆忙地给尸体做了检查，但尽量避免对尸体不必要的接触。

“是的，她死了。”医生很肯定地说，“我几乎可以发誓，她是服了氢氰酸，或者其他什么类似的药物。是的——快看！她手里不是有个小药瓶吗？”

尸体的手中有个小瓶，瓶口露在外面。医生凑近咖啡杯，用鼻子闻了闻。

“是氢氰酸，绝对没错。”他断言，“她喝了有毒的咖啡。”

“是自杀？”经理简洁地问。

“像是自杀。”医生同意这个观点。

区特威克打断了他们：“你们会派人找警察来，对吗？”

那个经理是个又矮又壮的法国人，英语讲得几乎听不出法国腔，他告诉区特威克在他离开办公室以前就已经派人去办这事了。

“哦，是的，”区特威克说，“我是想，如果你不介意的话——”

“什么事？”经理说。

“苏格兰场的总探长莫司比。我和他有点来往。我想我得给他打个电话。”

“哦，分区的警察就可以应付这事了，”医生说，“苏格兰场不会为一起自杀案而兴师动众的。”

“当然不会。”区特威克同意地说，“但是，你看到了，这是自杀吗？”说完他就走了。

幸运的是，当区特威克接通苏格兰场的电话时，总探长莫司比就在他的屋子里。

"区特威克先生？"他高兴地说，"是的，我当然记得你。你是薛灵汉的朋友，对吧？"

"我在皮卡迪利王宫大酒店，"区特威克快速地说，"这里刚刚发生了一件可怕的事。太可怕了！就在我眼皮底下。"他前言不搭后语地重复了一遍整个事件的来龙去脉，并加上了医生的结论，"因此，我想，如果您关心此事，愿意前来的话，总探长……不需要走正式的程序，虽然这不在您的职责范围内……"

莫司比听罢，并没有正面回答："哦，我想分区的探长就能把每一件该做的事都做好，区特威克先生。"

"是的，但我想……也就是说，当然，我不想把它当成个人的事，可是，我责无旁贷，我的意思是……"区特威克烦躁不安时总习惯把话说一半留一半，但通常不影响别人对这些话的正确理解。

"当然了，先生，对你来说这事很烦，"总探长赞同道，话音里充满了善意的同情，"但你也没必要夸大自己的责任。每天有成千上万的人自杀。这些事发生的概率比你所能想象的要高。当然了，人们很少像你一样亲眼见到自杀这种事，但是——"

"不，我没有！我没有！区特威克……你明白吧，我根本不确定她是否真的……天啊，这事责任重大，总探长。"

莫司比好像听出了端倪，询问也突然变得正式起来。

从他的声音来判断，好像电话的另一端换了个人："稍等一下，先生。让我们把这事说清楚。是否可以这样理解，你希望把手里掌握的证据当面告诉我，看看它有多重要，是这样吗？"

"哦,谢谢,总探长,是的。"区特威克很感激地说,"但把它说成是证据并不确切。应该说,只是我看到的一些事。至少,我还不能十分肯定我是否真的……但也许您会把它称做证据……也就是说,如果我真的看到了我所……"

"先生,我十五分钟后到。"莫司比就这样突然结束了区特威克的喋喋不休。

"请在门厅的入口处等我。没必要通知别人我会来。"说完,他挂断了电话。

自从那女人死了之后,区特威克又想起一只手停留在咖啡杯上方的模糊画面,但究竟是什么时候看到这个场景的,他自己也说不清楚。最初,区特威克并没有质疑那个女人是自愿服毒的事,也没看出这其中有什么不对劲。之后,随着最初对死亡感到的震惊慢慢消逝,他想到了那个红头发男人充满恶意的态度,但这和整件不吉利的事件比起来也显得不太重要了。最终,那幅模糊的画面单独出现在了他的脑海里,带给他一些可怕的暗示。就是在经理和医生到来之前的几分钟里,区特威克意识到事态可能相当严重,正是因为他意识到了这一点,才担心警察赶到现场之前会有人移动尸体。同样是因为这种焦虑,他回到了会馆里,而没有留在门口等莫司比。他的担忧完全是杞人忧天。尸体安然无恙。

现在只有医生待在尸体边上,等着警察的到来。其实,像会馆里的客人自杀这样的小事是不应该惊动伟大的莫司比·杰基诺特的,他还有更重要的事要处理。警察来的时候他可能还在这儿。

如果他们想见他，就得亲自去他的办公室。莫司比是个了不起的人，而且他对这一点非常清楚。

区特威克离开的这段时间，两件事得到了证实：那个女人不是酒店的住客，也不是会馆的常客。负责记录从后面旋转门经过的每位客人的工作人员说在这个下午之前他从未见过她。

区特威克心不在焉地和医生聊了几分钟。之后看了眼手表，莫司比还有将近十分钟才能到，但是区特威克想在分区警察局的人赶来之前就离开这儿，他担心自己会被扣留，到时候就没那么容易离开了。他向医生说了个含糊的理由，想要逃开。

莫司比刚好准时到达。夹杂在一群漫无目的的游客中间的区特威克走到大厅，正撞见刚进门的莫司比。二人握了握手。

“现在，区特威克先生，”莫司比说，“让我们找个安静的角落来听听你的故事吧。”

区特威克带路，两个人悄悄地进了一个很大的用来阅读和书写的房间，门上写着“仅供住客使用”。显然，皮卡迪利王宫大酒店的住客很少用这个房间，现在里面一个人也没有。

“现在，先生，”莫司比说，他准备好了洗耳恭听，“请让我再听一遍完整的故事。”

“你不认为……我非常谨慎，以确保尸体不会被人移动。”

“做得非常对，先生，”总探长很诚恳地说，“很有必要。但是我们可以暂时把那些琐碎的细节留给分区的探员来处理。我想听的是你说的那个证据，也就是你看到的事，对吧？让我们来了解一下整件事的来龙去脉，然后看看它能帮上什么忙。”

区特威克又一次把这个故事讲了一遍。

他讲得断断续续、犹豫不决，因为他不但心地善良而且很有正义感，如果(以这种可能性最大为前提)那个红头发的男人真的是无辜的，他不想因为误会而冤枉好人，也不希望过分强调那份可以理解的怨恨，为他找到辩护的理由。

然而，莫司比立刻抓到了重点。

“你是说他看你的眼神里好像充满了憎恨？”

“嗯，有一点吧，”区特威克说，他极力想要保持公正的态度，“或者，也许应该说是我观察他在先。因为我真的是故意盯着他看。当然，完全是下意识的，但肯定是盯着他看。他心怀不满也讲得通。如果是我，我也会很生气。我太无礼了，我真的认为不该过分强调这件事的重要性，总探长。”

“当然，先生。”总探长答应道，“但我会把这事记在脑子里。”

“而且，”区特威克辩解说，“后来他再没有那样看着我了。”

“在他认为他已经阻止了你的目光之后。”莫司比赞同地说，“肯定是这样，那之后呢？”

“之后，”区特威克很尴尬地说，“不知道您是否注意过类似的事，总探长，但如果是我，我明明知道周围有样东西不该去看，却怎么也管不住自己的眼睛，偏要往那里看。总是这样！”区特威克的语气里充满了对自己这种习惯的歉意，但同时也是在解释这种行为情有可原。

"我想，我们中的大多数人都会这样做，"莫司比宽慰他说，"无论如何，在当时的情形下，你是幸运的。因为只要你认为他已经把你忘了，你又开始观察他了，对吗？"

"是的。"区特威克不得不承认，"恐怕是这样。"

"你之后看到了什么，先生？"

区特威克描述了两个人谈话时的情形，说他们看起来好像是在激烈地争吵，之后他又详细叙述了停在半空的手那一段。他并不愿意提到这点，因为他完全清楚他很可能是在把小小的蚯蚓粪说成是一座难以逾越的高山；但他知道这是他的责任。如果他不透露这方面的信息，也就没办法履行责任了。至于究竟是蚯蚓粪般的小事，还是像高山一样的难题，只能留给警察去解决了。

莫司比就这个事件详细地问了他很多问题。

他们二人都意识到一个人的生命可能最终由它来决定，因此趁着记忆还很清晰，一切还未成定局之前，都迫切地希望能把整件事弄清楚，还原它的本来面目，既不添枝加叶，也不马虎遗漏。

最终，他们得出结论，那个男人的举动肯定确有其事，因为它不可能是区特威克凭空想象出来的。从那只手的姿势来看，并不像是拿着一块糖，而是把什么东西偷偷地藏在手心里。毫无疑问，他先是分散了老妇人的注意力，让她顺着自己手指的方向看，使她的视线离开桌子，这样她就看不到那个男人是否对她的杯子动了手脚。这样说吧，这件事听起来比区特威克之前所想的更加可怕，但他并没有对这些结论产生质疑。

他告诉莫司比，他是如何被人认错、如何被叫出去接了电话，以至不得不结束了他的观察。

总探长看上去若有所思。他用胖胖的手蹭了蹭他的方形下巴，又拽了拽浓密的小胡子："啊！假设这件事最终如我们所担心的那样是真的，区特威克先生，你意识到自己所处的位置了吗？"

"再清楚不过了。"区特威克叹了口气，很不情愿地说。

"你是目击整个案发过程的人。你本人就是位犯罪学家，我不必告诉你这件事有多么非比寻常。"

"在一件下毒的案件里，"区特威克咕哝着说，"我想这几乎是独一无二的。"

"确实是这样。直接证据！这就是我们想从你那儿得到的，区特威克先生。"

"是的。"区特威克不悦地说。

莫司比显然对于他将从区特威克身上得到的一切感到沾沾自喜："上帝啊，你会给我省去多少麻烦啊。不必和那些间接的证据打交道，今天要证明这个，明天需要证明那个，后天还有其他琐碎的细节等着处理。现在，我们有你，你可以站在证人席上，说你看到了那个该死的凶手犯罪的全过程。就是这样。"

"我们还不能确定这就是个谋杀案，不是吗？"区特威克觉得自己不得不指出这一点。莫司比故意装作没听到。很显然，他觉得这话不合时宜："难道你不是站在控方这边吗？为什么这么说，先生，你将是控方证人。"

“我是吗？”

“就算是吧，”莫司比说道，“我们一起去看看那个老妇人，怎么样？”

就这样，区特威克快步如飞地跟在趾高气扬的莫司比身后，就像一艘小艇跟在战舰的后边，区特威克边走边琢磨，毫无疑问，对尸体并不陌生可能会使事情变得容易些，但实际上——

区特威克惊奇地发现，此时的会馆依然为那些饥渴的人们而忙碌，就和平时一样。负责上茶的一小队服务员正赶过来，整个地方充满了往日的快节奏。无论是涂了口红的年轻女人、从苏别顿来的令人乏味的老女人，还是衣着光鲜的酒鬼，他们无论如何也想不到，就在装饰性的屏风后面，躺着一具才死去不久、令人恐惧的尸体；既然不知道，他们自然不会介意。尖笑声和打破瓷器的声音不绝于耳，一如往常；新来的客人要茶，要走的客人埋单。只有提到尸体的时候才能劳动经理的大驾，而要想打乱会馆的日常经营仅仅一具尸体显然是不会奏效的。毕竟，对他们来说，赢利才是最重要的。

区特威克和莫司比走到藏尸体的屏风后面，会馆里几乎没有人注意到他们。

分区的探长好像对区特威克没能留在现场感到很心烦。医生作了介绍之后，探长并没发火，只是松了口气，跟区特威克打了招呼。当他正要以探长身份一本正经地问话时，莫司比打断了他。

“没什么，帕克。区特威克先生一直在和我说话。”

分区探长只注意了区特威克，而没认出他旁边的同伴，他因而感到非常吃惊：“莫司比先生！您怎么在这儿，真没想到会再见到您，长官。”

“区特威克先生给我打了电话，”莫司比简洁地解释道，“所以我来这儿替他排忧解难，如果你这样理解的话。”这样说倒是实话，但绝不是事实之全部。总探长没有必要把所有的实情都告诉分区的探长，就像福尔摩斯不会和华生医生说太多一样。

“噢！”分区的探长转向区特威克，这次语气里透着尊敬，“这么说，您认识莫司比先生？”

“嗯，是的，”区特威克注意到了他的恭敬态度，放松了许多，笑了笑，“确实如此，我认识他。”

“那就没事了。我一开始还以为您溜走了呢。您也许会感到惊讶，证人们总是在我们得知他们的姓名和住址之前走掉。好像和一件案子扯上关系是什么丢人的事。”

“你会发现，区特威克先生并不是那种人。”莫司比信心十足地说，“那么，帕克，你对此事有什么看法？”

帕克看起来很惊讶：“什么看法，莫司比先生？嗯，再清楚不过了，不是吗？”

“什么再清楚不过？”

帕克更摸不着头脑了：“为什么这么问，当然是自杀。”

“嗯！”莫司比敲了敲下巴，仔细地看着尸体，“你没有移动过尸体吧？”

“没有，长官。我一直在给医生做笔录——并且等着给这位先生录口供。”他接着说，然后目光里满是责备地朝区特威克的方向扫了一眼。

莫司比转向医生：“你的判断是什么，先生？”

“怎么，这事一目了然。那个小药瓶还在她手里。是自杀！”

“是不是自杀由我们来断定，”莫司比反驳说，但说这话的语气是那么随和，倒像是对自己的责备了，“我是问，你对死因的判断是什么？”

“这也很明显，”医生回答说，一点也没觉得难为情。他是个非常年轻的医生，根本还没有习惯感到不好意思，“是氢氰酸。你能从这儿闻到。”

“嗯！”莫司比无动于衷地说，但是这次没做出反对的暗示。“我想看看那个小药瓶。”他轻声说。

“我帮你取下来，”医生说，“她还没有僵硬。”

莫司比赶紧上前阻止。“谢谢，先生，我想我还是自己来吧。”他在旁边站了一会，仔细检查了尸体的手，但并未试图掰开手指，“再三考虑后，我想还是先照个照片吧。帕克，你有人手帮忙吗？”

帕克点点头：“他在办公室。”这不难理解，穿制服的警察不适合出现在皮卡迪利王宫大酒店的公共场合。警察在这里会妨碍他们赚钱。

“告诉他打电话给苏格兰场，让他们立刻派格雷过来，带着他的相机。哦，我想最好把马修司也叫来。”

区特威克看着分区探长的眉毛，觉得很有趣。两条眉毛向上扬起，直到消失在前额的头发里。“上帝啊，长官，您不会以为在这——在这有什么不法的事发生吧？”马修司是指纹专家，在苏格兰场专门负责一个这方面的部门，当然区特威克并不知道这些。

莫司比注视着他的下属：“那么——在你去之前先看看那只手，帕克。”

帕克看了很长时间。“天啊！”他说。

“她的手指在拿着这个小药瓶的时候已经没知觉了，”莫司比说，“或者，在这之前就已经失去知觉了。”

“事实如此。”帕克说，然后一脸严肃地走开了。

和莫司比单独在一起，区特威克这才壮着胆子看着那只手，细细地看了好一会儿。

手指只是被松松地环成了小药瓶的形状，搭在瓶子上而不是握着瓶子。“天啊，天啊！”区特威克感到很不安。

医生也盯着这只手看了很久。“非常正确，总探长。”他肯定地说，“我本该注意到的。应该想到这种可能性，当小药瓶放进她手里的时候，她已经失去知觉了。天啊，这可有点蠢。我是说凶手，对吗？把一切布置得像是自杀！”

“这个应该由审判官和陪审团来裁定，先生。”莫司比又一次温和地反驳了他，“同时我们会负责收集所有可能得到的证据。分区探长已经给你做了笔录，不是吗？如果今后我们又有什么地方需要你的帮忙，可以随时到这儿来找你吗？”

“也就是说，你们现在不需要我了。”医生笑道，“对，可以。好，我走了。也许你们需要一位验尸官，如果这是一起下毒案的话。”

“这也应该由审判官来决定。”莫司比说，“但毫无疑问，你是对的，先生。如果你想来参加，我们是不会反对的。”

“是的，我很乐意这样做。这是我遇到的第一个谋杀案。顺便说一句，我的房间号是724，随时愿意效劳。当然，我房间里有电话，找我可以打电话。”

医生离开了。

区特威克很讨厌这种暗示，正准备跟着他离开。

“区特威克先生，你没必要走开。”莫司比说，“除非，你真的想离开。”

“我很愿意留下来，”区特威克感激地说，“我觉得这一切太有意思了。”他看上去对死去的女人感到有点遗憾，好像在为自己在死亡事件中找到乐趣而开脱，“也就是说，我不会碍事吗？”

“没关系，先生，只要拍照片的时候你待在一边别挡着路就行了。说实话，得到了你的证词，我们欠你的才对。”

“那么，您已经确信这是谋杀案了？”区特威克说，他自己也不知道他希望得到什么样的回答。

“现在看起来非常像是谋杀。”莫司比提防地说。

“如果我没提出自己的怀疑，那个——那个凶手会逃掉吗？”

“怎么说呢，先生，我想我不会那么说。帕克不是傻瓜，否则他也不会坐到今天这个位置，他迟早会找到点蛛丝马迹，即使他刚才暂时忽略了那个小药瓶的事。人们常说每一个凶手都会犯下愚蠢的错误。能看出这个红发朋友犯的错吗？”

区特威克看了看尸体，又看了看桌子、地板、椅子，然后摇了摇头：“不能，我不得不承认，我没看出来。”

“怎么会，”莫司比得意地说，“看看她的左手，不是拿着药瓶的那只——是另外一只手。她戴上了手套，对吧？但是另一只手没戴。现在看看她的手提包和另一只手套。不在桌上，看到了吧，也不在她腿上，是在地板上。你难道没明白？”

“噢！”区特威克看起来理解了，“是的，我明白了。你是说，她正准备离开？”

“正是这样，先生。她正准备离开。一个人不会在准备离开的时候才吞下像氢氰酸这样迅速发作的毒药，对吗？如果她想要自杀，就不会急着离开。我想这里有个结没解开。”

“那么，您推测是因为什么呢，总探长？”区特威克点了点头，表情严肃。

“嗯，要我看，也许是那个红头发男人等得有点不耐烦了。他已经往她的咖啡里下了毒，但那个老妇人没喝。他急于想要逃走。所以就像大多数的凶手一样，做得有点过头。‘快点，’他说，‘我们该走了，喝掉你的咖啡。’但她并没有喝光咖啡，而是先开始整装穿戴，对吗？这个故事怎么样？”

“真令人佩服，”区特威克说，“没错，就是这么回事。当然，他肯定会在她喝了咖啡之后等上一分钟或更短的时间，然后一看到她昏迷的症状,立刻逃走。"

"你可以这样推测,先生。"总探长信心十足地说,"也许这事真就这么发生过。"

他们站了一会儿,谁都没说话,都在脑子里重组刚才的片段。

"只有一件事我想不明白,"区特威克怯生生地说,"为什么只有一个咖啡杯呢?他的杯子哪去了?"

"你确定他喝了咖啡吗?"

区特威克非常肯定。

"那样的话,我想他是处理掉了。比如,让服务员收走。其实这很明显,不是吗?两只咖啡杯意味着这有两个人,警察会去想另一个人是谁。如果有人问他难堪的问题,他就不得不撤掉自己的杯子了。"

"当然,他会这么做。我怎么这么蠢。"

区特威克对自己的迟钝感到很难为情:"我本该想到的。"

莫司比掩饰得很好,故意装作没听到也没看到。毕竟,外行就是外行,还能对他有什么期待吗?"这是个很容易解决的问题,也许越早解决越好。你在这等等好吗?别让任何闲杂人等进来。我会把给他们上咖啡的服务员找来,趁她现在还能记清楚。"

区特威克就这样被留下来,只剩他自己一个人在这儿,他感到有点害怕,害怕得发抖。

莫司比只离开了一会儿。他回来的时候,非常满意地点着头。

"十分正确,先生。那个女孩记得很清楚,正如你所说,他们点了两杯咖啡，不久之后那个红头发男人就把她叫过去，把自己的空杯子递给了她。她说，当时那个男人有点心不在焉。那个老妇人的杯子不是空的。”

“跟您预测的一点不差。”区特威克笑着表示祝贺。

总探长大大方方地接受了区特威克的祝贺，同时也竭尽全力试图向他传达，毕竟，专业人士就是专业人士，看看专业人士能做些什么？“我想这关乎着事情的结果，先生。很幸运，她是个理智的女孩。似乎对周围发生的事保持清醒，头脑灵活。顺便说一句，而且她能帮你指认你看到的那个男人。”

“您——您认为可以抓到他？”

总探长高兴地笑了笑，好像更加得意了：“你是说，我现在就抓到他吗？我想这事并不太难。事实上，如果我现在就抓到他也不用感到惊讶。”

“嗯？”区特威克感到很吃惊。

总探长高兴地看着他：“好吧，到这些屏风外走一走，一分钟就够了。转到左边，数到第二个柱子然后看看第四张桌子。”

区特威克盯着那人看了一会就走了。几分钟之后他回来了。

“我的老天爷啊！”他突然间喊道。

“看到你认识的人了吗？”莫司比询问道。

此时的区特威克只剩下点头了。

“有趣的家伙们，这些凶手啊。”总探长捺着性子评价说。

## 03

# 犯罪学家观察录

接下来的半小时,区特威克陷入了迷茫,不停地忙着给别人让路。人一多,狭小的屏风内好像显得更加拥挤了。

这边是摄影师,正在给尸体照相;那边是指纹专家,正在对尸体所能接触到的范围内的所有东西,包括小瓶,进行检查,同时小心翼翼地把各种物品包好,以便带到苏格兰场进行更进一步的检查,指纹专家也采集了老妇人的指纹,动作麻利,但对尸体毫不尊重,冷酷无情,区特威克觉得这种工作很可怕;这边是莫司比,他正在检查老妇人包里的东西,而且不断发号施令,刚才还让一个穿便衣的警察密切监视红发男子的一举一动,如果他离开就跟着他;那边是帕克和他一两个属下,正忙着听从莫司比的指挥,例行公事;还有区特威克本人,在里面跌跌撞撞,挤来挤去,碍手碍脚,总是挡着真正有事去做的人的路,他自己也知道,这里没人喜欢他。但他选择留下来,哪里有疑惑他就立刻对哪里产生强烈的兴趣,他深知这是他一生当中唯一一次当上理论方面的犯罪学家的机会，今后也许再也没机会看到苏格兰场处理凶杀案的场景了。

在这半小时里，各种事情接二连三地发生，场面混乱不堪，但有几件事使区特威克印象深刻。首先，他得知莫司比抽空打了电话，匆匆地向苏格兰场的助理行政长官简要地作了汇报，最终，莫司比接到指示由他正式负责此案。之后是在老妇人的手提包里找到的一封信，莫司比好像对此很感兴趣，他摸着下巴，脸上露出得意的神情，区特威克透过熙熙攘攘的忙乱与喧闹，扫了几眼总探长黑色的笔记本，上面是那封信的内容摘要。指纹专家在莫司比的帮助下，从尸体松松握着的手中取下小药瓶，他看上去很高兴，与总探长就这事低声说了几句；显然，某些事有望得到解决。

整整半小时过去了，才有人从频频点头的总探长身上移走目光，注意到区特威克，不久，分区探长也注意到了他。区特威克脑子里充满了疑问，真希望能同他聊聊。

帕克长得又瘦又高，留着修剪整齐的小胡子，看起来和从前军团里的中士一模一样。他和区特威克说话就像是一位专家对着一个无知的可怜虫，但语气里带着亲切，“先生，我想这一切对你来说很陌生吧？”

的确如此，但是区特威克想要讨论的是事件的其他方面，而不是它有多陌生。“告诉我，”区特威克单刀直入地问，“找到进一步的证据了吗？”

“哦，几乎可以肯定，我们会找到线索的。”帕克提防地说，“莫司比先生可是个难得一见的神探。”

“那个小药瓶很重要吗？”区特威克锲而不舍地问。

但帕克一被问到药瓶的事就立刻三缄其口了。而且，区特威克很快发现，他提到的凡是与发现有关的，甚至包括在手提包里的信，帕克都不愿意多谈。事实上，很明显，帕克之所以主动找上区特威克，并不是为了透露信息给他，而只是想和这个本来微不足道，但由于这种特殊情况身份变得极为重要的人说上一两句鼓舞人心的话。这就像一只再普通不过的小黑猫，谁都不会多看第二眼，但如果恰巧它的脖子上系了一个蓝色的蝴蝶结，而且这一幕是在满是权贵的餐馆上演，那么它不仅会占去画报一半的宣传页面，也会有受人们欢迎的媒体乐意用四分之三的新闻栏目为它做宣传，这样的效果恐怕是围着皮毛围巾希望免费做宣传的漂亮女演员也望尘莫及的。其实，区特威克心知肚明，他现在已经被当成一只珍贵的宠物，稍后还会站在证人席上为他们侃侃而谈。

“事实上，先生，”帕克礼貌地说，“我们欠你一个很大的人情。”

该怎样回答，区特威克犹豫起来。如果说“哦，这没什么”肯定不合时宜；如果说“我只是做了我该做的”则肯定被认为是摆架子。因此，他只是露出一只受人爱抚的珍贵宠物才会有的满意笑容，来化解这个难题。

“你肯定会为警方作证，对吧？”帕克追问道。

宠物对此没什么疑问。

“那很好，很好。”帕克又对宠物给予了肯定。

"为什么——为什么你们会想到他就在这儿？" 区特威克壮着胆问，"我以为……"

"我们已经感觉到他在这儿。" 帕克不悦地说，但并没解释为什么会有这种感觉。

这时，莫司比走过来，他倒是更乐意透露一些信息。"如果他就是我们要找的人，在那个女人的手提包里有一封他写的信，约她三点半在这见面。" 莫司比解释说，"他知道那封信会被发现，所以只要他到时出现，就会和别人一样清清白白不会被人怀疑。"

"哦，我明白了，" 区特威克说，他很感激莫司比为他作出了解释，"当然，没有人会知道——知道……"

"他在两点半先到这里来了，" 帕克补充道，以确保句意完整。"你已经明白了，先生。" 他对宠物的理解能力表示赞许。

"他一定是个出色的演员，否则谁会在这样的情形下作案。" 区特威克说。他非常怀疑，这个人的演技是否真的有那么好。

"我们就给他个机会，看看他的演技究竟如何。" 莫司比异常兴奋地说。区特威克认为莫司比对眼下的情况很感兴趣，而实际情况就是这样。

"你们——你们会立刻逮捕他吗？"

"天啊，当然不会，先生。" 总探长大声说。帕克看上去对他的宠物的愚蠢感到很不高兴："为什么要这样做，我们还不知道他的身份。"

"对，当然，当然，" 区特威克咕哝道，有些困惑，在脑子里做了记录，抓人前一定得弄清这个人是谁，“那么……”

“噢，那个提出或是同意在这儿见面的人（他也许是那个老妇人的侄子）叫林恩。至少，从信上的签字来看是这个名字：‘你的，林恩。’他姓什么，也许我们现在还不确定。但那个老妇人的姓是辛克莱尔——辛克莱尔女士。所以有百分之五十的可能，我们暂时叫他林恩·辛克莱尔。不管怎么说，有个听差的男孩现在正到处喊着这个名字。听到了吗？”

区特威克听了听。透过喧闹和嗡嗡的噪声，他听到一个男孩儿微弱的声音，他正在寻找一位顾客：“林恩·辛克莱尔女士，有人找林恩·辛克莱尔女士。”

“您会去——去审问他吗，总探长？”区特威克问。

“我们会告诉他这个坏消息。”总探长眨了眨眼睛纠正说，“所以恐怕你必须得从这出去了，先生。稍后我们会安排你进行认人，如果我们问话的时候你在场，这样不太好。他的律师会在这一点上给我们找很多麻烦。”

“是的，当然，我非常能理解。”尽管如此，区特威克还是感到失望。他渴望地朝那个围起来的小空间扫了一眼。各类专家已经撤离了，他们的下属也离开了。这里只剩下莫司比、帕克和他自己。他本来是想留下听一下问话的过程。

“但是，当然，先生，”莫司比显得神采奕奕，“你可以在屏风周围我们清理好的地方找把椅子，竖起耳朵，或者找个小缝往里看，如果有人想阻止你，你就告诉他你和总探长莫司比是一起的——

我想不会有人认为咱们不是一起的，对吗？”

“不会吗？”区特威克笑着问，“其实，总探长，这真的……我应该感谢你的……实在是非常感谢。”区特威克一边兴奋地道着谢，一边忙着从这个狭小的空间移到外面，然后勇敢地坐在围着绳子的区域内，紧贴着屏风外面。也许值得一提的是，虽然这个地方在至少四个皮卡迪利王宫酒店的工作人员的保护之下，外加一个便衣警察，而且有最严格的禁令，谁也不能进去，这些人中只有警察知道区特威克是受总探长的保护，或者说他看到他是从屏风里走出来的，但是区特威克信心十足，他跨过了线而那四个人中没有一个提出疑义。

屏风是倚着柱子搭建的，柱子前面坐着那个老妇人（她现在还在那儿）。区特威克把自己隐藏好，所以能够一边进行窃听，一边躲过会馆里客人的目光，那些在自己位置上能看到他的人也根本没有注意到他。他尽了自己最大的努力，既要举止得体，又要使耳朵离缝隙足够接近，接下来就是等待了。

在这里，有必要对区特威克的感觉作下粗略的描述。他仍然因为这可怕而孤独的死亡而感到恐惧，一想到自己目睹了死亡的发生就更感到害怕，每当想到他还看到了罪犯杀人的全过程就感到更加不寒而栗，这三重恐惧使本来他对即将接受绞刑的罪犯的那一点点同情也消失殆尽。他认为，这个冷血而又铁石心肠的红头发男人只配接受绞刑，而且，他已经完全准备好（至少，每当他想起那个很不自然地瘫坐在绿色柳条椅子上的可怜的人的时候）为这个结论出一分力了。但是，凌驾在所有这些感觉——恐惧、同情和震惊——之上的是无比的兴奋和激动。

坦白说，区特威克除了七岁那年父母第一次带他去马戏团以外，还从未感到这样的兴奋，甚至有些失控。自从那次，他也从未经历过这种令人窒息、空虚的感觉，好像这种感觉随时会令他紧张得呕吐，而且他也从未经历过心脏跳得如同打鼓般激烈，感觉把手放在哪里都不对劲，只能把指尖紧紧地攥在潮湿发热的手心里。

自从安布洛兹·区特威克第一次去拜访了恐怖物像陈列室（去马戏团的两年之后），犯罪学就成了他的最大兴趣所在。他知道一五五一年继法弗舍姆的爱丽丝·亚登之后的每一个杀人凶手的名字、犯罪日期、他们的故事、心理特征、他们大概有多少颗牙齿、眼睛是什么颜色，甚至是更微小的细节。罪犯对于区特威克来说，就如同珍珠对于女人、女人对于男人一样有吸引力。他就像某些低俗的人收集蛾子一样收集每个凶手的信息，然后用精神上的曲别针把它们固定在内心的最深处，再在卡片索引和档案上展现它们的黑色之美。这起谋杀案异乎寻常，就像他私下研读过的某些案例那样具有吸引力。

难怪区特威克会如此兴奋了。

他精神紧张，已经等不及了。几分钟之后，里面传来说话的声音，他能听出那是莫司比在很有礼貌地讲话，但听不清讲些什么。他生怕自己错过什么极为重要的细节，于是小心翼翼地把两扇屏风稍微打开了一些，这样既能听到也能看到了。

透过缝隙,他看到莫司比站在里面,对面有位酒店的高级管理人员,越过高大的莫司比,他只能看到那个红发男人头顶的几缕头发,只这一眼,他立刻感到一种莫名的兴奋流遍全身。莫司比和红发男人说话的时候稍稍动了动位置,于是区特威克就能听清楚他们的谈话了。

“你就是林恩·辛克莱尔先生吗?”

“那是我的名字。”

区特威克看不到红发男人的脸,但从他有点生硬的语气来判断,他只是表现出应该有的惊讶而已。

“你来这里是为了见你的姑姑,住在多塞特厄尔什兹的辛克莱尔女士吗?”区特威克听得不太专心,因为他抽出时间为刚才正确判断出两人的关系感到一阵欣喜。

“对,我是来这见她的。”他的声音里依旧只是透着惊讶,也许还带点由于不耐烦而引起的怨恨。很显然,他还不适应被人询问自己的行踪。

莫司比表示了虚伪的同情:“那么,恐怕我有个坏消息要告诉你。”区特威克现在才弄清楚,如果说那个红发男人会演戏的话,莫司比肯定也会。

毫无疑问,那个红发男人确实会演戏。莫司比往后退了一步,以避开对方灼人的目光,这样一来,区特威克可以从正面看到那个红发男人的脸了,但无论他怎么看,在这张脸上也找不出一丝一毫的忧虑和恐惧。

"坏消息？"他惑然重复道，"我不明白，你是谁？"

"我是警官，先生。"莫司比毫无诚意地说，"很遗憾，我得告诉你，你必须为这个令人震惊的消息做好心理准备。非常令人震惊。你姑姑突然间去世了，就在这儿，距现在还不到一个钟头。"

"你是说，她死了？"

区特威克带着敬佩之情叹了口气。辛克莱尔，也许是个极其令人厌恶的反派角色，但截至目前为止，他的演技真是一流，区特威克也欣赏他表演时的游刃有余。没有一处语气运用得不当，也没有一处表达得不够恰当，辛克莱尔为大家呈现出的是一幅完美的感人画面，画面里是一个高大的男人得知了他最喜欢的姑姑的死讯。

"很遗憾，是的，先生。"

说到这儿，莫司比突然往旁边一闪，辛克莱尔毫无准备，刚好看到老妇人的尸体，他稍微有点惊讶。区特威克点了点头，他觉得这很正常，一个无辜的人的确会感到惊讶，只有犯了罪，原本就知道莫司比有意隐瞒的事的人，才不会感到震惊。

"上帝啊！"他突然喊出声来，"多可怕啊！这不是——太突然了吗？"

"非常突然。"莫司比不动声色地说。

辛克莱尔盯着尸体沉默了片刻。"一定是她那脆弱的心脏。"他嘀咕说，"我想我们最后……"他突然停下来，然后恶狠狠地看着莫司比，"你说你是位警官。你的意思是你在这家酒店执勤？"

"不,先生。"莫司比和蔼地说,"我来自苏格兰场的犯罪调查科。"尽管莫司比语气温和,但区特威克当然知道他话里有话。

那个红发男人一点也没感到吃惊,只是显得很心烦。他很唐突地问:"那你在这儿干吗?我姑姑的死和苏格兰场有什么关系?"

莫司比又换上了一副油腔滑调:"我告诉过你,得为这个惊人的消息做好心理准备。经过医生调查后,酒店经理把你姑姑的死讯告诉了我们。很遗憾,你的姑姑好像是自杀。"

辛克莱尔对莫司比这种旨在套话而透露的信息所表现出的反应,是区特威克无论如何也想不到的。"自杀?"他对此嗤之以鼻,"胡扯!即使所有人会这样做,她也不会。"

从莫司比的表情来看,人们会猜想,他对相信那个老妇人自杀而死的理论的信心已经被红发男人的几句话彻底动摇了。"但愿如此,先生!"他摸了摸下巴回答说,"但看上去的确像自杀。"

"这话怎么说?"

"她死于剧毒。确切点说,死于氢氰酸。"

这一次,辛克莱尔尽情地施展了他的才能。但区特威克认为他的表演有点过犹不及。惊愕、质疑、恐惧、愤怒,几种不同的表情在他脸上轮流上演。"氢氰酸?"他最后变得结结巴巴,"我的上帝啊,你的意思不会是……"

"医生在她喝剩的咖啡里发现了氢氰酸,"莫司比面无表情地说,"她手里有一个小瓶。"

接下来,谁都没有说话。区特威克认为,这种安静意味着此时此刻比先前任何一个时刻都更加耐人寻味:其中一方的谨慎和狡猾在这种寂静中不断膨胀,而另一方在这种无声的环境里蓄积着强大的破案决心。区特威克几乎不能呼吸,他胃里的东西如同涨潮般的海水一样不断向上涌。

两位主角面对面地站着。红发男人先开了腔:"上帝啊!"他低声说:"这样看起来,一定是真的了。"

区特威克感到有点失望。他觉得看出这一点并不是件难事。

两个人继续讨论接下来要做的事。辛克莱尔希望立刻把遗体转移到他在安妮皇后区的公寓里,而莫司比指出有必要先询问一番,并建议把尸体暂时放在停尸房。辛克莱尔坚决反对把尸体放在那儿,莫司比态度友好,但职责所在,仍然坚持己见。

区特威克长出了一口气,他现在感到轻松了,他没有漏掉对话中的任何一个字,于是开始对头脑中的一些印象进行概括总结。首先,从凶手的相貌开始。近距离观察之后,区特威克觉得有必要对先前的想法做些修改。比如说,这个男人没有他想象中的那样年轻。他以为这个男人二十五岁左右,可现在看起来更像是三十五岁,在太阳穴上方剪得很短的红色鬈发里夹杂着少许灰发。正如区特威克所想的那样,他和他的姑姑长得非常相像,近距离观察之后,他发现除了鹰勾鼻之外,他们还有其他相似的地方。他的身材很高大,和区特威克印象中的一样,也许要更魁梧一点。最后一点,他看上去比之前要更加高贵(其实,区特威克认为他更像是位绅士，虽然他心里明白自己不应该这样措辞）。他对待他的姑姑是一副毫不关心、满不在乎的样子，在区特威克眼里，这样做简直就是粗野无礼。他当时（区特威克陷入了沉思）肯定一直处于极度紧张的状态中，而现在，他的身体中的每一个原子都在集中精力演好这场戏。

区特威克本来对这红发男人恨之入骨，但现在，他对那人由衷钦佩，除了那句有失机敏的话，他没错过一步，没露出任何破绽。区特威克这才意识到，尽管他欣赏苏格兰场的办事能力，但如果没有他为警察提供的证据，要想把凶手绳之以法几乎是不可能的。当然了，红发男人对于还存在着这样的证据毫不知情。

同时，区特威克注意到，莫司比趁着为接下来的事做必要安排之际，巧妙地问了对方很多问题，并从中挖掘出了几个有趣的事实。首先，那个老妇人显然是个有身份、有地位的重要人物，辛克莱尔提到的厄尔什兹好像是一处相当大的房产。而且，辛克莱尔是老妇人最亲近的家属，他相信自己是财产的唯一继承人（他漫不经心地回答了莫司比直白的问话，但对于区特威克而言，他的回答还不够随意，因为他还是被这样的答案吓了一跳）。

老妇人一直和辛克莱尔结伴住在伦敦的奥尔德里奇。区特威克知道那个地方。从他们的居住地点就能看出她是个举足轻重的人物，只有重要的人才有权住在那儿，尽管业主和房产的主人也允许外国的皇室贵族成员偶尔来这里坐坐。那是一家又小又昏暗的宾馆，紧挨着梅菲尔上流住宅区，这也许是方圆一英里之内最过时、最不舒适的宾馆了。但那里的价格却高得惊人,恐怕呼吸几口那里的空气也要按每小时几英镑的价格付费呢。

为什么他姑姑要见辛克莱尔少校(原来,辛克莱尔曾在战争中担任禁卫军,战后还留任了几年,快到成年时才离职),为什么他们在众多陌生的地方里偏偏要选择在皮卡迪利王宫大酒店见面?但她确实曾给他写了一封信,征求他的意见,邀他在这里见面。或许是她直接作出了决定,这对于一个独断专行的女人来说完全有可能,而他只有答应的份儿。区特威克对于这个问题感到很不理解。

“我明白了,先生。”莫司比说,“首先,我们得把尸体移走。然后,或许我们该到苏格兰场一趟,正式给你录份详细的笔录。”

“要我的口供?”辛克莱尔少校说,“好吧,我不介意,如果这样做对你们有帮助的话。但我认为只有嫌疑犯才会被要求录口供。”

“哦,在这样复杂的案件里,有时会用得着。”莫司比圆滑地说。

“很好,我想接下来的尸检一定会引起广泛的关注。可怜的老妇人,死后还不得安宁。如果她泉下有知一定会痛恨这一切。我们从来都不是朋友,家族遗传给我们太多相似的东西,我们都很倔犟,还有,我们的鼻子很相像,但我必须承认,她就这样去了,我真的感到万分遗憾。真搞不明白,有什么事让她的良心过不去。”听到这儿,区特威克稍稍松了口气。

“我们每个人都会遇到让自己良心不安的事。”莫司比语重心长地说,“现在,你可以去经理办公室作下自我介绍,我一分钟后就到,我们可以商量下怎样移走尸体。”

“她一定得去停尸房吗？我不想打破常规，但这样做对她来说有点不近人情。”

“很抱歉，先生，她必须待在这儿。”莫司比斩钉截铁地说，随后带着手下的人走出了屏风。“帕克，你来负责这里，”他趁少校不在的时候补充说，“我很快回来。”

在两人谈话的整个过程中，帕克一直察言观色，保持着沉默，只是用点头来回应一切。

片刻后，莫司比悠闲地走了过来，猛把头转向区特威克。区特威克一下子从椅子上弹起来，几乎是迫不及待地跃过了绳子。

“先生，你全听到了？”

“对，都听到了。我的上帝，那个人是……真没想到……”

总探长微微一笑：“他想把老妇人带回公寓，然后就可以为所欲为了？不行，我不信任那位绅士。我们越早把他逮捕归案越好。”

“他没有——怀疑吗？”

“手里攥着王牌证人的是我们，而不是他，如果我这样表达不够恰当，请原谅。他是少校也好，不是也好，他和我遇到的其他杀人犯没什么区别。狂妄自大的家伙。他不会怀疑的，他已经脱身了。但等着瞧吧，他跑不掉的。”

“但您已经放他走了，不是吗？”区特威克还是有点不放心。

“有两个人跟踪他。”总探长打消了他的疑虑，“他现在不会去别的地方，只是到经理办公室。这家伙很机警，我得过去盯着他。那好，先生，我不想与你失去联系。也许可以往你家里打电话？”

“哦，恐怕不行。”区特威克道歉说。道歉的原因是他姑姑不喜欢电话，但区特威克并没有向莫司比解释。

“好吧，如果你去男子俱乐部的话——”

“恐怕我不能去那儿。”他又一次道歉说，当然，还是同一个理由，他姑姑不喜欢。

“是这样！”莫司比挠了挠头，“好吧，我来安排，六点半的时候到苏格兰场来一趟，可以吗？到时候来找我。”

“当然可以，”区特威克笑容满面，“是谈论有关——有关——”

“指认凶手，就是这件事，先生。你一把他选出来，我们就立刻逮捕他。咱们到时见。非常感谢你。”说完，莫司比离开了。

区特威克慢悠悠地走出了会馆，边走边在心里盘算。他一想到自己责任如此重大，就立刻感到肩上背负的是光荣与尊严。区特威克现在只知道一点，他确定自己是个非常重要的人物。他，应该说只有他，即将给罪有应得的凶手的脖子上套上绳索，而他一点儿也不会为此感到遗憾。案子里涉及这样一位身世显赫的受害者，一定会备受瞩目。他站在证人席上所说的证词会被全国各地的每一份报纸引用，也许有很多报纸还会刊登他的照片。肯定会有记者……是的，从两点半开始，区特威克或许已经成为全国最为举足轻重的人物了，尽管他非常谦虚，但也不会无视这样事实。

区特威克瞥了眼大厅里的钟。四点二十分。

这个全国最重要的人物突然回过神来，加快了脚步，几乎是一路小跑。他答应了姑姑三点半回奇斯维克，带回窗帘的纸样。

## 04

# 指认嫌疑人

区特威克的姑姑在奇斯维克住的房子是个老古董了——如此说来，她姑姑也是个老古董。房子是詹姆士一世早期风格的，红砖、红墙、红瓦，最开始是专为继承财产后寡居的遗孀而建立的。早在房子建好之前，这片庄园就归区特威克家族所有了，至今传承了几个世纪。但接下来的继承人不太擅长和那些詹姆士一世时期的开发商打交道，也想不出好法子吸引买主出价，财产遂越来越少，如今只剩下这栋房子和六英亩土地了。伦敦的土地广阔极了，大到只是一条乡村的街道就能把区特威克家族的庄园衬托得微不足道。后来，当这里变得人口密集、到处都是影院和乡间别墅的时候，庄园又被前面一排繁茂的树木挡得严严实实，甚至连有轨电车愉悦的铃声也被阻隔在外面了。区特威克家族的成员祖祖辈辈都谨小慎微，他们既没有拿那些善于投机的开发商付给他们的金子赌博，也没有肆意挥霍，这些金子保存完好，即使在伦敦郡议会和英国政府征用他们所需之物之后，它们也仍然原封未动。

若现在有人提到“区特威克家族”，那他一定是指区特威克家族的其中一位成员——区特威克女士，当然，她的侄子，也就是最后的这位继承人并不包括在内。区特威克女士现年七十九岁，我们完全有理由相信她能活到百岁高龄。现在，房产完全归她所有，无论从哪个角度讲，她都称得上是个名副其实的姑姑。

区特威克走进镶嵌着冷色调橡木的巨大门厅，六月的阳光洒在外面的草地上，也透过窗子射进屋里。区特威克虽很内疚，但他知道这次的理由连他姑姑也无法拒绝接受。他姑姑一定正坐在右手边的一间小屋里，她管那屋子叫书房，但区特威克更愿意把它看成晨休室。除了指点花匠怎样工作以外，区特威克女士大部分的时间都待在那间屋子里，那里摆满了她的收藏，风干的苔藓、矿物、打磨光亮的石头、甲虫标本和旧的期刊，还有窗子中那只巨大的笼子里的四只金丝雀和她做伴（当她的侄子偶尔不在家的时候）。总的来说，这屋子给人的印象是陈旧而老气，到处是褪了色的印花布，闻起来还有一股土腥味和发潮的书籍散发出来的气味。

区特威克进屋的时候他姑姑正在一堆植物标本中间布置下午刚刚寄过来的新标本（她和全国各地的苔藓爱好者交换彼此的收藏），没有抬头看他。她好像根本没有留意他的存在，依然低着头自顾自地忙着手上的工作，她头上那顶装饰着淡紫色缎带的白帽向下垂着，眼镜和平常一样在她的鼻尖上寻找着平衡。

“我迟到了很长时间，姑姑，”他深感内疚地说，“但是，真的，我刚刚有一次最不同寻常的冒险经历。”

区特威克女士假装被吓了一跳，先扫了一眼笼子里的金丝雀，好像她认为只有自己一个人在屋子里，和她说话的一定是其中的某只金丝雀。然后，她的目光才落在她侄子身上，又是一惊。

“天啊，安布洛兹，”她抱怨道，“吓了我一大跳。就这么悄悄地走进来，一点儿声音都没有，谁都会被吓到。”

区特威克知道她姑姑听到自己进来了，他也知道他姑姑明白自己已经猜到这一点了，但他接受了这样的开场白，并且毕恭毕敬地按他姑姑所期待的那样表现。“很抱歉，我吓着您了，姑姑，”这位甘愿受冷落的乖侄子说，“但是，我对您说了，我刚刚经历了一次最不同寻常的冒险。”

“那一定是在南尼日利亚的沼泽里，”她很不高兴地发表了评论，语气里带着极大的蔑视，“我本该说是在伊令甘文的池塘里的。”对大多数人来说，伊令甘文是个无可挑剔的体面地方，但不知何故，它在区特威克女士的眼里竟是个难于启齿的地方。

区特威克清了清嗓子。他又像平常那样和姑姑展开了一场“较量”，请求她允许自己解释，请求她原谅自己迟到，而区特威克女士只是坐在一旁，无动于衷，假装根本不知道区特威克迟到，然后开始滔滔不绝地讲那些数都数不清的鸡毛蒜皮的小事，拖延、阻止她真正渴望听到的解释。但这一次情形不同，区特威克顾不了许多了。“姑姑！”他激动地说，“实际上，我看到有人被谋杀了。是被毒死的！就在我眼皮底下发生的。”

区特威克女士径直望着他的脸:“那我的眼镜呢,我的眼镜怎么办?”

“您的——您的眼镜?”区特威克结结巴巴地说,显然已经乱了阵脚。

“眼镜丢了。”她不满地说,“没有它太不方便了。我真应该整天把它攥在手里。”她不高兴地皱着眉头,看了看她的侄子。“东西总是丢,”她补充道,“特别是你不在家到伦敦闲逛的时候。”

区特威克心里明白,去伦敦寻找合适的窗帘纸样并不算是闲逛,但他并没有争辩,因为他知道,如果说出来,恐怕要对皮卡迪利王宫酒店的事解释一番。相反,他控制住了自己的情绪。“很抱歉,姑姑,”他说,“但现在我没时间找眼镜了。我得走了。我只是回来向您解释我很可能不回来吃晚饭了。我得去苏格兰场。”

“忙你的活儿去吧!”区特威克女士简短地说,然后又接着布置她的标本,脸上一副炫耀的表情。“下次再去伊令甘文的时候得告诉我。”她对着植物标本补充说。

区特威克真是个非常乖的侄子,他本可以就这样走出房去,把这个住在奇斯维克最老的女人留在家里,任凭她有多好奇,哪怕她因此心烦意乱把所有的植物标本都喂了金丝雀也不理她。但是,区特威克当然不会这样做,他坐下来把整个故事简明扼要地讲给了他姑姑听。

区特威克女士自然假装对这个故事一点也不感兴趣。她是否真的听清了区特威克的话都值得怀疑,因为她没有发表任何评论,此后谈论的话题依然围绕着丢失的眼镜。十分钟之后，当区特威克向姑姑告辞的时候，他认为自己的职责完成得不错，她的姑姑应该感谢他所做的一切——尽管她宁愿被自己养的白色波斯猫咬死也不愿意承认这一点。

在区特威克女士看来，区特威克的问题在于他不是个女孩子(而区特威克本人也意识到了其中的合理性)。他的三个姐姐都曾尽到义务，陪伴姑姑一同生活过，她们任劳任怨，包揽了一切脏活儿累活儿，直到她们各自步入婚姻的殿堂，重担才落在他姑姑身上。在这之后，事实明摆着，区特威克女士要么拒绝和一位不必支付工钱给人家的伴侣住在一起，要么拒绝独自一个人住下去，权衡之后的结果是区特威克搬进了这栋空荡荡的房子。区特威克就是在这样的环境里长大的，一直被灌输着必须要照顾长辈这个上一代人身上才流行的理论，一直表现得中规中矩。说起来，那是十四年前的事了，那时候的区特威克才刚刚十三岁。在这十四年中有十三年半的时间，区特威克都称得上是最好的伴侣，他任劳任怨，肩负起了本该由四个人来承担的重担。但是，由于区特威克不能早晚搀扶他姑姑上厕所，区特威克女士就表现得好像她侄子这个不合适的性别毁了她的心情，甚至毁了她身体每况愈下这些年应有的舒适生活。

模范男人区特威克准时来到了苏格兰场莫司比的办公室，大本钟上的时间刚好是六点半。

莫司比起身热情地打了招呼，然后把他按坐在椅子上："几分钟之后，警察局就会准备就绪，我想我还是先单独和你聊几句，应该说，现在我们还有时间把事情理出头绪。”

“当然，当然了。”区特威克很严肃地点了点头。

莫司比靠在椅子上端详着区特威克，脸上一副雄海狮才有的那种慈父般的表情：“我不必重申你的职责有多么重大了，这一点我们都很清楚。你知道，我们所做的一切，还有警察局、公诉人和首席检察官所作出的努力都得指望你的证据了。”

“我知道，”区特威克叹了口气说，“再清楚不过了。”

“所以，我想再问一遍，确保万无一失。最近，有很多传闻说警察利用不公正的手段抓人，但我向你保证，在这么重要的案件里，没有充分的理由，我们不会乱抓人。那么，你依然确定接受我问话的辛克莱尔少校就是你之前看到的和那个老妇人在一起的人吗？”

“肯定是。”区特威克很确定地说。

“我明白了，”莫司比点了点头，“这是第一点。还有一点，你之前曾肯定地说你看到了他向老妇人的咖啡杯里放了东西。我其实没必要指出这一点，”莫司比继续说，“以及这一点的重要性。简而言之，这关系到整个案件的审理过程。他提前一小时去见她而事后又隐瞒这一事实也许值得怀疑，但并不能算作指认罪行的真正意义上的证据。如果老妇人真的想自杀，在他离开后她完全可以那样做，这谁也说不准。”

“当然，但我想，”区特威克战战兢兢地说，“刻意放在她手里的小瓶和她正准备离开酒店这个明摆着的事实，还不足以证明她不是自杀吗？”

“对我们来说，”总探长表示同意，“是的。就像你说的，那些小细节，对我们获胜多多少少会起点作用，但不会对陪审团产生什么重大影响。他们想要的是一些更确切的证据，比如说，你可以为我们提供的证据。”

“当然，我非常明白。陪审员通常不会依据那些细小但很重要的证据竭力去定一个人的罪。”

“我的意思是说，被告的律师会对你提到的那一点进行狂轰滥炸般的攻击，”莫司比亲切地说，“他迟早会明白，这是个大麻烦，如果摆脱不掉，他的当事人就得下地狱；如果能摆脱这点，他的当事人就会被宣告无罪。他会使尽浑身解数把你控制住，让你无法施展。”

“我必须得为这令人很不舒服的半小时做好准备。”区特威克忧伤地说。

“确实如此，这正是我想对你说的。眼下，如果你觉得他还有可能脱罪，请立刻告诉我。因为，如果他能得逞，就意味着这个案子结束了。现在，你还有时间考虑清楚，你依然像给我打电话时那样肯定你看到那个男人的手在老妇人的杯子上方停留了片刻吗？如果对此有任何怀疑，哪怕是一丁点儿的怀疑，现在就告诉我。”

“总探长，我不会怀疑自己亲眼看到的证据。”区特威克一本正经地说，“请相信我，充当公正的代言人绝不是个美差，恰恰相反，但我同样可以向您保证，我对自己亲眼所见的事实从未产生过一丁点儿的怀疑,也不会袖手旁观。”

“既然是那样,没问题了。”莫司比十分赞同地说,“非常好。毕竟,是你亲眼所见的事促使你给我打了电话,不是吗?这就证明你确实看到过。那么,事情就这么定了。我们得走了。”

莫司比的态度非常友善,甚至好像有点喜欢区特威克了,根据以上两点,区特威克猜想他这个警察局眼中的红人已经通过了最后一次内部考试,被裁定完全有能力在生人面前侃侃而谈。

作为奖励,区特威克乘坐了一辆由真正的便衣警察驾驶的真正的警车从苏格兰场赶往分区警察局。

区特威克并不希望马上就履行他的义务,因为,这个结果将是决定性的,一旦他认出了这个人,法律就会不遗余力地向这个可怜的人发起进攻,咄咄逼近,直到最后要了他的小命。区特威克提醒自己一定要切记,这可是最残酷的惩罚了。

莫司比向警察局的巡佐介绍了区特威克,巡佐立即表示了刮目相看的态度。他们到这之前,已经有个女人等在这里了,区特威克得知她是皮卡迪利王宫大酒店的服务员,就是她为老妇人端上那杯要了人命的咖啡。巡佐告诉莫司比,指认凶手的一切事宜都安排好了,正等着呢。于是,他们两个人和那个女人一同进了旁边的一间屋子,而区特威克由一位警察陪着待在原地。他禁不住感到奇怪,在这么重要的时刻,一切都显得那么草率。两分钟之后,那个女人出来了,下一个是区特威克,有人陪着他走进了隔壁,他觉得自己的腿有点发软。

屋子里空荡荡的，只有远处的墙边站着一排人，杂七杂八什么样的都有。这边是一个下流坯，旁边紧挨着徒有其表的家伙，那边是脚上蹬着一双擦得油光铿亮的鞋子的体面人，而旁边的那位却脏得要命。

按照规定，这些走在大街上毫无戒心、被说服加入这个行列的局外人应该和嫌疑人长得非常相似才行，但实际上，在几分钟之内找到十几个穿着整洁、高大魁梧，既有少校明显的军人气质，又有绅士风度的人实在不容易。

这一次的问题还不仅如此。找到的这十个人中只有一个人的头发在姜黄色的基础上接近红色。区特威克的任务成了一场闹剧。

巡佐领着他慢慢地走过队列，又走回来，他的心脏怦怦直跳，十二双眼睛轮流与他的目光接触，有的人表现出轻蔑、随意，有些则表现出义愤填膺。如果说结局已经是意料中的事了，那么，区特威克现在已经做好准备把目标锁定在红发男人身上，而且在宣布自己的结论之前要目不转睛地盯着他，在记忆里搜寻对照那张脸。

"先生？"巡佐对区特威克感到很不耐烦，"你能辨认出那个下午两点半到三点之间坐在你附近的人吗？"

区特威克认为再没有什么可以值得怀疑的了，于是小声地指出就是那个红发男人。巡佐听了之后，在手下人的协助下雷厉风行，把其他十来个人赶回到了街上。这里只剩下既愤怒又震惊的红发男人，确切点说，他情绪里愤怒所占的比例更大些，他显然想等到屋子里的其他人都走净了才发作。区特威克向怯懦屈服了，因为他也跟在那十来个人的后面慢吞吞地走出了屋子。他心里暗忖，自己只是不想亲眼看到他被逮捕。

红发男人的辩解根本无济于事，几分钟之后，莫司比找到了在屋子外面等待的区特威克，告诉他不必再担心，那个男人已经被锁在牢房里了。

莫司比看了看区特威克，觉得这个红人应得到嘉奖："我准备去搜一下辛克莱尔少校的公寓，尽管我猜可能找不到什么线索，但我想先看看老妇人在奥尔德里奇的房间。愿意一块儿来吗？"

区特威克立刻高兴起来。去看警察如何工作……这一次，唯一的一次，他把姑姑完全抛在了脑后："哦，谢谢，总探长。真是，这太……我非常愿意。"

两个人上了在外面等待的警车。

到了宾馆，莫司比表情严肃，但举止得体。他走进了一间昏暗的办公室，把区特威克一个人留在了大厅里。他回来的时候取来了房门钥匙，一个衣服上布满纽扣的小男孩带着他们走到房门前。莫司比镇定地打开了房门，两个人走进了房间。

莫司比既没有带放大镜和指纹探测设备，也没带其他任何一种对于侦探来说所必需的家伙什。他只是按部就班地开始搜索那些抽屉，对信件和其他文件之类的东西格外留意。区特威克本来期待这个过程会令人激动不已，但一切都落空了，搜查工作悄无声息地进行着，他坐在床边感到越来越无聊。

忽然间，一切都被打断了。侧面墙壁上的一道房门突然被打开，一个年轻高挑的年轻女子出现在门口。她被眼前的两个人吓呆了，眼睛一眨不眨地盯着他们看。区特威克也瞪着眼望着她。她个子很高，但长相一般，乌黑潮湿的秀发从中间分开，侧面的头发别在耳朵后面，鼻子上架了一副极大的龟板材质的眼镜，身穿一件土气的棕色女装。她的气质表明她是个女强人，似乎办事效率出奇的高。区特威克用私家侦探的分析方法分析之后，得出了结论，“老妇人也有个陪护。”他暗自嘀咕。

不多时，这个办事很有效率的女人就从惊慌中回过神儿来。尽管她可能会以为她遇到的是两个不惜一切代价也要达到目的的入室窃贼（如果她没有近距离观察区特威克的话，也许会这么想），但她自信干练的语气里听不出一丝颤抖：“请问你们在这里干什么？这是私人卧室，而且，已经有人住了。”

“啊，”莫司比点了点头，“戈尔小姐，是你吗？”

她满腹狐疑地看着他们。此前，她已经听说过这种骗人的花招了。“是的。”她有些勉强地承认了。

“我是警官，”莫司比的淡定一如既往，“恐怕，小姐——”

“我能看下你的证件吗？”年轻的女人迅速地打断他说。

总探长朝区特威克的方向做了个鬼脸，然后向那个女人出示了证件，她立刻变得非常合作了。莫司比简要地向她解释了悲剧的发生，但并没有提到有关谋杀和逮捕的事。年轻的女人聚精会神地听着，但她一点也没感到震惊。莫司比对她的合作表示了感谢，并暗示他想问她几个问题。

“我们最好到隔壁去坐。”戈尔小姐建议说，随后便领着他们穿过连通着另一个屋子的门，进了一间小的起居室。两个人顺从地跟在后面。

戈尔小姐在一把椅子上坐下来，招手示意他们坐下。她的态度无疑是告诉总探长她准备好回答问题了。区特威克看到戈尔小姐注意到了自己，紧张地笑了笑，但对方并未报以微笑。区特威克的脸上泛起了一丝红晕。说真的，像戈尔小姐这样的年轻女人只会让他害怕。

戈尔小姐的故事对他们想了解的重点并没有多大帮助。对莫司比的问题，她表现得很坦诚，做了简要的自我介绍并讲了和死去的老妇人的关系。她今年二十八岁，父亲是西部小镇上的事务律师。她的事业就是在她父亲的办公室里起步的，几年后，父亲死了，她只能自食其力。她父亲的事务所不太值钱，她卖了个合适的价钱，然后移居伦敦。她熟悉办公室的业务，还会速记打字，这些本领使她很快在之前与父亲有商业往来的律师事务所里谋到了一个职位。这份工作薪酬不错，但只干了很短的时间，因为公司的一个客户是个富有的美国女人，在戈尔小姐受公司委托做她的短期向导和陪护期间，看中了她介绍和安排参观大城市风光时所表现的高效的办事能力，于是愿意出一大笔钱长期雇用她。（戈尔小姐的原话并不是这样说的，但显然她对自己的价值没有丝毫怀疑。）戈尔小姐接受了这份工作，随那个美国女人回到了纽约。

她在那儿一待就是五年，帮她的主人打理各种各样的事务，比如，确保她在合适的日子加入合适的委员会，建议她慷慨解囊的时候应该向哪一位医院社工捐多少钱。总的来说，她使这个美国女人生活得比从前更加舒坦。不到两年，她的雇主就死了，但对戈尔小姐来说，找份新的工作一点难度也没有。

在接下来的三年里，她找到了两份类似的工作，这之后，她放弃了所有主动找上门的机会，回到了英国。她原本只是打算回来度假的，但偏巧遇到了辛克莱尔女士，两人一见如故，于是她决定留下来做私人陪护兼秘书。那是八个月前的事了，现在看来，戈尔小姐高效率的职业生涯新篇章又要画上句号了。

"谢谢。"莫司比点头表示了感谢，"小姐，如果所有证人都能像你一样，我们在苏格兰场就轻松多了。"

为了表达谢意，戈尔小姐淡淡地笑了笑，短暂但恰到好处。

"那么，也许，"莫司比说道，" 你可以谈谈你对这个老妇人的印象。"

"辛克莱尔女士？"戈尔小姐纠正说，"正如我之前所说，我只在这待了八个月，但是，我想我可以提供你想知道的信息。"

"我相信你可以做到，小姐。"总探长对此表示赞赏。

戈尔小姐的描述使区特威克更加肯定那死去的女人是个有头有脸的人物。她非常富有，这显而易见。不仅如此，戈尔小姐之所以认为她身份尊贵，是因为她还是个颇有声望的古老乡村家族中的成员，而且是她这一代人中唯一在世的一位。最后一点，戈尔小姐明确指出这女人地位极高，因为她是个凡事都要说了算的人。

随着叙述的不断深入，区特威克脑中这个原本模糊的形象渐渐清晰，这个人竟和自己的姑姑如此相像。

八个月的时间不算短，戈尔小姐足以在这段时间内掌握雇主的家庭史以及她的一些私事的基本情况。在多塞特郡的厄尔什兹，是最古老的乡村别墅之一，三万英亩的土地组成了这片巨大的庄园，自从撒克逊时代，这片庄园和不同时期这片土地上的抵押财产就归辛克莱尔家族所有。财产传给谁并不是依照法律规定，但风俗习惯总是指引着人们把财产遗赠给法定继承人，除非情况例外，就像辛克莱尔女士在继承遗产时所遇到的那种情况。少校的父亲，辛克莱尔上校，在少校还是个小孩子的时候就在拓荒运动中被杀了，不久之后，少校的母亲也死了。少校的祖父，比儿子儿媳多活了几年，把整个庄园留给了他唯一的孩子，辛克莱尔女士，只给他的孙子留了很少一笔钱，当然了，按照正常思路来理解，她死后财产应该归少校所有。

然而（戈尔小姐暗示说），虽然辛克莱尔女士尊重家族传统，但她不允许习俗凌驾于情感之上。她曾向戈尔小姐暗示，对少校本人则表述得更加直接，她并不一定把财产留给少校，但是，只要他安分守己，她也不会有别的什么安排。安分守己，按照区特威克的理解，就是凡事按他姑姑的意思办，想到这儿，区特威克有些伤感。这时，戈尔小姐第一次显得有些犹豫。

“如果他不安分，她会怎么做？”总探长打趣地问道，“把财产留给猫猫收养所吗？”

戈尔小姐略微停了一下，好像不太确定这样说的根据。她猜想还有一个人可能会是继承人，他是少校的表弟，如果他还活着，财产也有可能是他的。辛克莱尔女士对这件有辱门楣的事一直讳莫如深。其实，她的同辈人中除了她自己和少校的父亲之外，还有一个妹妹。这个妹妹还是个小女孩的时候就爱上了一个让人难以忍受的可怕的家伙，是个新闻记者，她还希望能嫁给他。她父亲严厉禁止她和这样的人渣扯上任何关系，于是她立刻跑出家门，和那个家伙在马里波恩登记结婚了。理所当然，她与家族的联系就到此结束了。他的父亲不闻不问，切断了她和家族的一切联系，既不给她写回信，也不让其他人这样做。辛克莱尔女士曾经与这个使家族蒙羞的人在布鲁姆斯伯里一间破旧不堪的屋子里见过一面，她恳求妹妹离开这个恶棍，带着歉疚回到祖屋，只要尽量躲着不见他，并对自己的所作所为有悔改之心，几个月之后，父亲就可能心软进而原谅她了。

莉蒂西娅（这就是那个堕落了的女人的名字）面对辛克莱尔女士的建议报以大笑以侮辱她的姐姐，并唐突地拒绝再在这里待下去，连一杯茶也没喝就离开了，再也没有回来。

辛克莱尔上校当时正在印度。自那时起，家族里再没人见过她或收到她的来信。通过某些间接的渠道，他们得知这次会面不久她就移居了美国。根据同一个消息来源，他们又了解到，若干年后，她和丈夫都死了，当然，这对两人是种解脱。即使是通过死亡这种形式，莉蒂西娅·班森也没能洗刷净给家族带来的耻辱，因为她还变本加厉，在纽约生了个儿子。辛克莱尔女士一直关注着那个对此一无所知的孩子的消息，直到他长成一个少年，得到的消息才越来越少，后来更是杳无音信。那是十年前的事了，如果他现在还活着，肯定会被列入继承人的行列。

“啊！”莫司比边抚摸着他的海象胡边说，“她把这家伙的消息告诉少校了？怎么回事？他究竟做了什么忤逆的事，让她漏出口风要把钱留给别人？也许是因为他太难约束了？”

戈尔小姐并没有明确回答少校究竟做了什么忤逆他姑姑意愿的事，她只是听辛克莱尔女士暗示过，所以现在也只能含蓄地回答。其中的原因并不是由于少校难以约束，据她所知，少校一点也不放荡，他的事业无可挑剔，只是婚姻上遇到点问题。

“啊！”莫司比说着，身子向前倾了倾。

“辛克莱尔女士从未向我隐瞒过这件事，她一直都希望辛克莱尔少校能够娶约翰爵士和凯里夫人的独生女凯莉小姐为妻，辛克莱尔女士与他们夫妇既是老朋友也是邻居，两家的庄园紧挨在一起，”戈尔小姐继续拣主要的说，“凯莉小姐是个很有魅力的女人，不是特别年轻，也可能不算非常好看，是个典型的乡村里长大的运动健将，骑术精湛。她父亲约翰爵士，是当地打猎的好手。几乎可以断定，凯利小姐就是财产的继承人（事实上，我猜辛克莱尔女士和约翰爵士就财产继承的事达成过某种非正式的协议），从这点来看，两人的婚姻真是天作之合。”

“但是，少校不这么想？”总探长询问说，“我了解那些长在乡村的女人，她们的脸就像她们骑的马一样，大多都这样。”

戈尔小姐淡淡地笑了笑：“我不知道凯莉小姐是不是那样，我只知道少校对这桩婚事一点兴趣都没有。”

“这么说，他们之间产生分歧了？”莫司比满意地点了点头。

“也许是有一点，”戈尔小姐勉强地承认说，“要知道，辛克莱尔女士可不是唯一一个有主见的人，少校和她一样。据我了解，他曾经很肯定地告诉他姑姑，他没打算娶凯莉小姐，也绝不会这样做，甚至不会去取悦……”戈尔小姐忍住没说。“他不想这样做。”她最后说道。

“所以他姑姑威胁说遗嘱中的一切没他的份，要把钱留给他那位美国的表弟？”

“我也拿不准她有没有说过这样的话。我想她非常希望少校最终能够回心转意，也许，她会想办法让他屈服，所以她才安排在皮卡迪利王宫大酒店和他会面。她一想到这个点子就立即写信通知了他，而且立刻动身到镇上去了。辛克莱尔女士就是这样，由着性子来。”

“但为什么选在皮卡迪利王宫大酒店见面？”区特威克自进门第一次小心翼翼地开了口，“为什么不是在这儿，或安妮皇后区？”

“辛克莱尔女士从未去过安妮皇后区。”戈尔小姐冷漠地说，“她认为单身汉只能去他们该去的地方。”

“是的，但是为什么偏偏选皮卡迪利王宫大酒店？”区特威克锲而不舍地追问道，“我是说，那里看起来太……”

“是她约的地方，”戈尔小姐冷漠地说，“所以，也许没人能解释辛克莱尔女士为什么要选择那儿，但我想，这点根本不重要。”

区特威克不再追问了。

“我明白了，”莫司比说，“那么，你知道她和少校约了几点见面吗？两点半还是三点半？”

戈尔小姐对此一无所知。

她最后一次见到辛克莱尔女士是在什么时候？

是午饭时间。辛克莱尔女士当时看起来和平常没什么两样。之后，她还在客厅里喝了点咖啡。两点钟一过，她就上楼回了房间，并告诉戈尔小姐晚饭前这段时间用不着她。

她说过要提前出去吗？

也许说过，戈尔小姐也不确定，她记得辛克莱尔女士好像提到有一两件小事要办。是的，戈尔小姐确定她这样说过，因为她现在想起来了，自己当时还主动提出要帮忙，但辛克莱尔女士回答说不是什么重要的事，她去皮卡迪利王宫大酒店的路上自己就能处理。

她提到过要办什么事吗？

不，她没有透露。

莫司比边抚摸小胡子边友善地盯着戈尔小姐的脚。如果不是那双大了至少一码半的鞋子遮住了脚的轮廓，也许那是双非常美的脚。

“现在来谈谈与少校的这次会面吧。你觉得这应该算是高潮部分吗？你提到过，她想把有关婚事的事告诉他，为此还特地来到镇上，所以这事也许很重要，对吗？我的意思是，如果不重要，也不至于非得见面才能谈。依你看，这是否意味着最后通牒？”

戈尔小姐也说不准。

“那，这么说吧，她是否有只言片语表明她预见到这将是场唇枪舌剑的会面？两个人会吵架，或会发生什么其他的事？”

戈尔小姐首次变得闪烁其词：“我认为这些问题都是环环相扣的。您暗示辛克莱尔女士是服毒自杀——虽然我不太相信。您是不是想说辛克莱尔少校在婚姻的事上弄巧成拙才使他姑姑走了极端，最终了结生命？若是这样，我必须告诉您……”

“我没暗示任何事，小姐。”莫司比善意地打断道，“真的。你可以认为我问的问题相互关联。所以我才想知道，按你的理解，如果辛克莱尔女士对会面有所预期，她会想到什么？”

戈尔小姐的脸上立刻浮现出一丝拘谨的笑容，她意识到这是个圈套，总探长的话等于默认了自己刚才的猜测。“按我的理解，”她没好气地说，“辛克莱尔女士也许会想到困难重重，像这样的事情，她可能会正式下个最后通牒什么的。”

“我懂你的意思了，”莫司比若有所思地说，“这么说，会面时所谈论的话题就是围绕凯莉小姐这个关键人物了？”

戈尔小姐认为这样说也不算错。

“我明白了，也许她希望少校能对婚事提出自己的意见？”

不，戈尔小姐可不这么想。

“但是，像他这样年龄的男人，应该有自己的想法了吧？”

不，戈尔小姐认为他不会有什么想法。

据说，辛克莱尔女士对待这件事情时的态度颇有她父亲当年的风采。

“你肯定少校从未提过他要和除了凯莉小姐以外的什么人结婚吗？”总探长执著地追问道。

戈尔小姐似乎觉得没必要总在这个问题上纠缠，于是不耐烦地又说了一遍刚才的答案。

“你对他的秘密怎么看？”莫司比高兴地说，“如果我告诉你辛克莱尔少校两年前在安妮皇后区的家中已经娶了妻子，你会大吃一惊吗？”

## 05

# 区特威克的出访

对于区特威克而言，整件事已经告一段落了。

报纸就此事的报道引起了一时的轰动。皮卡迪利王宫大酒店的会馆、案件中见证死亡的桌子、聪明的女服务员、守大门的人，还有一位女清洁工的弟妹，这些物件和这些人的照片被刊登在每一份销量不错的报纸上。区特威克也上了报纸，照片上的他一副皮笑肉不笑的样子。照片旁标出了说明文字："曾亲眼见过嫌疑犯和他姑姑的人"，至于有关证词这个最重要的部分，依然是他和警方之间的秘密。

第二天一早，辛克莱尔被传讯到了地方治安法庭。根据现有的证据只能将他正式逮捕，法庭决定将他关押候审。离开法庭的时候，莫司比告诉区特威克，警局上下正在全力以赴，寻找除了区特威克和女服务员以外在两点半和三点之间曾见过辛克莱尔和他姑姑在一起的人。

“这并不困难，”区特威克说，“我故意走过去想阻止老妇人打呼噜的时候，好像有很多人都注意到我了。有些人也一定看到了他们俩。”

“没错，我们希望得到更多的证据证实这一点。尽管我昨天向你提过，单凭这一点还不能把少校绳之以法。”

“总探长，”区特威克胆怯地说，“我昨天看到你和一个同事在检查那个小瓶……如果您认为我不该知道这件事，可以不告诉我，但是——”

“你是想问我们是否从中得到了什么证据？”总探长已经习惯了区特威克的表达方式，遂亲切地补充道，“嗯，我可以告诉你，但你得保守秘密。是的，我们找到证据了。专家在瓶子上找到了指纹。确切点说，他想在瓶子上找出清晰的痕迹。现在，这些痕迹照片就在我的口袋里。想看看吗？”他掏出照片，递给了区特威克。

区特威克煞有介事地认真端详起来。“啊！”他深沉地说。其实，他根本没看懂这些照片究竟传达的是什么意思：“当然，如果这些得到确认……”

“确认？”总探长高兴地说，“它们已经得到了确认，这点毫无疑问。”

“哎呀！它们不会真的是……”

“这是昨天少校被捕后提供的指纹，如果你能发现这两组照片有什么不同，那你真是比我们的专家还能干。”总探长又掏出一个信封递给了区特威克。

区特威克站在门厅处比较着这两组照片。他从未仔细地观察过指纹，这对一个新手来说，还真不是件容易的事。但他已经完全相信了总探长的话。“我想，这就是最终的结论吧？”他一边郑重其事地说，一边把照片递了回去。

“这点相当关键。但是，仅凭这一点，精明的律师总能想到办法对付。我们现在要做的就是追踪少校购买毒药的来源。所以，我们现在依然任重而道远。”

“您认为能查到吗？”

“现在还说不准。但结果不妙并不等于办事不力，”莫司比严肃地补充说，“如果我们最终真的什么也没找到的话。”

案件的取证工作按部就班地进行着。

在尸检过程中，验尸官对尸体进行了细致的解剖，并对某些器官进行了检验分析，最后证实导致死亡的罪魁祸首就是氢氰酸。而且，通过这次检查，医生意外地发现辛克莱尔女士患有心脏官能症，只有不到半年的寿命了。而辛克莱尔少校居然对此一无所知。

警察找到了十多个看到他们曾待在一起的证人，他们的证词加上区特威克的证据，再加上充分的作案动机，这些足够给辛克莱尔少校定一个“蓄意谋杀”的罪名。对方想要找到不在场证据并以此脱罪，恐怕是痴心妄想。

地方法庭又把同样的证据仔仔细细地研究核实了一遍，虽然警察至今还未能把少校和购买氢氰酸这件事联系在一起，甚至没办法证实他原先就有这种毒药，但他在中央刑事法庭接受审讯应该是板上钉钉的事了。

结果出来之后，区特威克和莫司比走进附近一家便餐店，点了一份小圆甜饼和咖啡，两个人一边吃一边聊。“但是，区特威克先生，我得提醒你，”莫司比说，“如果没有你的证据，他依然能够逍遥法外。”区特威克的那个“悬在半空的手”的故事还没有提供给地方法庭作为呈堂证供，只是在正式审讯的时候才会提到。

“您这样认为吗？”区特威克非常怀疑地问道，“即使在瓶子上找到了他的指纹也不足以将他定罪？”

“是的。你得明白，他们的关系很亲近，因此，这些不能作为确凿的证据。比方说，那个瓶子是他的（因为上面没有标签或识别身份的标记），上次去姑姑家的时候把它落在浴室里了，如果他一口咬定这样说，怎么办？况且，如果他真想为自己脱罪，可以有很多借口来解释指纹的事。”

“哦！我明白了。”区特威克点了点头说。

“但是，你的那个故事……我保证，区特威克先生，”莫司比不动声色地说，“想要推翻这一点可不容易。少校的律师对于他的当事人能够脱罪太过自以为是，但是，如果他们听说了你将要提供的证据，就得动一番脑筋了，我敢肯定。”

“您已经告诉他了？”区特威克惊讶地问，“我还以为你们会一直保守这个秘密，直到正式接受审讯呢。”

“对公众要保密，但不需要对辩方律师保密。我们从来都是这样，以确保对待犯人是公平的。在审讯之前，我们都会让他们及时了解有哪些事对他们不利。”

区特威克点了点头，他又一次为英国司法体制的公正性而感到赞叹。

“对，区特威克先生，”莫司比得意扬扬地总结说，“没有你，我们恐怕要有大麻烦了；有了你，我们才能对判决结果心中有数。”

“我明白了。”区特威克微微地扭了扭身子说。

他们继续讨论着这个案子，以及各种难以预料的后果。莫司比每每谈到少校时就不露声色，但对于这个犯了错的绅士的妻子却表现出异乎寻常的同情，他认为她是个“好女人”；“也许是她给人留下的印象很深刻，她不是那种焦虑得紧紧握着双手坐在那里什么事也不管的女人。她会为了自己的丈夫不辞劳苦地奔走求助，我都不忍心告诉她，她这样做根本无济于事。”

“可怜的女人，可怜的女人，”区特威克摇了摇头，轻声笑着说，“她很迷人吗？”

“嗯……我认为迷人这个词并不准确，”总探长不确定地说，“她很有魅力，但是——嗯，不，应该说她是个果断的人更加确切。我记得有一次我去她那里核实情况，询问她那个秘书戈尔小姐提供的信息是真是假，她使我……”

“您是说有关戈尔小姐的生活经历？”区特威克有些吃惊地打断他说，“您不会是特地跑去核实这些的吧？”

“就是去核实这些信息的。我核实了她告诉我的每一件有关她自己的事。”

“老天爷啊！但是，为什么这样做呢？它和主要议题没什么太大的关系啊？”

“这是我们的规矩，”莫司比苛刻地说，“无论这些事何等微不足道，只要有办法核实而未得到证实的，我们都不会视其为供述。”

“天啊！”区特威克说道。他又一次为之惊叹，这一回是为英国警察系统的细心深入的调查方式而感叹。就在他的脑子忙着想这些的时候，耳朵错过了莫司比讲给他听的逸事。

“您提到过，”区特威克过了一会问道，“您一直和辛克莱尔少校的律师保持联系，他有没有告诉您他是否已经找到了那个失踪的继承人？”由少校的律师出面联系当事人家族当中唯一的亲属再合适不过了，就是那个住在美国，辛克莱尔女士声称对少校构成威胁的另一位继承人。想找到他并不容易，律师在美国的代表查到了他的相关经历。自从辛克莱尔女士最后一次听说他的消息到现在，这些年来他已经消失在人们的视线里，但他现在究竟身在何方，是死是活都无从知晓。登在几份报纸上的措辞严谨的启事至今无人回应。

律师现在想找到他，并不是因为辛克莱尔女士在遗嘱中提到在利益分配上有他的事，事实上，相关文件中已写明所有财产都无条件地归辛克莱尔少校所有，但少校直言不讳地对律师说，虽然他认为自己会被处以绞刑是不可能的事，但万一有那么一天，由于他没有孩子，财产的一部分留给妻子后，其余部分都归表弟所有，虽然这个表弟的姓氏随了那个龌龊的记者而不是辛克莱尔家族。区特威克一直想从别人那里知道搜寻情况的进展，他被这个有点浪漫色彩的故事所深深吸引了。

莫司比告诉他说，律师并没有提到这件事。

区特威克品尝了小圆甜饼和咖啡之后不久，就被善意地打发走了。正式审讯是在七个星期之后，区特威克到时才会露面。针对这段时间，莫司比给区特威克的建议是千万要注意安全，不要掉下悬崖或是被汽车轧死。

从一开始，区特威克就带着敬畏之情观察着他姑姑对这件事的反应。

刚开始一周的时间，她一个字也不想听，并且对有关案子的事根本不信。她这样做的理由似乎是不愿意相信自己的侄子会到皮卡迪利王宫大酒店里的会馆那样的地方，因此，她认为整个故事都是捏造的。

在这个最初阶段施展了几个小伎俩之后（终于在阅读早报上的新闻时发现了这件事），她认为不能再这样下去了，原因是她发现此案的关键证人竟然是如假包换的区特威克，于是她勃然大怒，开始对区特威克冷嘲热讽，好像自己是一场巨大骗局里的愚蠢的受害者。但是，正是这样的态度才使她最终安静下来，认真倾听了区特威克的故事。她让他把故事讲了一遍又一遍，还对细节追问个不停，直到满意为止。这样一来，区特威克和警察之间严守的秘密又多了一个知情人。

第二阶段持续了将近一周的时间。这段时间，区特威克女士动不动就把马车叫来（她不仅拒绝买轿车，还试图向别人表明她根本不相信这世界上还有轿车这样东西的存在），目的是乘车到苏格兰场替她的侄子求情，因为她提前给案子下了结论，很不幸，她认为应该走上绞刑架的是安布洛兹·区特威克，而不是那个红头发男人。

区特威克费了好大的劲，终于在她第三次准备出发前成功地说服她改变了行程。

他建议他们应该带着每个月收集来的报纸一起到肉铺转转，如果是在平时，区特威克为了逃避这个任务宁可发假誓也在所不惜（这是区特威克女士的几个节约项目之一，她把所有的报纸妥善保管好，然后以每磅半便士的价格卖给肉铺。每个月末的最后一天这些报纸就由赶往奇斯维克大街的马车拉着，被送到肉铺，这个过程绝不允许马虎。因此，在每个月的最后一天，区特威克要么头疼得厉害，要么就有一个非去不可的异地约会）。

最终，区特威克女士是这样解读整件事的：区特威克是有意而为之，他为了获得个坏名声而放弃了搭配窗帘样子的正当工作，不怀好意地跑去皮卡迪利王宫大酒店的会馆，目的就是去见证一起谋杀案的全过程，这样，将来在报纸上就能看到他自己的照片了；有时，另一种想法会在她的头脑里占上风，区特威克实际上什么也没看到，只是他渴望得到公众的关注才不遗余力地编造了整件事，只要他想获得恶名的欲望得到满足，红头发少校要赔上性命也就是芝麻大点的小事。这些天里，区特威克的日子并不好过。

一天下午，就在用茶点的时候，区特威克收到了一封他姑姑不怎么喜欢的来信。他把信从头到尾读了一遍，又是惊讶，又是欣喜，然后若无其事地把信递给了区特威克女士：“令人惊讶啊，姑姑。您还记得她吗？我好像都不记得了。”

“你希望我自己读吗？”区特威克女士嘟囔着道，“没有眼镜的话，根本看不清嘛。要是有个能力出众的女孩来照顾我就好了！一个不会把我的东西藏起来又忘了放在哪儿的人——”

“我来给您读，姑姑。”区特威克赶紧打断了她。他大度地忍下了这口气（就像这些年来他一直做的那样），所以并没有指出来，如果她姑姑真的想要能力出众的女孩来帮忙，她至少可以雇得起六个。但这是区特威克女士的另一项节约计划，她的原则是，如果能有免费劳力为她工作，就绝不花钱雇人。

区特威克用他柔和的男高音大声朗读了这封信。

信的内容如下：

里弗斯米尔德小修道院

多塞特郡

亲爱的区特威克先生：

也许你已经不记得我了，我过去和你母亲关系非常好。我们俩曾待在同一所学校，是非常要好的朋友，只是后来各奔东西才失去了联系。我一直想找时间给你写信，希望能与你们家重新找回那段友谊。也许你下周四二十三号可以来这待上一周，我们会非常高兴见到你。在这里钓鱼棒极了。这只是个小型的聚会，在一起玩的都是我的家人，还有一个朋友，所有一切都不必太正式。三点半有一趟从滑铁卢出发来我们这儿的火车，这一站是坦珀雷康博。期待你的到来。

你真挚的朋友

阿加莎·梅宝

“哈！”区特威克女士说。

“阿加莎·梅宝。”区特威克一边沉思，一边心不在焉地往嘴里塞了块松饼，“根本不记得这名字了。但这封信写得多好啊。梅宝夫人……不对啊！”

区特威克女士鼻子里喘着粗气：“梅宝夫人！难怪你不认识那个地址呢，安布洛兹·梅宝夫人，是的。这封信是勋爵夫人寄来的。”

“勋爵夫人？”区特威克高兴地重复道，“天啊，太不寻常了，这么说，您认识她了？”

“她结婚前常到这来。”区特威克女士轻蔑地说，“是你妈妈的朋友，一个轻浮的女孩子，我一向认为她人品不怎么样。”区特威克女士就是这样虚伪，明明对勋爵夫人敬爱有加，却偏偏要用深深的蔑视作为掩饰。她确实是个十足的势利小人，但区特威克很同情她。她年轻的时候，区特威克家族的活动范围还只局限在郡里，现在已经扩展到郊区了。

“真的是这样吗？”区特威克很感兴趣地问，“那么，她的娘家姓是什么？”

区特威克女士并没有回答，只是很大声地在喝茶。区特威克猜想他的姑姑可能没听到。他姑姑对于自己不想听的事从来都听不到。

区特威克通常懂得变通，而且已经习惯了接受这种方便省事的装聋作哑。但这一次，他的兴趣使他顾不了许多了，他又一次大声地重复了一遍刚才的问题，这次他姑姑不能再假装听不到了。

但他对这个答案并不满意。“娘家姓？”她冷淡地重复说，“我怎么会知道？我得记住你妈妈的每个朋友的娘家姓吗？”

“但她曾来过这儿，姑姑。”区特威克暗示说，尽管他知道这样说也没办法得到答案。

“勋爵知道她的娘家姓，”区特威克女士直白地说，“我不知道，也不在乎。这样的事知不知道有什么关系。”

“这真是太奇怪了，她居然邀请我去做客，”区特威克岔开话题，以这种温和的抵抗来回应那个不适当的说法，“我应该去。”

“啊！”他姑姑讽刺地说，“我自然知道她为什么叫你去。”

“你知道，姑姑？为什么？”

“她和勋爵在一起之后就和你妈妈断绝了来往，”区特威克女士愤愤不平地看着区特威克，“四十年后，她又想找时间看看她的家人。哈！竟没把我算在内。”

“这是为什么，姑姑？”

“为什么？你说呢？你现在可是臭名远扬的人了。你似乎一直想成为那种人。”区特威克女士帽子上淡紫色的缎带伴随着讽刺颤抖不停，“勋爵看到了你作为谋杀案中的主要证人被登在报纸上的照片，这下你得逞了。难怪她立刻想起来她认识你妈妈。”

“你是说——你是说，她让我去那里只是因为我是——因为我的——因为她以为我是——”

“因为你是报纸上的那个引起轰动的人物，”区特威克女士顺势说，“除了十足的傻瓜之外谁都能看出来。所有的勋爵夫人都喜欢收集臭名昭著的人，不是吗？女演员、杀人犯、作者，这些人的经历勋爵都了解。现在，你是他们中的一员了，她也要把你列入收集的行列。”

“上帝保佑！”十分不安的区特威克祈求道。如果真的是那样，看起来……每个人都知道勋爵夫人的确……

“哈！”她姑姑又叫了一声，然后接着喝茶。

“那我肯定不会去。”区特威克打定了主意说。

他姑姑听了差点没把茶杯摔在地上：“不去？胡扯！比平时更糊涂了吗，安布洛兹？”

“但是，说真的，姑姑，如果她让我去只是为了……”

“当我还是个年轻女孩的时候，”区特威克女士岔开话题说，“我们每年都去多塞特的多克家住上一段时间。你爷爷每年都会接到邀请，每次都由我陪着他一起去。”

“是的,姑姑。但如果您确定她为什么要我去,我想实在有失身份……”

“如果我能被邀请到多克家族,你难道没资格受邀去一个不值一提的勋爵夫人的家吗?”区特威克女士带着极度的蔑视反驳说。

“哦,是的。这点毫无疑问。但我的意思是……”

“胡扯!”区特威克喘着粗气说。

就这样,区特威克决定起程上路。

他随身携带的物品里,除了一个橡胶热水瓶(即使是七月份,谁也说不准会有什么天气),一件红色的法兰绒护胸衣(因为他非常清楚,自己亲爱的爷爷就被胸腔疾病所困扰,所以对这种疾病最好有些准备,不能有半点马虎),一顶白色的棉睡帽——曾属于他亲爱的爷爷(如果区特威克的头发再以这样的速度脱落的话,他很快就会变成秃瓢,那么,唯一制止脱发的方式就是戴一顶睡帽,除了十足的傻瓜以外,谁都知道这个道理),还有两只死掉的蛾子(不知怎么混进去的)。替他打点行囊的男仆毕恭毕敬地整理好了一切,但没有理会那两只蛾子。

既然他姑姑发了话,区特威克知道自己无论如何都得走,但他能借此机会找回点独立自主的感觉。他发现里弗斯米尔德距离厄尔什兹只有几英里远,虽然,这样一来变相证明了他姑姑的怀疑也许不无道理,但也为这个主要证人了解这个案子提供了一个难得的机会。他能获得有关少校早年生平和大体性格的第一手资料,这不仅能大大满足他作为一个犯罪学家的好奇心,而且还能给警察帮上更多忙，谁也说不准能挖出什么信息。就这样，区特威克来到了目的地。

一路上，他一个人也没见到。他的火车晚点了，从这里到小修道院至少还有二十英里的车程。到了之后，他刚刚换好衣服，接他的人就来了，只有男管家一个人，在欢迎之余又在话里话外带着点责备，好像是说虽然他知道区特威克可以解释为什么迟到，但一个真正的绅士是不该坐以待毙任凭火车迟到的。

区特威克是个害羞的男人。他一想到要走下这些布置得很漂亮的楼梯，踏进一间满是陌生人的屋子，就不舒服。他最后一次正了正领带，轻轻捋了捋那日渐稀疏的头发，其实捋不捋效果是一样的。此时的他真希望自己从未来过这里。他平日里少言寡语，能和他姑姑在一起就很满足了，而对犯罪学的研究、邮票收集和外出拜访他人这些并不经常做的事，则令他很不自然。不过，既来之，则安之，只能走一步算一步了。

楼梯通向一个巨大的大厅，所有的人都已经等候在这里了，区特威克十分庄重地走下来，心里暗自嘀咕着走了这三十码距离以后，领带是不是还在原来的位置。他只顾着想这件事，都没有时间欣赏交叉拱形的砖结构房顶、竖框的窗子，甚至没注意到靠在灰色的砖墙边的一副副盔甲，他把目光投向了远方的一小撮人，极力寻找那个曾和他妈妈待在一所学校里的女主人，一位客人要是一开始就认错了女主人着实令人尴尬。

幸运的是，他的问题迎刃而解。区特威克刚走下楼梯，一个穿着淡粉色礼服、金色鬈发、蓝色眼睛、脸上洋溢着迷人微笑的女人就从里面走了出来，穿过大厅来接区特威克。“晚上好，区特威克先生。”她笑容满面地说。她显得那样开心，以至区特威克一时之间产生了错觉，好像这个女人的一生都在等待眼前的这一刻，而且见面的这一幕出乎她的意料之外：“很抱歉，你刚到的时候我不在这儿。你能来这面对一群陌生人真是太了不起了。陌生人要么招人喜欢，要么令人讨厌，谁也不知道自己会遇到什么情况，不是吗？到这边来，喝杯鸡尾酒吧。”

区特威克茫然地笑了笑，走过去拿了杯鸡尾酒。他的肚子里填满了惊奇。

这女人曾和妈妈待在一所学校，现在算来至少有六十岁了，但她看上去顶多只有三十二岁，英国的司法体系和警力固然令区特威克惊叹，但更令他惊奇的是女人保持青春的秘诀。

之后不久，区特威克就意识到自己犯下了愚蠢的错误。很显然，这个人不可能是梅宝夫人，而是她的女儿。哎呀，糟糕！

“你妈妈请我到这来真是体贴，”区特威克很有礼貌地低声说，“嗯——嗯——”这样的客套话使他脸红，因为他意识到自己还不知道她女儿的名字。

她转身穿过大厅时停了停，疑惑地扫了一眼区特威克，区特威克觉得自己的脸更红了。刚才的她还在咯咯地笑，现在这种笑容忽然不见了，她转过身匆匆忙忙地走了，越走速度越快。区特威克慢吞吞地跟着她，心里直打鼓，不知道是否刚才说错了话。

一个巨大的沙发旁的小圆桌周围坐了一小群人，其中一个男人很高，年纪在四十五岁至五十岁之间，留着灰色的小胡子，眉毛参差不齐，灰色的眼睛向区特威克射着十分锐利的目光；这里面还有个年轻的男人，顶多二十五岁，身材矮小，但很健壮，他和穿粉色女装的女人一样，眼睛是蓝色的，他的眼神里一样充满了恶意；还有一个上了年纪的女人，身材修长笔直，头发已经白了，表情很忧伤，再者就是一个身材更高挑的女孩，二十八岁上下（区特威克觉得她很眼熟，只是现在认不出罢了），黑色的头发，椭圆形的脸很精致，上面嵌了一双棕色的大眼睛，她那冷漠的态度立刻使区特威克感到恐惧，本来和女性待在一起就令他浑身不自在，这下更是雪上加霜。他真希望自己从没来过这儿。

"各位，这是区特威克先生。"穿粉色女装的女士（某某人的女儿）高兴地说，"那么，现在，"她无视真相地说，"你们大家彼此都认识了。"

四个人低声嘟囔着承认已经和区特威克认识了。

区特威克并没有拿出专业侦探那种暗中察言观色的本领逐个研究五个人的性格，他甚至没有仔细留意过每个人的眼睛是什么颜色的。对他来说，这五个人只是五段模糊不清的记忆。矮小的粉色影像，房子中某人的女儿；高大的灰黑色影像，可能是主人；修长的银黑色影像，肯定是女主人；更高挑的颜色艳丽的影像，一个身份不明而又不善于掩饰的女人。随着恐惧一步步退去，区特威克逐渐看清了他们的轮廓。他感激地从粉色影像手里接过一杯琥珀色的鸡尾酒，匆忙地掩饰了自己的拘束。紧接着，晚餐准备好了，他终于松了口气。前面没有人带路，大家成群结队地走到大厅的尽头，然后上了四级台阶，进了一间巨大的镶了装饰的餐厅，粉色影像执意让区特威克坐下来。让他暗自难过的是，坐在他旁边的是那个颜色艳丽的影像。

片刻之后，大家展开了餐巾，区特威克不得不调整了自己的注意力。高大的灰黑影像中的男人一定是梅宝勋爵，因为他坐在了桌首，但那个黑银色影像里的白发女人怎么也不可能是梅宝夫人，因为她并没有坐在桌尾。坐在区特威克左边的是友好的粉色影像。一切都令人迷惑不解。

梅宝勋爵称那个粉色影像为“阿加莎”，没错，坐在左边、区特威克对面的年轻男人也是这样称呼她的。这下毫无疑问了，她肯定就是和区特威克妈妈待在同一所学校的梅宝夫人。区特威克觉得怎么看她都没有六十岁。

出于礼貌，她问了问区特威克旅途是否顺利，区特威克的回答前言不搭后语。

渐渐地，美味的雪利酒（区特威克最感兴趣的一种酒）促使鸡尾酒发挥了效力。区特威克发现他已经能看清楚他们的面容，甚至能把每个人名和本人对应在一起。比如说，梅宝勋爵是乔治；年轻的男人是莫尔斯；区特威克身边的颜色艳丽的邻居是茱蒂，银黑色相间的女人是瑞芙夫人，也是茱蒂眼中的玛丽姑姑（想到这，区特威克感慨万分，这个世界上竟有这么多的姑姑）。但至于这些人姓什么，就无从判断了。

晚餐继续进行，令区特威克感到轻松的是，颜色艳丽的女孩并没有拉着他聊天，而是冷漠得几乎有些不近人情，尽管如此，区特威克还是心怀感激，根本顾不上挑理了。区特威克完全是出于礼貌才怯生生地和她说了几句话，对方的回答友善而简短，虽然她的话里并没有字眼表达区特威克在她眼里还不如自己脚下的一只虫子这层意思，但却成功地让别人知道她就是这么想的。区特威克认为他们曾经在哪见过，但她对于这个想法一点兴趣也没有，而且认为他们不可能见过面。

礼节上已经应付过去了，区特威克又转向那个可爱而且年轻得令人惊叹的女主人。

“梅宝夫人，当我得知您和我妈妈在同一所学校念书的时候，”区特威克想尽量措辞得当以达到赞美的目的，“我真是大吃一惊。”

“是吗，区特威克先生？”她说。尽管她蓝色的双眸闪闪发光，但这话多少让区特威克有点警惕，“为什么？和你妈妈在同一所学校里的人很多。”

“哦，是的，”区特威克尴尬地承认道，“非常多，当然。那么，是哪所学校？如果我没记错，她曾经在两三所学校里待过。”

她刚要张嘴回答，突然把头转向了另一边的邻居：“你说什么，莫尔斯？”

“什么也没说。我只是在听你们的谈话。”

“哦。我以为你在和我说话。”

“不,是区特威克说的。他问你在哪所学校认识了他妈妈。”

“我当然知道,我正想……”

“区特威克先生!”

区特威克吃了一惊,是那个颜色艳丽的女孩在和他说话,语气还很强硬。他匆忙转过身来回应这个令人印象深刻的女士。

“你离开伦敦的时候下雨了吗?”

区特威克断然答说当时没下雨。她看上去松了口气。

区特威克转回身继续和女主人聊天:“我和姑姑都还记得你,你也记得她,对吗?”

“哦,是的,”梅宝夫人热情地答道,“我当然记得。她是个可爱的老妇人。”

“她当时不是很老吧?”区特威克怀疑地说。她们见面至少是二十四年前的事了。

“哦,当然没现在这么老。但——有变老的苗头了。我是说,她对我来说当然是老一点,即使是在当时。但是,当然……”

“区特威克先生!”

这次又是那个颜色艳丽的女孩,她说话的语气比之前更加急促了。区特威克对这个不近人情的女孩流露出的友好迹象表示欣喜。“什么事?”他笑着说。

“你去年到切尔西参加花展了吗?”

作为皇家园艺协会的忠实会员,区特威克当然参加了花展。他近乎强调地回答了这个问题。这个女孩虽然没去,但她好像对园艺有着浓厚兴趣。她究竟为哪个艺术类别着迷，恐怕连她自己也弄不明白，但区特威克推测她对园艺的各个方面都感兴趣。女孩让他给自己讲讲今年的花展，不是一个帐篷一个帐篷地讲，也不是一个展位一个展位地描述，而是要一朵花一朵花地介绍。她肯定是这世上最狂热的园艺师了。区特威克很高兴能与这个令人惊慌失措的年轻女士找到共同点，他不再害怕，而是把全部精力都投进这个令他十分享受的专题讲座。

每当区特威克表现出的热情有所减退时，都会被问到诸如“那瓜叶菊呢”或者“你还没介绍藤类植物”这类问题。就在区特威克进行专题讲座之时，梅宝夫人已经吃完了饭，站起身来。

在接下来的二十分钟里，区特威克一边品着波尔图酒一边听着另外两人漫无目的的对话，主要是关于去年老汤姆下了多少个蛋，老鲍勃去老比尔那里猎到了多少战利品，和其他一些诸如此类令人难以理解的神秘的事。嗯，波尔图酒不错，品质上乘。是一八八七年的葡萄酒吧——区特威克幻想着能分出酒的年代。正暗自琢磨着，突然间，他想起自己还没给那个女孩讲球茎植物呢。花展上当时没有这种植物，他真为刚才的疏忽焦虑，纵然是上好的波尔图酒亦缓解不了这种情绪。最终，区特威克由主人领着走进了起居室，今晚，除了这个时刻以外，没有任何一秒钟让他感觉到做什么事是心甘情愿的。

那个颜色艳丽的女孩正独自一人坐在敞开的大落地窗旁的沙发上，窗前是石板铺成的露天平台，在区特威克看来，那个女孩是在等他。于是,他一屁股就坐在她旁边,接着刚才的话题继续给她补习花卉知识。

“花朵很大,”他高兴地念叨个不停,“是那种鲜红色的,上面有个……”

“让我们到花园去吧。”女孩打断他说,随后立即站起身来。区特威克也站了起来,他感到有些惊讶。“这里的一间暖房里有几株漂亮的植物,”她回过头来说,好像是未加思考加上了这么一句,“你会喜欢的。”女孩径直朝外面走去。

区特威克跟在后面,刚刚得到缓解的恐惧又一浪接一浪地朝他袭来。他感觉自己就像个被保姆带出来透气的小男孩。

区特威克还没来得及和女孩并排而行,女孩就一路领先,带着他走下梯田、踏过草地、穿过灌木丛,但最终的目的地根本不是什么暖房,而是一间小小的由石头搭建而成的仿希腊神庙,庙前是一个草木丛生的湖泊。这里景色宜人,湖水在七月阳光的映衬下泛着暗暗的金红色,还没从焦虑中缓过神儿来的区特威克根本没有留意到眼前的美景。这个八面玲珑的年轻女子,刚才还觉得区特威克一文不值,后来又能容忍和他有共同的兴趣爱好,现在又把自己带到这么一个空无一人的地方,这究竟是为什么?如果只是为了好好聊聊植物的优点,又何必跑到半英里之外的仿希腊神庙对着湖水谈呢?这是为什么?

换了别人,只怕早该想到了这点,而区特威克直到这时才总算产生疑问。

他的同伴开始为自己作出解释。“区特威克先生，”她站在神庙的入口处，面对面看着他说，“梅宝夫人从未真正向你介绍过我们的身份。我想，你还不知道我的名字，是吗？”

“嗯，是的，”区特威克抱歉地说，“那——嗯，恐怕……但我确实认为，我们已经……”

“是辛克莱尔。我是辛克莱尔夫人。少校辛克莱尔，就是上个月因为涉嫌谋杀他姑姑而被捕的人，他是我的丈夫。”

## 06

# 倒霉的证人

仿希腊神庙是个六边形的稀罕物,宽敞的入口正对着湖面,石庙内有个很宽的石凳。区特威克一步步从入口挪到了石凳旁。若再站久些的话,真不知双腿还能否承受身体的重量。

各种不着边际的想法在他脑子里漫无目的地徘徊。

毫无疑问,那湖水非常深,辛克莱尔夫人至少比自己高出一英寸,她是那种很健壮的女人,她把自己带到这来就是要把案件里的关键证人扔到湖里的最深处使她丈夫获救吗?这时,他猛地回想起莫司比的话:如果没有他的证词,那个人很可能会脱罪。而且,莫司比还说过,辛克莱尔夫人是一个办事极为坚决果断的女人。确实如此,如果她相信除此以外没有别的办法,一个办事坚决果断的女人会毫不犹豫就……

惊慌之余,他思考着如何才能脱身回到屋里,不禁望了望入口。辛克莱尔夫人正站在入口处挡住去路,出神地望着湖面。

区特威克更加紧张了。所以这些人都参与了这个阴谋！他们知道眼前的这个女人就是辛克莱尔夫人，他们已经哄骗……难怪那个女人看起来好像从没和妈妈在同一所学校里待过。如果辛克莱尔夫人没能把自己扔进湖里，还有另外两个男人……他们可以串通一气为彼此作证从未来过这里。没错，连这里的仆人也已经被人收买了……

区特威克一想到这事就感到毛骨悚然，他顾不得害怕眼前的辛克莱尔夫人了，一下子站了起来。"这是场阴谋，"他尖声说，"我是被骗……这是……我现在就要回伦敦去。"

辛克莱尔夫人平静地看着他。"请别现在回去，求你了，区特威克先生。"她温和地说，"我只是想和你谈几句。"她像行尸走肉一般朝这边走过来。俨然是一位悲剧中的女王。

区特威克发觉如果自己不用全力支撑身体就根本没办法离开，而且他对自己这样做会有什么后果毫无把握。他开始犹豫不决了。

"你说得很对，"女孩趁机不紧不慢地继续说，"这的确是个阴谋。只为能给这次对话找个机会。就像你认定的，阿加莎·梅宝根本没和你母亲在一起上过学。但我认为——我认为，没有什么别的方法能说服你听我讲话了，所以我劝服了她和其他人，策划了这个骗局。"

"简直是骇人听闻！"区特威克气急败坏而又义愤填膺地说，"我不想听你说任何事。这是不能原谅的。"

“是的，”她镇定地说，“但这是事关生死的大事，只能不拘小节了。如果你很生气，我能理解，但是，如果你站在我的位置考虑一下，你就会原谅这种极端的做法了。”她淡淡地笑了笑。

区特威克的怒火渐渐地变成了不安。的确，站在辛克莱尔夫人的立场上，你必须原谅他们的这个小小的诡计，正如她提醒区特威克时所说的，她丈夫的命运完全有可能因为这次会面而改变。如果从这个角度看问题，这的确是小事一桩。是这次会面本身让区特威克感到不安。她想和他谈谈这个案子，但对于这个话题，区特威克最不想交谈的对象就是辛克莱尔夫人。

他拖着沉重的步子，两只微胖的手由于心情不好而来回摩擦着。“的确是这样，”他嘟囔着说，“是的，当然，我非常明白。但是，恐怕这样做没有用，如果……”

“过来，坐在这儿，区特威克先生，”辛克莱尔夫人平静地说。这样一来，区特威克更有一种不祥的预感，“我想和你详细地谈谈这件事儿。”她好像对自己的理由很有把握，于是，她选择离开对自己有利的地势，坐在了石凳上。

区特威克的体力恢复得差不多了，可以行动自如。他并不想与她交谈，但又抑制不住内心的渴望。茱蒂·辛克莱尔无疑是两个人中的主导，而她自己很清楚这一点。

区特威克迟迟拿不定主意，最后勉强在距离她挺远的地方坐了下来，眼睛望向远处的湖面。第一眼看到这个女人时产生的直觉依然存在，所以现在他仍旧那么紧张。他不由自主地陷入了这个女人的股掌之中。如果他变成了一只小狗，一早会毫无尊严地躺在地上，四脚朝天，让她把脚搭在自己的肚子上了，这样做并不是为了取悦主人——肯定不是而是屈服的信号。但他毕竟不是只小狗，他仍然坐在石凳上，假装欣赏着落日。

辛克莱尔夫人的话语从容而自信，这不仅表明她很清楚自己是整个事件的女主人，而且对于这个身份已经能泰然处之了。区特威克猜想，也许茱蒂·辛克莱尔很少会遇到她应付不了的状况。

“区特威克先生，你一直犯了个大错。”

是吗？区特威克不服气地想。这些骗子！

“你肯定不了解我的丈夫，但我了解他，我向你保证，他不可能会犯下这么可怕的罪行。”

区特威克对着落日想，善良的女人啊，你的丈夫是个彻头彻尾的恶棍，你越早意识到这点越好。

“我知道你说的是实话，你以为他就是你在皮卡迪利王宫大酒店时看到的和辛克莱尔女士在一起的那个人……”

非常感谢你的肯定，区特威克一点也不感激地想。

“——但你必须相信我，可能由于某些原因你搞错了。大错而特错！”

荒谬，区特威克一边静静地看着湖面一边想。我不会弄错的。

“我不是想左右你的想法——”

哈！

“——或是让你违背自己的良心——”

哈！

“——但你必须留有余地，就像我说的，你一直犯了个严重的错误（当然是无意中犯下的错），你得在一切还能挽救之前采取弥补的措施。”

如果她不是这样咄咄逼人，如果她不是信心十足而是楚楚可怜，如果她不是这样令人恐惧而是令人同情，如果她是穿着粉色女装的可爱的梅宝夫人本人，那么，无论她是何等的不择手段，站在她的立场，为了挽救她丈夫的生命考虑一下，区特威克至少会再好好想想。但是，结果恰恰相反，她并不是楚楚可怜，也不令人同情，跟梅宝夫人堪称天壤之别，区特威克觉得自己不仅是懦夫，而且是个愚蠢得要命的懦夫，根本就是个蠢货，对这样一个痴痴傻傻的懦夫而言，要想弄清楚整件事的原因，还真不是件轻松事……事实上，区特威克在遭受了自卑感的沉重打击后，已经深深地陷入了不安、怀疑和忧郁之中。

“恐怕没必要继续讨论下去了。”区特威克闷闷不乐地望着门口，说道。

辛克莱尔夫人叹了口气，声音小得几乎让人听不见。显然，要让一个近乎白痴的懦夫理解正义这个并不难懂的词比预想的难得多。“每个人都会犯错。”她友善地说。之后，她又说了好多事，说话时的措辞仿佛是有意迁就一个智力低下的人，大大降低了难度。

她一直在滔滔不绝地说着理由。区特威克双眼通红，盯着外面渐渐暗下去的景色。他感到胸中的怒气没办法发泄，他真希望这次会面能够到此为止。他故意不去听她讲什么，这样听下去只有坏处，没有好处。如果这个女人以为她能够说服他、用责任之类的鬼话吓倒他，让那个无情的凶手逍遥法外——那她就找错对象了。这一切真是一团糟，区特威克虽然身不由己必须坐在这里听她讲话，可除此之外，他决定什么都不做。

“当然，也许我丈夫和另外那个男人有相似之处，所以除了你之外，还有其他人指认他，但是，证明他毒害辛克莱尔夫人的证据是你提供的。区特威克先生，我注意到你戴了眼镜，你必须得承认在接近三十英尺远的地方很可能……”

故意装作听不到这些诚恳真挚的话语还真不容易。区特威克又得求助于他的老朋友了。

“就是这艘双桅金星号，驶向了……”

渐渐地，区特威克平静了许多，他沉浸在美丽的诗句里如痴如醉，不再那样闷闷不乐，也不再那样恐惧。渐渐地，诗中的人物使他恢复了平静。

“灯笼映衬着耀眼的白雪照在他明亮的眼睛上……”

他一背完这首诗，就会坚定地站起来，结束这次会面，然后陪着他的同伴回到屋子里去。他会这样做的！

“耶稣就这样救下我们，逃过一劫……”区特威克准确无误地背出了这句诗，然后立刻站起身来。

“恐怕我不能再听下去了，”他很坚定地说，“这些都是无稽之谈。我们可以回到屋子里去了吗？”

辛克莱尔夫人也站了起来，显得有些迟疑："你无论如何都要回去了吗，区特威克先生？"

"很抱歉，"区特威克回应说，"但是很遗憾，我无能为力。"

外面夜幕降临，区特威克对此感到很高兴。往回走的路上，两个人谁都没有说话，每走一步，区特威克就感到朗费罗的诗句的抚慰作用正在一点点地减退。茱蒂·辛克莱尔好像就是有这种魔力，她陷入失望之中沉默不语比她巧舌争辩更使人感到恐惧。虽然区特威克根本不急于去重新结识这个阴谋中的其他成员，但他跟随同伴走进起居室的时候确实令他轻松了不少。

只有梅宝夫人和上了年纪的银黑相间的女士待在显眼的地方，至于他们是否与茱蒂交换了某种暗号，区特威克根本没有留意到。四个人并没有表现出心事重重的样子，他们只是在随意地聊天，谈论着美好月光下迷人的湖景。辛克莱尔夫人在一张椅子上坐下来，随手拿起来一本杂志。她的姑姑依旧平静地坐在那儿，此时的区特威克犹豫不定，不知如何是好了。

梅宝夫人突然站了起来："区特威克先生，那两个男人在图书室。想必你想加入他们。我来给你带路。"

区特威克猜想这里的人是想把他赶走，这样另外的两个人就可以问茱蒂刚才发生了什么事，但他并不感到难过，对他这种敏感的人来说，起居室的气氛让他透不过气。他赶紧为梅宝夫人打开了门，然后跟在她后面走出了房间。

他们走下一段石制通道，穿过一个很大的客厅，又通过另一段通道，然后进了一间小屋。不管这间屋子是做什么用的，有一点可以肯定，这里绝不是图书室，而应该是位女性的房间。

“这是我的一间小密室，”她笑着说，“平时用来养花弄草的地方，我想把这里弄得多乱都行。你不会介意我把你带到这来吧。我只想在带你去图书室之前和你聊几句。”

“哦，什么事？”区特威克不安地问。

“我假装和你妈妈在同一所学校上学，为的是把你骗到这来，我很抱歉。但是，我只是太希望你能来了，如果你猜到这一切，肯定不会来的。你看到了，茱蒂是我最好的一个朋友。你会原谅我的，对吗？”她歪着头微笑地看着区特威克。这种透着迷人气息的忏悔，有哪个男人会拒绝接受呢？

“当然，当然。能够理解。”区特威克笑着说。

“我们了解她的丈夫林恩，和他太熟了。区特威克先生，你不会真的以为在皮卡迪利王宫大酒店里见到的和辛克莱尔女士在一起的人是他吧？我是说，你真的看到了？”

“这点没有疑问。”区特威克冷静地说。

“但林恩绝不可能做出那样的事，就算他心里曾想过，也绝不会做。他那个人太好了，真的。区特威克先生，这件事里肯定有什么地方没弄清。肯定是！”梅宝夫人就这个主题继续深入下去，她是那样全心全意地在帮她的朋友，就好像她自己的事一样。

区特威克被感动了，他问她自己能帮上什么忙？

“你必须收回指认他的证据，”梅宝夫人立刻回答说，“你看到的不可能是林恩，一定是其他什么人。如果林恩真的是清白的，却被处以了绞刑，那太可怕了。”

现在要让她相信这里面不存在错误可不容易，毫无疑问，林恩是有罪的，区特威克不能撤销或改变他的证词。虽然这并不容易，但区特威克还是想方设法说服了她，这一次，他觉得自己不近人情，甚至是残忍的。几分钟后，无可奈何的梅宝夫人带着他走下了另一段通道，来到了图书室，她离开时还和丈夫耳语了几句。

梅宝勋爵一个人待在这里。他给了区特威克一支烟，又递上了一杯掺了苏打水的威士忌，然后让他坐在房间里最舒适的一张椅子上，这才开始说话。

“好极了，孩子们现在不在这儿。区特威克先生，我想单独和你聊几句。”

“哦，关于什么？”区特威克感到更加不安了。

“茱蒂·辛克莱尔和你谈过了，是吗？你一定要原谅我们的鲁莽。你知道，这也是没办法的事。”

“哦，是的，当然。”区特威克嘟囔着说。

“林恩·辛克莱尔害死了他姑姑，简直是胡说，不是吗？”梅宝勋爵不安地拉了拉灰色的胡子，“都是胡扯。他长这么高的时候我就认识他了。他连只苍蝇都不忍心伤害。这里面一定有什么事没解释清楚。”很显然，没解释清楚的责任要归咎于区特威克。

无缘无故被安上罪名的区特威克坐在椅子上显得更加手足无措：“但是，我看到他那样做了。”

“真是荒谬！亲爱的区特威克，我知道你为人真诚，但是你错了。你的确看到有个人和辛克莱尔女士在一起，但他不是林恩。绝不可能。”

“不会有错的，”区特威克可怜兮兮地嘟囔着说，“后来我见到他的时候，一眼就把他认出来了。”

“但是辛克莱尔发誓说快到三点半的时候他才到那儿，而且再见到他姑姑时，她已经死了，林恩·辛克莱尔说的是实话。”梅宝勋爵的言外之意是说任何人都应该相信辛克莱尔的话。

“但是，瓶子上有他的指纹。”区特威克迫不及待地反驳他说，“这个又怎么解释。”他根本不想就这个案子争辩什么，但可能是义务驱使他这样做的。

“这是巧合，”梅宝勋爵信心十足地说，“林恩的律师轻而易举地就能解释清这一点。你说你看到了辛克莱尔把什么东西放进了他姑姑的杯子，并且认定那个人就是辛克莱尔本人——这才是我们要攻破的障碍。我真希望茱蒂已经使你相信你自己搞错了。”这一次，他的弦外之音是，任何一个人，即使他不是绅士，至少也应该为女士着想，为她网开一面。

“我真的不想再讨论下去了，”区特威克近乎恳求地说，“我很不喜欢自己现在的处境，我本来可以置身事外，但是，事已至此，我必须讲出我所相信的事实。我认为很多尴尬和不愉快都是可以避免的，如果我压根儿没有受——没有被邀请到这来。我并不想妨碍司法公正，只是我有我的立场，如果你不介意，我明天一早就动身回伦敦。”区特威克真诚而坚定地说。

梅宝勋爵有些失望地看着他，拉了拉他的胡子，显然他对下一步该做什么心里没底。“当然，如果你想……”他似乎决定这么说了，“好吧，我们不谈这个了。在你眼里，辛克莱尔并不重要，这我能理解，但他对我们很重要。你会玩台球吗？”

“嗯，就算会吧，”区特威克谦虚地说，“但是——”

“我妻子的弟弟觉得你也许想玩上一局。我想他现在正在桌球室等着你呢。我带你过去。”

就这样，区特威克又被引领着走下一段通道，一路上遇到一个又一个保管员。这一次，当他们到达目的地的时候，区特威克分明看到了他们两个人在传递信号，年轻的一个扬了扬眉毛，年老的一个则摇了摇头，耸了耸肩。众所周知，男人的暗示可没有女人之间的暗示那样微妙。

房门随着梅宝勋爵的离开关上了。如果说区特威克的心刚刚已经沉到了鞋里，那么现在，他的心已经陷在地板下的什么地方了。区特威克很清楚自己的处境，他会被一直传递下去，如果这个人没能说服区特威克，还有下一个人也许会成功。在这个年轻人之后，他估计自己很可能会被带到那个银黑相间的老妇人那里去，在她之后——也许有理由相信那个球一样的男管家也要试试。说实话，区特威克认为这些人当中，男管家的胜算最大，在他面前，捍卫正义的勇气支持不了太久。

区特威克只知道眼前的这个年轻男人叫莫尔斯，是勋爵夫人的弟弟。虽然两人只是一起玩玩台球，区特威克仍很不安。

一开局，年轻男人就精力充沛，这使区特威克有点恼火，焦虑之下，他错失了良机，让对方连得了二十六分。

“你玩得比我好多了。”他一边说，一边错过了连中两球的好机会。

“才不是呢。”年轻的男人说。这话显然不是事实，此后他又连得了三十四分。

几分钟之后，游戏结束了，比分如下：莫尔斯一百分，安布洛兹·区特威克三分。

“你玩得太好了。”区特威克有点颤抖地说。他真希望能够延迟那不受欢迎的一刻的到来，于是他不惜利用这个再明显不过的事实来拖延时间，“呃——你一定经常玩吧？”

“是的，经常玩，”他边说边把主球放到了架子上，“天啊，你竟然以为是林恩·辛克莱尔毒害了他的姑姑，真荒谬，不是吗？你不会是认真的吧，你确定吗？”

区特威克只能以叹息作为回答了。

后面还是按老一套的模式进行着。

最终，区特威克成功地结束了这次会面（年轻男人的坚持程度仅次于辛克莱尔夫人），他提出自己要去睡觉了。时间还不到十点半，但他觉得只有把自己锁在卧室里才是安全的，才不会受到那个银黑色相间的女人的烦扰，只要一想到还有一场会面等着他，他就要抓狂了。

区特威克没有再回起居室，他只对感到懊悔的莫尔斯道了声“晚安”就偷偷摸摸地溜回楼上去了。

他的房间好像和其他人的房间离得很远，对此，区特威克并不感到难过。房间是在东侧的一个小走廊上，周围再没有其他房门了。区特威克猜想，其他人的房间都应该在楼内的主体区域。如果真是这样，即使他夜里陷入极度恐惧而拼命尖叫，也不会有人听到了。

房间很舒适，区特威克对此心存感激，他随手锁上了房门。由于这里不是楼内的主要区域，所以不像其他地方那样破旧，从年代上看，房间是十六世纪的，不是十三世纪的，这里有一个精美的露天壁炉，还有许多橡木梁和两扇花格窗，窗的旁边是两把椅子，它们待在那里静静地俯视着地面。房间很大，低低的房顶使它看起来更加宽敞。如果不是处在这种情势下，区特威克真希望能在这里开心地待上一周。

他脱下衣服，躺在了床上。

当然了，他根本睡不着。所有这一切都令人紧张不安。但最新的一本心理小说（他好不容易把头两页读了四遍，首先，争取集中精力，其次，弄清故事梗概和来龙去脉）发挥了奇效。读完第一章之后，他觉得紧张的情绪已经得到了充分的缓解；读完了第二章，他感到自己的判断能力恢复得差不多了；第三章之后，他有了睡意；读到第四章的结尾，已经十一点半了，他关掉了床头的台灯。差一刻钟十二点的时候，他在诗人朗费罗的帮助下，努力不去想傍晚发生的事,之后才沉沉地睡去。

区特威克醒来时,好像距离刚睡着的时候过了很长一段时间。他不是像早上起来时那种懒洋洋的、睡意蒙眬的样子,他是被突然惊醒的。前一刻他还在睡梦中,下一刻就这样醒过来了——并且心怀恐惧。他不知道是什么惊醒了他,但无论是什么,他总有一种不祥的预感;他几乎可以肯定,有个什么人或是什么东西,就在这屋子里。区特威克不是个神经质的人,也不迷信,但这房子很古老,他确定已锁上了房门,而且确信……

区特威克在道义上也许算不上是个最勇敢的男人,但在这种情况下,他还是站起身来——按字面意义确实如此。他穿着睡衣,足足有几分钟没有畏缩。他坐得笔直,随手打开了台灯。他的预感一点没错,这屋子里确实有人,这个人就是茱蒂·辛克莱尔。

两个人面对着面,区特威克就像一尊爱泼斯坦雕像一样坐在那里,脸颊绯红,稀疏的头发东倒西歪地趴在脑袋上(这些头发如果没有睡帽的压制简直就是张牙舞爪)。眼前的茱蒂·辛克莱尔身材高挑、修长,皮肤黝黑,楚楚动人,身上裹了一件淡蓝色的丝绸睡衣。这情形很有趣,如果区特威克的姑姑在场,她肯定会大吃一惊。她姑姑总是在某些方面瞧区特威克不顺眼。

区特威克一开口就令人扫兴。"你是怎么——怎么进来的?"他倒吸了一口冷气,问道。

"柜子后面有扇门,是通往隔壁房间的。"辛克莱尔夫人呆呆地低声说。她停顿了片刻,之后就焦急地喋喋不休地说个不停,手指胡乱地拉扯着胸前衣物上的蕾丝。“区特威克先生,他们告诉我你明天一早就要离开。我不能让你走,除非……我得再见你一面。区特威克先生,我恳求你。我丈夫的命运就掌握在你手里。只要能挽救他的生命,我愿意做任何事——什么都行。因为他是无辜的。我知道他是无辜的。你不了解他,但我了解。他是我见过的最正直、最高尚的人。他不可能做出这么可怕的事。绝不可能。如果你杀了他,就等于杀了我。他对于我意味着一切——所有的一切。你不能走上法庭,发誓说你看到了什么,然后就把他的生命夺走。我会不惜一切代价去挽救他。我是认真的,区特威克先生。”令区特威克吃惊的是,她突然在他身旁跪了下来,用自己的手握住了区特威克的一只手。

时间一分一秒地流逝,区特威克一时语塞,惊愕得说不出话来。此时的辛克莱尔夫人截然不同了,她不再是神庙里那个镇定、高傲,而且令人惊恐万分的年轻人了。现在的她是一个绝望的女人,毫无掩饰,置一切世俗惯例于不顾,她根本不是什么悲剧女王,只是一个被绝望折磨得六神无主的妻子在争取最后的机会。在和绝望的女人打交道这方面,区特威克没什么经验。

他们静静地盯着对方,区特威克的眼睛里满是惶恐不安,而茱蒂的眼睛里则充满了令人怜悯的恳求。她那薄薄的丝绸睡衣已经从一个肩上滑落,露出了雪白的肌肤,她激动不已,紧紧地握着区特威克的手。

最后,区特威克终于开口说话了,但很遗憾,他还不太会应付这种场面。“辛克莱尔夫人，这不是——这不是太——太不明智了吗？”他结结巴巴地说，“我——我可以明早离开之前再见你。我是说，如果——如果有人听到你……”

她的反驳带着轻蔑：“哦，那又怎么样？这不是会不会被人听到的问题，而是事关生死的大事。我来这是为了挽救我丈夫的生命，如果谁知道了这件事，我也无权阻止。区特威克先生，我跪在这里请求你。”

“求你了——请站起来。”区特威克非常尴尬地恳求道。

如果会面的参与者恰巧是个男人，那么，床绝不是一个见面的好地方。床上的女人只有在家里才是装饰品。一个男人在这种情况下处于绝对的劣势。他心里清楚，自己可不是个摆设，此时的道德品行已经降到了最低点。如果会面继续拖延下去（现在看来，事情有可能朝着令人痛苦的情势发展下去），区特威克既需要道德上的支撑，也需要体力上的支持保持站立不动，但是，要达到预期的目标，看来希望渺茫。

最后，辛克莱尔夫人站起身来，区特威克总算松了口气。但她依然那样盯着他，紧紧地握着他的手恳求个不停。

“区特威克先生，我不是要你单凭我的一面之词就相信我丈夫是清白的。我知道这样做不合情理。我只是想让你明白，你有可能犯了个错误，得做点什么证实这件事。仅此而已。这个要求不算过分，你必须这样做！这是为了正义最起码应该做的。区特威克先生，罪魁祸首一定另有其人，他和林恩肯定长得很像。我必须得找到他。必须找到！”

“但是你丈夫的那些律师——”区特威克嘟囔说。

“他们认为他有罪。肯定是这样。他们嘴上不这么说，但我知道他们心里是这么想的。他们说不可能有人和林恩长得那么像，找也是浪费时间。区特威克先生，我丈夫的命运就掌握在你手中。你知道林恩在我们心目中的地位，也知道其他人是怎么看他的。这些还不足以使你怀疑自己的判断吗？我不是要你说谎，或是认定你根本不相信的事实。我只是希望你能承认自己也会犯错，也许你看到的并不是事实，这样就能挽救一个无辜的人的生命。你这样做也是说实话，不是吗？犯错很容易，你也不能完全肯定自己是对的，凡事都有万一。我只是要求这么多。你会答应的，对吗？我想你不会和我讨价还价吧，但是，如果你想让我拿出诚意，那么——那么——”她站在那欲言又止，可怜巴巴地望着区特威克，似笑非笑。蓝色的丝绸几乎已经滑落到了地上，但她似乎根本没有注意到。

紧张使区特威克拿捏不好分寸，他话不多，但很无礼，也许他认为此时此刻的残忍正是一种仁慈：“说实话，辛克莱尔夫人，恐怕我不能……这件事是我无法控制的。我很感激……相信我，我真的非常抱歉，但是不行。这事——这事没得商量。”

一时间，两个人都沉默了。

“你是说，”女人一字一顿地说，“连这点忙你也不帮？即使……这是最终的答案吗？”

“我不能，”区特威克的声音小得几乎听不见，“亲爱的女士，如果……是的，这是最终的答案。”

接下来，区特威克经历了他生命中最不开心的一分钟，一个女孩默默地看着他，眼神莫可名状。她的嘴唇开始颤抖，一开始是一阵阵地抖动，最后，根本没办法控制了。她用双手捂住了脸颊。“哦，上帝呀，”她呻吟着，“我该怎么办？我该怎么办？”她几乎是瘫倒在区特威克的床尾，身体随着抽泣抖动个不停。她默默地流着眼泪，样子绝望极了，好像她已经倾尽了所有压在了令她最终输掉一切的赌注上，她现在一无所有了。

惊慌失措的区特威克呆呆地看着她。他究竟在做什么？以前，他好像从没见过女人在他面前流过泪，当然，亲戚不算在内。他的脚感觉到了她瘫软的身体的重量，也感觉到了她竭力想抑制的一下下的抽泣，区特威克的心一下子软了。好像有什么东西堵住了喉咙，他轻轻地移到旁边，一边寻找外衣，一边注意着周围的动静。可怜的女人，她真的相信自己的丈夫是无辜的……这是太糟糕了。

他找到了衣服，随手穿戴好，然后呢，然后做什么？不可能就这样站在那冷静地看着她呀。更何况，无论从哪个角度讲，也不能用冷静来形容此时的区特威克。他用手抓了抓本已凌乱不堪的头发，绞尽脑汁，就想弄清楚下一步应该怎么办，他真希望能在屋子里漫无目的地转上几圈。他是否该走出房间，叫醒梅宝夫人，让她来处理这件事？或者去找那个银黑相间的姑姑？但是那样做……不行，何况，他根本不知道她们的房间在哪儿。那么，该怎么办？

他胆怯地触了触她还在抖动的肩膀："求你了，辛克莱尔夫人，别——呃——别哭了。"他的声音在颤抖。回答的声音同样也在颤抖。

"没——没什么。我很——很抱歉。我一会儿就没事了。不用理我。"

片刻之后，情形依然如故。备受良心谴责的区特威克觉得对这女人置之不理简直是世界上最狠心的事。一定得做点什么，而且得做得像个男子汉。屋子好像在他周围晃动，里面回荡着女子啜泣的声音。区特威克也和屋子一起摇晃起来……

区特威克做了什么，他已经记不清了，当他清醒过来的时候，他发现自己坐在床尾，正用手臂轻轻摇晃着女孩的肩膀。她趴在他的肩上哭个不停，然后，区特威克答应了她的请求。可能的，不可能的；光彩的，不光彩的。

"是的，亲爱的，"区特威克嘀咕说，"我会调查这件事的。我肯定是搞错了。我们必须找到那个男人。如果你丈夫是清白的，肯定能找到证据。好了，好了。"说实话，这是区特威克平生第一次失去理智——这种行为会遭到那些从没因为女人的眼泪而失去理智的人嘲笑。也是平生第一次，他亲吻了一个亲戚之外的女性，一个已为人妻的女子。区特威克的姑姑如果看到这一幕，一定会被惊呆的。

似乎没办法制止这种恶魔般的行为了。他继续吻着她。但这种吻是父亲对女儿的吻，真的，只是吻在额头、脸庞和右耳。但是，女孩似乎得到了安慰,区特威克的心情也好多了。

渐渐地,她抽泣得不再像刚才那样厉害。

她坐起身来,用手背揉了揉眼睛,然后捡起地上的睡衣,又不知所措地轻轻地拍了拍脸颊:“很抱歉,我太蠢了,但当时的情况让我感到很绝望。”

“我知道,”区特威克点了点头,眼神里流露出无限的同情,“我明白,我明白。”

“区特威克先生,你会按你说的去做吗? 你会吗? ”

“是的,我会调查这件事的。”区特威克傻傻地笑了笑,又点了点头,“相信我,如果你丈夫真的是清白的,我们会找到救他的办法。一定能找到。”

“区特威克先生,”迟疑片刻之后,她低声说道,“我并不是假装要感谢你。也许你知道对我来说那意味着什么。那——那——”

“你从另一扇门出去吧。”区特威克匆忙说道。

他帮她披好了衣服,又吻她一下,道了晚安。也许这次不像是父亲吻女儿,而是如同长辈一样慈爱,但这没什么大不了的。

## 07

# 神庙中的对话

被各种情感折磨得莫名其妙的区特威克第二天早上起得很晚。他是最后一个下来吃早饭的，所以觉得很不好意思，但这种情绪很快就消失了，因为他发现所有人对他的态度都极为热情。

梅宝夫人一直朝他微笑。梅宝勋爵特地欠起身来告诉区特威克哪个盘子盛了粥，哪个盘子装着鱼蛋烩饭、鸡蛋、熏猪肉和腰子——其实，区特威克只要打开盖子自己朝里边看看就知道答案了。莫尔斯（他的姓氏仍然不得而知）主动献殷勤，为区特威克倒了杯咖啡。银黑相间的姑姑（现在是身着针织丝绸的姑姑）向他道了早安，就像是在和一位从澳大利亚远道而来的最心爱的弟弟打招呼。她的侄女只是默默地对着他微笑，但这微笑里饱含了理解，也饱含了感激，而且透着亲密，区特威克的心猛地抽了一下。

事实上，现在的每个人好像都乐意取悦区特威克。

区特威克尽情地享受着众人的欣赏，已经顾不得自己是不是当之无愧了。他在这顿早餐中尝到了胜利的滋味。但他欣喜的笑容背后隐藏着疑问,他不知道茱蒂究竟是怎样给大家描述昨晚的一切的,此时的区特威克感到有些难为情。他真希望她的叙述已经经过了精心的删减。

为了能够单独待一会儿,区特威克吃过早饭后又来到湖边的仿希腊神庙,他想尽一切努力想明白自己现在所处的形势。他感到很不安,但这不安并不是因为他后悔自己对茱蒂许下了承诺,而是因为他感到自己之前的判断被牢牢禁锢了。之前的争论中有一点令他印象深刻。有没有可能是他的朋友们和他的妻子估计错误(区特威克习惯这样悲观地看问题),辛克莱尔少校原本就是真凶?但他转念一想,这种可能几乎为零。即使一个人能成功地骗过朋友,也不太可能对妻子隐藏起自己的真性情,而且毫无破绽。

当然,这说话并不绝对。至少,从心理学上讲,辛克莱尔少校是有可能做到这一点的。

但另一方面,从证据上讲,他做不到。

至于其他的证据,比如莫尔斯提到的瓶子的事,虽然难以应付,但不可能因此就定少校的罪,但区特威克提供的证据能做到这点。他出神地吸着烟,自己也不知道要如何解决这些问题。

解决问题的唯一方式也许就是暂时忽略那些已经掌握的证据,假设少校是清白的,看看从中能得到哪些新的线索和结论,然后再把那些不好应付的证据考虑在内,设法逐个击破。按照这种方式来办并不容易,区特威克认为成功的概率微乎其微,但他已经许下了承诺，所以，他必须要试一试。

他觉得自己在这里所处的位置非常尴尬。虽然这不是他的错，但眼前的一切看起来都那么不自然。从大家吃早饭时所表现出的态度可以推测出来，他们不仅希望区特威克相信少校有可能是清白的，毕竟前一晚他曾激情澎湃地承认过这一点，而且还希望他能够保证少校的生命和自由不受威胁。如果有可能，他可以为达目的不择手段，提供假口供。

区特威克对真相和诚信一贯重视，有时执著得几近病态。他知道，除非自己能把事情解释清楚，否则根本没脸在这里待下去。他现在可以假设少校是无辜的，重新审视这个案子，但是，如果没有按照预期找到相关证据，他就必须恢复之前的态度，在高等法院出庭作证，就像之前在地方治安法庭出席时那样坚定。

但是，这些话要怎么对其他人说呢？

他可以告诉辛克莱尔夫人，她是个通情达理的人，只是区特威克现在不想做任何事去破坏自己的承诺给她带来的希望。他也可以把这事告诉梅宝夫人或她的丈夫，但他认为梅宝夫人肯定体会不到目前的形势有多微妙，而且，毫不夸张地说，说这番话可能会得罪人，自己到时候还怎么继续住下去。至于瑞芙姑姑，她肯定能理解，但是……

最后，区特威克决定利用那个叫莫尔斯的年轻男人替自己传递真实的意图。

有句老话，心里想什么就来什么。区特威克刚想到这儿，年轻男人就神奇般地出现在了神庙的入口处，嘴里叼着烟斗，手里拿了份报纸。

“我看到你朝这个方向来了，所以猜到你可能在这儿，”他友好地边笑边说，“我来这儿不会打扰你吧？”

“当然不会，”区特威克笑着说，“你能来我很高兴。我一直想去找你，想和你谈谈。”

趁着所有事在脑子里的印象还清晰，他开门见山地说了自己的想法。

年轻人看上去表示很理解：“哦，这没什么。我们不能要求你再做其他事了。你愿意倾听我们的意见，这已经很好了。”

“哦，是的。”区特威克松了一口气，表示同意，“答应的事我肯定会办到。”

“你调查的时候……”莫尔斯说。

“什么？”区特威克问道。

年轻人朝入口的方向吐了一口烟，然后看着它渐渐消逝在静止的、满是阳光的空气里。“你答应过茱蒂会调查这件事，不是吗？”他漫不经心地问。

“我有吗？我没……有可能是这样。但是，如果这是真的，那就非常……天啊！”区特威克只是模模糊糊地记得自己曾许下了什么诺言。

“她会理解的。”年轻人说。

“哦！”区特威克设法使自己看上去既面无表情又闷闷不乐。

区特威克是一个谦虚的人。他在一年前确实通过两两结合的简单方法解决了一件极为棘手的案子，但那时并没有受到公众关注，由于最终缺乏证据也没能把罪犯绳之以法。因此，虽然区特威克接受了苏格兰场最高指挥官私下的祝贺，但在公众的心里，他的名字还是和那个案子联系不起来。而且，官方认为那个案子始终是个秘密，是没办法解释的，区特威克甚至不能提及此事。

但问题是，区特威克的谦虚使他不愿意相信自己真的有什么了不起。他根本没做过什么调查。一想到自己要主动出击进行侦查、找出人们试图隐藏的事，并且谨慎地跟踪每一条细微的线索、使自己成为令人讨厌的对象，他就感到万分恐惧。他是个沉默寡言的人，总是试图与同类人和平相处，没有人能具备这样的特点，而同时又是一名侦探。在其他或更有冒险精神的人为调查工作进行艰苦的前期准备时，他也只能是一动不动地坐在那里，然后利用人们提供的结果得出正确的结论；这样的一个步骤（区特威克谦虚地想）也许是任何一个智商不太低的人都能遵循的。因此，他认为自己没有任何实际的侦查经验支持他完成曾作出的承诺，他还是像从前一样，一点也不清楚应该从哪儿开始。

“我的天啊！”区特威克疲惫而焦虑地说。

年轻人又一次表现出了理解：“随着事情不断发展，我一直想试着自己来解决。至少，到目前为止，我把所有事实都梳理清楚了。但最终也没能得出什么结论，死路一条。所以，如果你想去调查，不知道我是否能当个帮手？就是说，二人组合。”

“那肯定会很有帮助。”区特威克热情地回答说，他发现自己越来越喜欢这个年轻人了，“但是，说真的……这难道不应该是少校的律师们该做的事吗？”

“不。他们根本没对茱蒂这样说过，但却给我一个明确的暗示。我相信他们肯定认为林恩有罪，他们不敢雇用私家侦探，生怕生出什么。即使有你提供的证据存在，他们目前仍认为林恩有赢的希望，他们不想再有别的难应付的事被揭发出来。”

“我明白了，这么说，你仍然确信辛克莱尔少校是无辜的？”

年轻人看上去有点尴尬：“我并不想替他说话，区特威克先生，但是林恩确实是个相当不错的人。也许算不上聪明，但有茱蒂在，他们俩所有的问题都能解决。他一直在做自己该做的事，如果我是他，我也会那么做。”他的脸变得很红。

“那么，你知道些什么？”区特威克同情而又好奇地问。

年轻人一笑：“如果我真的知道就好了。我认识辛克莱尔女士，她根本不可能自杀，更别说在皮卡迪利王宫大酒店那种地方自杀，而且……这些都是我们想要找出的事实，不是吗？”

这一回，轮到区特威克尴尬了：“是的，当然，没错，我肯定会全力以赴。我是说，尽我所能。但问题是，你看……说真的，侦探是专家一类的人做的活，我根本没有任何资格。”

“是这样吗？”年轻人问道。他脸上的笑容带着一种令人捉摸不透的自信。就好像区特威克不经意间取笑了别人，而对方由于没听出来就原谅了他。

“确实如此。”区特威克很真诚地回答说。

“那么？”年轻人说，“有关毒巧克力案的事呢，报纸上是这么提的吧？”

“啊？”区特威克说。

“我知道那件事。”

“你——你知道？呃——怎么知道的？”

“副警长的儿子恰巧是我的一个朋友。”

“哦！”区特威克说。

“所以我想缺少资料并不是什么重要的事。”

“不，我是认真的。”区特威克回答说。他竭力解释说案子不是他破获的，只是让谜底自动现身而已。

“得了！”年轻人说。

区特威克还没来得及搞清楚这一切究竟是怎么发生的，这种合作的关系就充分确立了，他自己成为了二人组合的绝对领导。

“好极了，”区特威克叹着气接受了这个无法回避的事实，“你可以让辛克莱尔夫人放心，哪怕能帮上的忙再少，至少我会尽力的。嗯——真的非常抱歉，我还不知道你的全名呢。”

“哦，叫我莫尔斯吧，”年轻人满不在乎地说道，“基本上每个人都这么叫。”

他们继续讨论着案情。

在新的形势下，区特威克对辛克莱尔少校的不在场证据很感兴趣。如果截止到三点半的时候有证据能证明他不在现场，那么无论这个谜团的实情是什么，少校肯定是无辜的。不幸的是，他找不到这样一个可以提供证据的目击者。

据少校自己描述，他当时在皮卡迪利大街的彩虹俱乐部吃午饭，一直吃到两点十五分，之后有人叫他去接电话，以上这些都没有问题。电话另一端的人说他叫阿喀琉斯，和少校是在牛津大学里认识的。辛克莱尔少校听了觉得很惊讶。虽然他们是同一年加入同一个学院的，但他几乎没听说过阿喀琉斯这个人。他们的兴趣根本不同，圣玛丽学院又一向以拉帮结派而闻名；辛克莱尔少校曾经是布灵顿俱乐部的成员，而阿喀琉斯是这些成员眼中“常常写诗或类似东西的极令人厌恶的家伙”。

可是，少校不再是布灵顿俱乐部的成员了，所以，他假装对阿喀琉斯感兴趣，并礼貌地问了问他的近况。阿喀琉斯告诉他说故事很长，不能在电话里说，他想和少校见个面，并且神秘地补充说这次机会对两个人来说是千载难逢的，如果少校错过了一定会后悔一辈子。他拒绝再作其他解释，说见面的时候会详细地说清楚。少校会不会立刻去阿喀琉斯的办公室和他私下会谈呢？

当然，辛克莱尔同意了。阿喀琉斯给了他地址，并且说房间是在楼的顶层，他刚刚搬进去，所以房门上没有名字。之后，他又突然补充说他得先去见个朋友，但辛克莱尔少校赶到之前他应该能回来，但是，如果他万一迟到了几分钟，少校得等等他。少校留给他几分钟去见他的朋友，然后带着喜悦和好奇，在两点半的时候离开了俱乐部。

找到目标建筑物并不是件难事。那栋楼很小,坐落在考文特花园附近的一条不起眼的街道上。辛克莱尔爬了三段脏兮兮的石阶,最终来到了顶部的平台。他觉得这个地方真的有必要好好打扫一番。顶层比下面更脏,根本不像有人居住的痕迹,角落里布满了蜘蛛网。虽然辛克莱尔不是一个善于观察的人,但他注意到了门的边缘和门框上的灰被清理干净了,这就表明屋子是有人用的。除此之外,平台上再没有其他的门了。

辛克莱尔猜想阿喀琉斯一定还在见他的朋友,因为按了门铃后里面根本没人来开门。他定了定神,准备等下去,于是在一旁开始读标准晚报的午餐时间版。这是他在路上买的,就为了应付这样的偶发事件。这个地方给他的印象并不好,因此,他当时有些怀疑,也许阿喀琉斯找他只是为了让他给流浪猫计划投资,或者干脆找他借钱也说不定。但是,从他了解的某些律师办公室的情况来看,他觉得不应该根据表面现象下判断,因此,他决定保持怀疑态度,继续等下去。

他一直等到三点二十分,考虑到和他姑姑的见面时间是在三点半,他决定不再等了。至于他为什么等了那么长时间,辛克莱尔回答说他总以为阿喀琉斯在下一分钟就能回来,既然已经等了那么久,现在放弃万一他回来了怎么办,因此再等几分钟也无妨。

“我不知道你是否留意过这一点,” 莫尔斯说,“人们在这种情况下通常都会这样做。”

区特威克也有同感。

辛克莱尔在顶层平台上等，那里一个人也没有，他也找不到证人证明他曾走近过那栋楼或是朝那个方向走过。他的那些律师害怕私家侦探参与其中，自己又不主动去寻找证明林恩不在场的证据，而是竭力去寻找打电话给林恩的人，结果一无所获。另一方面，警察很快就发现那间办公室是空的，而且已经闲置几个月了。真正的阿喀琉斯在领事馆任职，目前正驻在马来亚，明年期满他才能离开，所以他不可能出现在伦敦。

“嗯！”区特威克若有所思地说，“是的。但问题是辛克莱尔少校是两点半离开俱乐部的，如果他径直到皮卡迪利王宫大酒店的话这个故事就不对了，他应该是在我看到他的时候到达的——呃——其实，我看到的是另一个男人，当时是两点四十分。”

“是的，这就是关键。有人故意要这样做。即使林恩真的是无辜的，他想在那样空旷的地方找到人证也只有百万分之一的可能，这一定是经过精心设计的。那个给他打电话、自称是阿喀琉斯的人才是真正的凶手。”

“是的，我完全明白。这就是事实的真相。但是，现在没有办法查到那个俱乐部的电话记录或是电话来源吗？”

莫尔斯忧郁地摇了摇头：“没办法。我自己也想到了这一点。但他们根本没有保留当地的电话记录，而且，律师查到当时没有一个接线员听过有关那次特别对话的只言片语。依我看，我们唯一的线索就是林恩对那个男人的语音语调的描述。他说那个人声音很低，听上去是个有教养的人，态度和蔼，少校以前也像他那么说话，慢条斯理，拖着长音，是那种牛津腔的夸张版。”

“可以从中得出些线索，”区特威克表示同意说，“但这些并没指引我们走得太远，不是吗？”

“还没有一匹马慢跑跑过的距离远。”莫尔斯也承认这个观点。

“如果真能找到这样的证据会对少校很有利。”他一边在想自己的眼神是否会泄露给对方什么信息，一边痛苦地思考着，至于其他的麻烦事，比如瓶子上的指纹等，还来不及想呢。区特威克希望暂时忽略掉这些小事，但要做到这点并不容易。

“哦，是的，我知道。所以，区特威克，我们现在总得为此做点什么吧。我认识林恩很多年了，而且，茱蒂还是我姐姐的老朋友。如果我没有竭尽全力去帮助他们，阿加莎永远都不会原谅我。我在苏格兰场就试过了，但是那些人的手脚都被束缚住了，提出诉讼也只是职责所在。副局长也感到很尴尬，虽然他并不认识林恩本人，但他认识林恩的朋友们。只是那些人认为林恩有罪。真让人烦透了，不是吗？我是说，茱蒂是这样认为的，她一向那么忠诚，一刻也没有怀疑过自己的丈夫。”他没再说下去，只是愤怒地吸着烟，皱着眉头望向湖面。

区特威克又一次心软了。“让人烦透了”绝不是个强势的字眼。一定得为那个勇敢的女人做点什么。

“你刚才说辛克莱尔夫人是你姐姐的老朋友了。”区特威克迟疑地说。

“也是我的老朋友。我从记事起就认识她了。当然，是在她认识我姐姐之后。你知道的，阿加莎比我大一点。”

“是的，我了解。我的意思是，也许你可以和我说一些有关辛克莱尔夫人的婚姻的事。我从警察那里了解到他们认为这件事是辛克莱尔少校杀死他姑姑的最大动机。”

“哦，那都是胡说。我知道这事。辛克莱尔女士想让他和另一个女人结婚，并且威胁说如果他不照做就剥夺他的财产继承权。嗯，她可能有过这种打算，也可能威胁过他，但我相信她什么也不会做。这里的人都会这么说。她只是怒火中烧，乱嚷嚷罢了，但不会真的那么做。可怜的老女人。”

“如果是那样的话，辛克莱尔少校为什么不把自己已经结婚的事告诉她呢？”

“这个我可不知道。他真是挺傻的。他和茱蒂的婚事很突然，是一时心血来潮。一天，他们路过了一间注册办公室，就匆匆进去了，故事差不多就是这样。我想，他当时并不愿意把这件事告诉给他姑姑，既然当时没说，可能事后也觉得没必要提。他只是没有主动提起婚事，并不等于他在竭力隐瞒这件事。她想去拜访林恩的时候，随时都会发现茱蒂。但辛克莱尔女士真令人捉摸不透，我听说林恩在牛津念书的时候，她从未进过他房间。真不敢相信，至今还未婚的姑姑竟会干预起单身侄子的婚事。而且，”年轻人颇有感触地说，“还是在很理智的情况下。”

“非常理智。”区特威克也同意这个观点。

“我得提醒你，”年轻人又回到原来的话题，“关于林恩不愿把婚事告诉他姑姑的事，只是我的猜想，但我想情况大抵如此。辛克莱尔女士总能抓住主要的机会，而可怜的茱蒂一毛钱也拿不到，林恩也得不到太多。所以，他肯定知道，如果他透露了这个令人悲伤的消息，一定会家无宁日。若想了解具体情况，你不妨问问茱蒂。”

“也许这样会更好。她能理解我这样做不是对她不敬或是没话找话，对吗？”

“当然不会。茱蒂没那么蠢。”

“我确实认为，”区特威克严肃地说，“我们应该仔细探讨有关这桩婚姻的事，因为如果我们能确定少校并不担心他姑姑知道这件事，我们就能打乱对方的计划。”

“我会知无不言，言无不尽，”年轻人立刻说，“而且，阿加莎可以补充……”

茱蒂·潘宁顿（她出生时的名字）的童年生活并不快乐。她八岁那年，父亲就去世了，母亲混得最好的时候也只是一个不称职的经理，收入微薄，根本不够维持两个人的开销。她想在自己非常有限的能力范围内找到一份合适的工作，一些收入还不错的亲戚会时不时地接济她、帮她找工作。她先后到服装店、美甲店和打字办公室工作过，还由着性子找过几份自己喜欢的工作，但都以失败而告终。茱蒂是个孤独的小女孩，平时忙着帮母亲招徕生意，要么就可怜兮兮地待在服装店里或是端着盛满肥皂水的碗站在美甲店周围，要么就花大把的时间等她妈妈回家。后来，那些亲戚再也不愿意让自己的钱打水漂了，于是一起帮潘宁顿夫人筹了一笔小钱，刚好够母女俩在肯辛顿租一间小公寓——潘宁顿夫人在整个守寡期间严格遵守一个原则:除了伦敦,哪儿都不去。茱蒂受过的教育少得可怜,但和她妈妈是截然不同的人。

就是在服装店里的第一份工作,让潘宁顿夫人灵光一闪,决定利用自己的小女儿作为招徕生意的筹码。阿加莎和莫尔斯的妈妈是在潘宁顿夫人过着比较体面的社交生活的那段日子与她结识的,她那时是到店里帮一位不幸的朋友,就是这次机会让她看到了茱蒂:一个又黑又瘦的小孩,冷漠而忧伤地坐在一把椅子上,待在一个不起眼的角落里。她立刻心生怜爱。第二周,她就把茱蒂带到乡下她住的地方留她住了很久。茱蒂一共在那里住了两个月,临走的时候,她很认真地对女主人说,她长这么大从未像现在这样开心过,并且真心希望不久之后能再次接到邀请。

结果,她确实很快又接到了邀请,因为上一次的结果不仅令茱蒂满意,也令女主人很开心。她的两个孩子的年纪相差了不少(几乎差了七岁),莫尔斯当时才六岁,平日只有一个十三岁的年轻女孩为伴,很容易变得孤僻。茱蒂正好消除了他们之间的距离感。莫尔斯通常都会参与到茱蒂和阿加莎的游戏中来,如果阿加莎不在,她也很乐意和莫尔斯一起玩。就这样,茱蒂假期中的大部分时间都和这对姐弟待在一起,两个人把她当姐妹一样看待,虽然随着年龄的增长,她和阿加莎的关系可能更亲密些。

这种情形使潘宁顿夫人很满意,她对自己可以不必履行职责感到无比庆幸,而且,一年中可以有好几个月的自由时间。但是,当茱蒂渐渐懂事了，她开始对此感到很气愤。就这样，茱蒂长到了十九岁，有一天早上，她走出家门，在伦敦一家很大的卖廉价货的商店里找到了一份时装模特的工作。她对她妈妈说，她已经厌恶成为别人施舍的对象了。

潘宁顿夫人感到很震惊，倒不是被女儿的职业给吓到了，而是对她工作的地点感到不可思议。潘宁顿夫人对这些社交细节非常在意，她一眼就能看出里维尔的时装模特和汤姆金丝的模特的区别。但是，茱蒂认为实惠比脸面更重要，她说没受过专业训练的人就别指望在里维尔时装店里当模特，但在汤姆金丝店里就可以谋到份差事。而且，这份工作收入不错。

接下来的三年，茱蒂一直展示着这些不属于她的女装和外套，给那些穿不下这些衣物的胖女人看。但她并没有一直待在这家店里。潘宁顿夫人还是觉得很丢脸，但后来，茱蒂虽然没能进入里维尔，却在皮卡迪利找到了工作，这里和里维尔服装店只隔了几道门而已。她离这里越近，赚的钱就越多。之后，她不再做店面模特，而是直接走上了舞台。与通常的预言恰恰相反，她做得非常好。

在这段时间，虽然她很少去找莫尔斯和阿加莎，但他们之间仍保持着联系。最开始，茱蒂经常和他们一起在乡下度周末，圣诞节和每年的固定假期也去那里。后来，随着时间的推移，许多事情都改变了。茱蒂二十三岁那年，阿加莎结婚了，三年之后，潘宁顿夫人去世了。茱蒂从肯辛顿的公寓里搬出来，在附近找了间更小也更昂贵的公寓，她时常和阿加莎住在里弗斯米尔德。她现在一年的收入够她妈妈赚上好久的了，她给那些亲戚写了信，对他们曾经施以援手帮过她妈妈表示感谢。但她认为自己并没从中得到过什么好处。她崇尚独立，甚至到了痴迷的程度。还有，她现在在舞台上表演，比以前赚到的钱更多了，能够自给自足。

就是住在里弗斯米尔德的那段日子，她遇到了辛克莱尔少校，他当时正和姑姑住在二十英里外的厄尔什兹。他们几乎是一见钟情，一年之后，当茱蒂确信辛克莱尔想娶她是因为爱她而不是同情她的时候，她同意了少校的求婚。辛克莱尔是个雷厉风行的人，几个月前他就考虑到登记的事了，于是他带着茱蒂，坐上出租车，一路来到登记处，趁她改变主意之前和她登记结婚了。那是四年前的事了。

莫尔斯只知道这么多。

“我明白了。”区特威克感激地说，“但是，这些也并不足以说明他们有理由瞒着辛克莱尔女士，不是吗？你的话没错，但我想，如果辛克莱尔夫人不反对，我最好亲自问她几个问题。”

“当然可以，”莫尔斯边说边重新点燃烟斗，“我会和她说的，她肯定会很高兴，你应该让她觉得这是个好的开始。”

“她——她知道我和另一个案子之间的联系吗？”区特威克羞怯地问道。

“大概不知道吧。”莫尔斯心想。

“但是，警方会对你说的话高度重视，”莫尔斯奉承道，“当我得知关键证人是你的时候……”他的意思是想说，没什么比这个给辩护带来的麻烦更大了。

“哦，不，”区特威克带着极不赞成的笑容反驳道，“天啊，不。莫尔斯，你不能那么想。我向你保证，事实根本不像你想的那样。”但他确实因为这个年轻人的话而感到沾沾自喜，他担心自己坦诚的笑容会泄露了心底的秘密，于是站起身来，微笑着径直朝神庙外走去，任凭外面的阳光洒在自己的脸上。

他正准备离开，忽然听到不远处传来了沙沙声，好像有什么人正拖着沉重的身体在犁地，于是他朝四周看了看。原来是那个胖胖的、长得像条可怕的黑色鳕鱼的男管家，他正穿过灌木丛沿小路缓缓地走过来，离区特威克越来越近。

“打扰一下，先生，您看到阁下了吗？我知道他朝这边来了。”

“阁下？”区特威克重复道。

“就是公爵，先生。”管家耐心地说，就好像他在给一个反应迟钝的孩子解释单词表。

“公爵？”区特威克又重复了一遍，这一次显得更迟钝了。

莫尔斯从庙里走了出来：“你好，威尔金森。找我？”

“女公爵刚刚打电话过来。我在屋里找遍了，只能告诉她我找不到您。她让我问问您，是记得今天下午三点要主持花卉展开幕式的事，阁下。”

“哦，天啊，我把这事给忘了。没关系，我会给他们打电话的。就说非常遗憾之类的话，但是，没办法，公务缠身给耽误了。相信这次展出一定会圆满成功，并且向牧师致敬。带笔了吗，威尔金森？我列出几条，然后你替我打个电话。”

“抱歉，阁下，我没带。如果您让我来处理，我会办妥的。”

“是吗？你能行。好吧。谢谢。”

管家拖着沉重的身体离去，年轻人在墙上磕了磕烟斗。

“我的老天爷，”区特威克说，“你是——”

“去参加当地的花卉展真的很无聊，”年轻人有些抱歉地说，“但是，总体上来说，并没有你想象的那么糟。我妈妈一向对我要求严格，什么都让我参加。”

“我真的不知道。”区特威克说。

“阿加莎并不擅长介绍别人。”年轻人同情地说。

区特威克的第一反应是，如果他姑姑得知他认识了一位公爵，该有多高兴啊。

## 08

# 对一个女人的恶毒攻击

区特威克回到住处吃午饭的时候，大家都散去了，只剩下那位上了年纪、穿着丝绸针织衫的银黑色相间的姑姑。后来，她也消失了。区特威克猜想，她来这儿的目的是想对茱蒂给予亲人般的温暖，但现在，茱蒂已经有了更强有力的支持，所以这里不再需要她了。区特威克真心希望自己提供的支持能像大家期待的那样坚固可靠，虽然现在他对此一点把握也没有。

吃过了午饭，他借口说要去欣赏植物，和茱蒂一同来到了露台，然后胆怯地提出那个关于向辛克莱尔女士隐瞒婚事的问题。

茱蒂非常坦白："我一开始就反对这样做。我痛恨这样偷偷摸摸的。虽然林恩假装什么事也没发生，但他确实害怕他姑姑。"她有些哀伤地笑了笑，好像昔日里的点点滴滴又浮现在了脑海里，"我想，一个人在还是小孩的时候对谁感到敬畏，他长大了也会害怕那个人。"

区特威克颇有同感。

“林恩平日绝不是那种对事态发展听之任之的人，但在这件事上他确实是在有意拖延。他知道这件事一旦泄露肯定会引起争吵，所以只是不想加速它的发生而已，于是，就这样等下去了。当然，这只是借口。他被惹火了的时候脾气很大，如果受到攻击绝不会心甘情愿地忍受。但他讨厌吵架，更何况是和辛克莱尔女士……”

“当然，”区特威克狡猾地说，“但她曾威胁说要剥夺他的继承权。”

“哦，他从没把那件事当真。我知道警察想抓住这点大做文章，但这只是个玩笑，即使是发生在辛克莱尔和他姑姑之间，也只是个玩笑。她是个独断专行的女人，喜欢使用权力，威胁说要剥夺他的继承权自然就成了达到目的有力的手段。但是，林恩知道，除了他自己，她不会让任何其他人成为继承人，无论她在气头上的时候说过什么。至于那个住在美国的侄子，她从来都没有关心过，她痛恨那个人的父亲，他的名字里甚至没有辛克莱尔的姓氏！——这不关他的事。只是林恩敬爱他的姑姑，在尽量推迟争吵。”茱蒂真诚地说，“但他从未阻止她通过其他途径了解我们的婚事。”

“她的秘书好像认为辛克莱尔女士对于自己提的威胁一事是认真的。”区特威克小心翼翼地说。

“戈尔小姐？”茱蒂满脸蔑视地说，“她分不清别人到底是不是认真的。她压根儿就没看出来这只是个笑话。”

区特威克根本不想知道这个办事效率很高的戈尔小姐在这方

面的能力如何，于是匆匆地转移了话题："在美国失踪的表弟有进一步的消息了吗？"

辛克莱尔夫人看上去有些惊讶："是的，有些消息。今天早上，我接到了林恩律师的来信，信上说他们已经找到他了，他正准备搭下一班船赶过来。"

"他要来这儿？"区特威克感到很震惊。趁火打劫的人怎么能在受害者被行刑之前就迫不及待地赶来呢？

辛克莱尔夫人读懂了他的表情："哦，没你想得那么糟。他说他来这儿只是为了看看能帮上表兄什么忙。他人很善良。很显然，他继承了那个国家的冲动性格。"

"我明白了。"区特威克说。

他所能理解的就只有这些。至于下一步侦查工作应该通过什么渠道进行、怎样探求线索，他根本理不出头绪。区特威克，这个大家寄予厚望的人，此时感到既羞耻又困惑。

辛克莱尔夫人提到的一点恰好为区特威克找到了调查此案的着手点。"我今天下午想去一趟厄尔什兹。从法律上讲，那里现在已经属于我丈夫了，虽然我无法容忍住在那儿，我还是时常会过去转一转。莫尔斯会开车送我过去。你也想去吗？也许你想再见见戈尔小姐。她现在还——一直会待到这些事解决得差不多为止。"

区特威克可不愿意去见她，但是，去厄尔什兹拜访也有个好处，区特威克可以假装自己已经开始有所行动了，这样做至少比待在里弗斯米尔德无精打采地一个人消磨时光、徒生自卑的好。

区特威克暗示说，他很想借这个机会再见一见戈尔小姐。

别看莫尔斯身材矮小，却是个精力十足的司机。两个地方相隔了二十英里，他们只花了二十七分钟就走完了全程。

戈尔小姐见到他们时很友善，但态度坚定。她一见到茱蒂，就立刻到一旁和她讨论起了账目问题，这使区特威克多少松了一口气。二人组合被晾在了一边。

没有戈尔小姐那双令人生畏的眼睛盯着，区特威克不再感到害怕，他饶有兴趣地打量着周围的环境。这个乔治时代的建筑物散发着难闻的气味，红色的砖块已变得松软，内部举架很高，通风但不保暖，如果这就是谋杀后得到的奖励，公诉的结果会认为这个罪犯并不高明。

莫尔斯看到区特威克对这个地方很感兴趣，于是主动提出要带他转转，同时也想证明一下，自己对这里的了解一点也不比专业导游少。

很显然，这栋房子并不是一开始就建在这块土地上的。早期的伊丽莎白一世时建好的厄尔什兹在乔治二世统治时期被烧毁了，当时的辛克莱尔家族建造了现在的房子。区特威克参观了镶了松木装饰的墙壁、雕刻了花纹的壁炉台、舞厅、挂满辛克莱尔家族成员画像的长廊、枪房、庭院以及装饰性的流水系统，看过了这一切，区特威克叹了一口气。这样看来，也许谋杀不算是太高的代价。厄尔什兹确实是个令人向往的居住地。

这次参观几乎花了一小时的时间。他们再回来的时候，两个女人已经谈完了事，令区特威克担心的是，茱蒂似乎想找个借口让自己和戈尔小姐单独待在一起。区特威克很清楚，和这个令人害怕的年轻女人待在一起，即使事先想好要问什么问题，到时候也会头脑一片空白记不起来。

也许是这种担心表现得太过明显，也许是莫尔斯想再次证明他有能力看穿区特威克的心事，无论如何，他替区特威克解了围：“茱蒂，你看上去好像不太舒服。是太累了吧，都有黑眼圈了。你觉得呢，戈尔小姐？”

戈尔小姐也同意他的看法，但这种赞同里包含了极大的蔑视，就好像是一个健康的年轻女人在说一个不如自己有活力的姐妹的坏话。

“听我的话，”莫尔斯很高兴自己能帮她解决这个难题，“茱蒂，找个地方躺一躺。戈尔小姐、区特威克和我到花园里走走，咱们到下午茶时间再见，你看怎么样？”他悄悄地给茱蒂递了一个暗号。

茱蒂立刻心领神会。

然而，戈尔小姐可不管这一套：“我可没时间漫无目的地散步，阁下。这里只有我一个人来管理，根本脱不开身。”真令人惊讶，简简单单的几句话竟传达出好几层意思。她的言外之意是，自己不是个多愁善感的女人，这也是现在的女主人为什么不搬进来住而把屋子交由她来打理的原因；而且，她希望能够置身事外，让有能力的人来发号施令；她对莫尔斯的公爵身份并不反感，而且能够接受，但前提是他不能指望自己会把他和其他人区别对待，也许对他会更严厉一点;为了闲逛而在花园里兜圈子是戈尔小姐最不愿做的事,和一位公爵散步就更没劲了;至于区特威克,她认为他压根儿就不应该待在这儿。

莫尔斯根本不理这些旁敲侧击的话,轻而易举就化解了难题,惹得区特威克有些嫉妒:“哦,不是漫无目的的。我特别想和你聊聊,眼下就是个好机会。茱蒂,下午茶时间见。试着小睡一会儿。”区特威克还没缓过神儿来,他们已经来到了花园。三个人沿着花园的小路漫步,戈尔小姐走在中间,脸上一副痛苦的表情,镶着巨大的角质镜架的眼镜后透着桀骜不驯的眼神。

“你应该记得区特威克先生吧?”莫尔斯一开口就把话题引到这上面来。

“记得很清楚。”戈尔小姐回答说,但她脸上一点也没显露出认出他的痕迹。“辛克莱尔女士去世那天,你和总探长莫司比来过奥尔德里奇。”

“是的。”区特威克笑了笑,他对这个答案已经很满意了。

“但是,你实际上和警察并没有关系吧,区特威克先生?”

“是的,是的。天啊,当然。只是和这个案子有关。太令人痛苦了,太痛苦了。”

“我在他们进行验尸的时候、上法庭的时候见过你。”

“是的,是的,这很自然。”区特威克当时也看到了戈尔小姐,但她当时却假装没看到他。

“你所处的位置责任重大,区特威克先生。”

区特威克完全同意她的观点。

“很幸运,你对自己看到的事一点也不怀疑。”

“幸运?”

“一丁点的怀疑都让人感到难受。”戈尔小姐冷淡地说。

莫尔斯插了一句:“是的,从区特威克在这案子中所处的位置来看,你肯定会为今天在这里见到他而惊讶,对吗,戈尔小姐?”

“我很少因为什么事而感到惊讶,阁下。”戈尔小姐讽刺地说。

“我仍然认为这件事会让大多数人惊讶,”莫尔斯耐心地说,“事实上,区特威克先生现在并不像从前那样确信自己看到的事实了,如果你不介意,他想问你几个有关辛克莱尔少校的问题。”

“我已经告诉了警方他们想知道的一切。”戈尔小姐显得很不自在。

“哦,这并不是正式的盘问。只是私下问几个问题。”

“我不认为私下问我几个关于少校的问题就能帮助区特威克确信他在皮卡迪利王宫大酒店所看到的事。”

莫尔斯默默地叹了口气,又把任务交回到区特威克手中。一时间惊慌失措的区特威克只能直奔主题:“我记得第二天你曾告诉我们,录证词的时候也反复提到过,你认为如果少校拒绝听从他姑姑安排的婚事的话,辛克莱尔女士就会下定决心剥夺她侄子的继承权。”区特威克的语速惊人,几乎是一口气说下来的,“你现在还是这么认为的吗,戈尔小姐?”

“我知道。”

“是的，是的，当然。我是说，你已经改变主意了吗？”

“我很少改变主意，区特威克先生，尤其是对于事实，从不摇摆不定。”

“你认为这是事实？”区特威克锲而不舍地追问。

“当然，除非她在欺骗我。她亲口对我说的。”

“但这些年来，剥夺继承权的事只是她和她侄子之间的玩笑话罢了。”

“谁告诉你的？”戈尔小姐厉声问。

“辛克莱尔夫人。”区特威克谦恭地说。

戈尔小姐扬了扬她浓密的眉毛：“请不要误会，我对少校和辛克莱尔夫人没有成见。一点也没有。至少到现在为止没有，我只是替辛克莱尔夫人感到非常遗憾，急于尽我所能帮助她——当然，前提是不能纵容包庇罪犯。但我不是个孩子，很显然，辛克莱尔少校想竭力避免在遗产继承问题上与他姑姑争吵。于是，辛克莱尔夫人就自然而然地认为他并没有把他姑姑的威胁当真。”

“这么说——这么说你不同意她的看法？”

“我不方便说辛克莱尔少校是怎样理解的，但我是这么认为的，”戈尔小姐下了结论，“区特威克先生，如果知道这些对你有帮助的话，我可以告诉你，辛克莱尔女士对此非常认真。”

“我明白了。”区特威克觉得没什么收获。

之后的沉默让每一个人都感到很不自在。

戈尔小姐的一个喷嚏救了场。这个喷嚏来势凶猛，她的眼镜一下子掉到旁边的玫瑰丛里，莫尔斯手忙脚乱地抓了一通才把它捡回来。戈尔小姐感到很难为情，的确如此(打喷嚏也许是不能自我控制的最极端的表现了)，如果不是区特威克对她早有了解，会以为她脸红了。不管怎么说，慌忙之中她总算又把眼镜重新戴好了。区特威克真替她惋惜，为什么一定要戴眼镜呢？刚才短短的几秒钟内，区特威克发现站在自己眼前的是一个平凡、典雅、赏心悦目的女子，她使别人注意到了她的外貌，而不是她的能力。区特威克一边看一边思考，他喜欢赏心悦目的事物。

除了这种印象之外，区特威克还隐约觉得摘掉眼镜后的戈尔小姐似乎很眼熟。他敢发誓，曾在什么地方见过这张脸。但是，这怎么可能？

“区特威克先生，你不是还有件事要问戈尔小姐吗？”莫尔斯不动声色地缓解了戈尔小姐的尴尬。

“有吗？”区特威克含糊地说，一边说一边回想着刚才的事，“哦，是的，当然，肯定有。呃——啊，对了，我想起来了，是关于少校对待他姑姑的态度。他看上去喜欢他姑姑吗？他是那种对姑姑关怀备至的侄子吗？简而言之，他是否给你留下了这种印象？”

“辛克莱尔少校像任何一个对姑姑有所图谋的侄子一样那么关爱他的姑姑。”有了眼镜那档子意外，戈尔小姐的语气里充满了更加强烈的讽刺意味。

“除了婚姻这件事之外，他们相处得好吗？”

“哦，当然了。”

"我懂了。你——呃——你本人喜欢辛克莱尔少校吗?"

"是的,区特威克先生,"戈尔小姐有些生气,"我本人喜不喜欢少校能帮你记清楚是否看到他往他姑姑的咖啡里下毒了吗?"

"呃——不,"区特威克不得不承认这一点,"那……实际上……嗯……"他恳求地望了望莫尔斯。

"区特威克这样问自然有很多用意。"莫尔斯帮他打了圆场。

"当然,"区特威克松了口气。"很多用意。就是这个意思。没错,那么,"区特威克觉得自己恢复了正常,继续说道,"还有另外一件事。如果我没记错,之前我曾问过你,是否能解释一下为什么辛克莱尔女士会约少校在皮卡迪利王宫大酒店见面,我记得你的回答是你不知道,我印象里你是这样说的。现在你的答案是什么?"

"你的意思是,当时我不知道的事,现在就能知道了?"这个直来直去的年轻女人令人很不舒服。

"不,不是的,天啊,不。当然不可能。我是说,你能否回忆一下,当时辛克莱尔女士有没有说什么,对这件事作过什么解释。我不是说她会为选择这么奇怪的见面地点特地作一番解释,但我感觉她可能会提到点什么。你什么也记不起来了吗?"

"你似乎对这一点很纳闷。"戈尔小姐头一次表现出了好奇。

"的确如此,"区特威克赞同地说,他对她的好奇感到很欣喜,"对我来说,辛克莱尔女士的行为有点出人意料(我并不是说无法理解,只是这其中肯定有原因能解释她的行为)。毕竟,如果有人想去找辛克莱尔女士,皮卡迪利王宫大酒店肯定是最后才会去找的地方，不是吗？”

“我记得她提出见面地点的时候我自己也感到很惊讶。”戈尔小姐承认说。

“你确定是她提出在那儿见面的？”区特威克近乎威胁地问。

“什么意思？”

“不是辛克莱尔少校提出见面地点，然后他姑姑同意去的？”

“但是警察在辛克莱尔少校那儿找到了信，是他同意去那儿见面的。”

“哦，对，没错。但也许最开始是他提议约在那里见面的。”

“据我所知，不是这样的。是辛克莱尔女士口述信的内容，我来写的，是她先提出在那儿见面的。她没作任何解释，我把那封信和其他文件拿给她签字的时候也没有发表任何评论。”戈尔小姐显然已经厌倦了这个话题，“不管怎么说，我认为这个问题根本不重要。辛克莱尔女士也可能是想，讨论这么一个重要的问题，不想孤孤单单的一个人，而想待在一群人中间。”

“但她为什么要来奥尔德里奇呢，这样会面就绝对保密了？”

“这点我也不清楚。但你有没有想过，如果是辛克莱尔少校提出的约会地点，而见面的结果又是现在这个样子，他在这个案子里不就更没有希望了吗？”戈尔小姐尖刻地问。

“哦，对，的确如此，很有可能。”区特威克有些尴尬地嘟囔着。

区特威克当然很清楚这一点，只是他不想当着莫尔斯这个一向支持少校的人的面指出来罢了。区特威克早就打定了主意，对待辛克莱尔少校要保证既不偏袒，也不反感。如果自己一定要展开调查，唯一的目标就是找出事实的真相，而不只是让辛克莱尔脱罪。一开始，区特威克就觉得约会地点的选择对此案至关重要。无论从心理上讲，还是从经济实力上讲，辛克莱尔女士都不会选择那里作为会面的地点，区特威克怀疑这个建议是少校提出来的。因为，虽然皮卡迪利王宫大酒店不是个威胁侄子说要剥夺他继承权的好地方，却是一个毒害姑姑后方便制造自杀假象的理想场所。因此，区特威克认为，如果有迹象显示是少校提出的建议，那么，他赢得官司的希望就真是渺茫了（正如戈尔小姐在刚才那个不恰当的时机提到的那样）。既然已经决定要找到事实的真相，区特威克就必须揭开谜团，但是很明显，结果并不理想，戈尔小姐的回答对少校很不利。

区特威克想不出还有什么别的问题要问，于是几个人一起回到了屋里，准备用下午茶。

无论辛克莱尔少校是怎样对待他姑姑的，他姑姑对他一定不错。屋子里到处都是他的照片。辛克莱尔女士温馨、狭小的卧室内至少有五张少校的照片，其中有一张的侧面像被放大了。这张照片引起了区特威克的特别关注。他一边喝茶一边端详，不禁心里一沉。辛克莱尔的侧面比正面更能体现这个家族的特点。尤其是他的鼻子，区特威克在酒店的时候就曾特别留意过。

返回里弗斯米尔德小修道院的旅程与之前相比平静得多。莫尔斯一个人坐在前面，区特威克陪着茱蒂坐在后面。他们的谈话主要围绕着那个新找到的表弟，茱蒂还说了一些从律师的信上得知的细节。

“他的职业很浪漫。他的父母几乎什么也没留下，他从一开始就得自力更生，但现在不必那样奔波了。他今年才二十八岁。”

“天啊！”区特威克有点羡慕。

“他什么都做。旅馆里的行李员、服务员、汽车机械师、店员，演过电影、上过舞台，甚至做过旅行演出的马戏团的合伙人。他自己也参加表演，是个不错的骑士。”

“他很幸运，很少有人能胜任这么多工作。”区特威克进一步补充说。他真的很好奇，以前从未听说过一个骑术精湛的人同时还能做服务员，这么多特点集于一身，那他肯定是独一无二的人。他开始盼望见到这个很有才华的年轻人了。

茱蒂没再说下去，区特威克在一旁又开始做白日梦了。

区特威克觉得此次调查毫无进展，戈尔小姐并没有主动提供什么帮助。她对少校既没有敌意也没有好感，即使说了什么有利于他的话也并不是有意在偏袒，只是试图保持中立。从她的身份来考虑，她应该这样做。现在回忆起来，刚才的场面只有一点让区特威克感兴趣，他看到了戈尔小姐没戴眼镜时的样子。

她的样子使他想起了什么人。肯定没错。但是，这个人是谁呢？区特威克想不起来。他觉得应该是最近见过的某个人。就是最近六个月内见过的人，这段时间内他还有印象。

还有另外一件事。她当时看上去很尴尬。这点很令人惊讶。

即使是个意外，她的脸也不应该红成那样。如果因为打喷嚏掉在地上的是衣服而不是眼镜，也不至于如此。而且，区特威克相信，凭他对这个女人的了解，只是一个喷嚏不会使她尴尬到这个地步。不，这背后一定隐藏着什么。但究竟是什么事呢？她从一开始就忽视他的存在。这些发现也许都不重要吗？

“我知道了！”区特威克突然喊出声来，并且摆出一副胜利的姿态，“那是伪装！”

“你说什么，区特威克先生？”同伴们惊讶地问。

“我们必须立刻返回去。”区特威克很兴奋地说。

“回去？回厄尔什兹吗？”

“是的，立刻回去。”

茱蒂向前探了探身子，拍了拍司机的肩膀：“莫尔斯，区特威克先生说我们必须立刻回厄尔什兹去！”

“为了什么事？回去？好的。想到什么了吗，区特威克先生？”

“是的，我敢肯定……我想确定是否……请把事情交给我处理吧。如果辛克莱尔夫人能替我们想一个回去的借口……”

茱蒂和莫尔斯真称得上是侦探的模范帮手。他们什么也没有再问。莫尔斯出于佩服立即掉转了车头，茱蒂则在一直满怀敬意地看着区特威克。区特威克只是若有所思地笑了笑。

他也想弄清自己究竟在做什么。他之所以突发奇想要去厄尔什兹看看，是因为他想到了个新点子，有些过于兴奋。他要怎样去验证这个连自己都弄不大明白的点子呢？他可以在剩余的十二英里路上好好地想一想。莫尔斯正开着车朝那个方向高速行驶。

十二英里的行程很快结束了,但他还是没想出什么计划。

然而,对于茱蒂来说,想个办法显然毫无难度。“哦,戈尔小姐,”她平静地说,“很抱歉又来麻烦你,我把手套落在这儿了。不,不用你来找。我肯定它就在我今天躺过的地方。我自己上楼去取。另外,我想区特威克先生还有其他事想问问你。”

“是的,”区特威克说,“呃——是的。”

茱蒂离开了。莫尔斯趁机动了动眉毛,以此来询问区特威克是否想要自己消失。区特威克也顾不上许多了,他用整个表情做了个暗示,意思是希望他留下来。

“什么事,区特威克先生?”戈尔小姐立刻问。她一边问一边盯着区特威克的脸,把自己的惊讶隐藏得很好。

“呃——是的,”区特威克说,“就是,”沉浸在思考中的他脱口而出,“有关眼镜的事。”

区特威克并不担心这么问会有什么不妥,因此他没有注意观察她对这句话的反应。她是否有点惊讶呢?蜡黄的脸蛋上有没有泛起红晕?都没有。她与之前一样处变不惊。

“眼镜?”戈尔小姐镇定地重复说,“哦,怎么啦?关于眼镜,我能告诉你什么,区特威克先生?你是指什么?”

现在的区特威克镇定多了:“我只是突然想到了一点。不太重要。我记得辛克莱尔女士在皮卡迪利王宫大酒店的时候是眯着眼睛看——看那个和她在一起的人,所以在我的印象里她是个近视眼。她是近视眼吗？”

“是的，”戈尔小姐对此一点也不感兴趣，“她通常都戴眼镜，但是她带来伦敦的那一副在那天早上打破了，而且很倒霉，她又把另一副落在了家里。”

“我明白了。这就是我的想法，”区特威克得意扬扬地说，“辛克莱尔女士的眼镜有多少度？和你的眼镜度数一样吗？”

“差不多，”戈尔小姐冷漠地说，“也许度数更大些。”

“啊，是的。现在，我想弄清楚辛克莱尔女士究竟近视到什么程度。可以让我先看看你的眼镜，”区特威克狡猾地说，“这样就能留个大致的印象了。”

“辛克莱尔女士的第二副眼镜就在楼上。”戈尔小姐沉着地应对说，“如果你真的想知道，我去给你取来。”

区特威克对此显得很过意不去。“哦，不，天啊，不。我不应该这么想。根本没必要。要想知道答案，只需要看看你的眼镜就行了。”区特威克知道，一个最优秀的说谎者总是能最大限度地利用眼前的实际情况。

“两个眼镜并不一样，”戈尔小姐善意地说，很显然，她已经下定决心不交出自己的眼镜了，“我的眼镜度数要小一些。我记得我们不能互换眼镜来戴。那天下午她出门的时候，我提出要把眼镜借给她，但她说我的眼镜对她没用。”

“哦！”区特威克看上去有点失望。

“但是，我很愿意帮你把她的眼镜取来。”

“哦,不,”区特威克说,“不要紧的,真的。没关系。辛克莱尔夫人来了。”他赶紧穿过客厅很有礼貌地迎了上去:“呃,找到手套了吗?”

“是的,谢谢。就在我说的地方找到的。”

“请给我弄些胡椒粉。”区特威克的话让人觉得很意外,但他说话声音很小,语速又快,所以客厅那边的两个人根本听不到。

茱蒂愣了一下,然后轻轻地点了点头。于是,他们朝那边的两个人走了过去。“顺便问一句,戈尔小姐,”她轻松地说,“我差点忘了。我想要一些胡椒粉,你有多余的吗?家里已经没有了,附近的商铺今天关门很早。”

“胡椒粉?”戈尔平静地重复道,“是的,这里应该还有不少。你等一下,我给你取一些。”说完,她就风风火火地离开了。

这一次,轮到茱蒂摸不着头脑了:“区特威克先生,你要胡椒粉做什么?”

“嘘!”区特威克说道,好像做了什么亏心事一样,“她可能会听见。我想让你把胡椒粉递给我。”他神秘兮兮地说,“如果我把它掉在地上,或是——或是发生类似的事,就严厉地责骂我吧。”

“好吧,”茱蒂笑了笑,“这么神秘。”

“我也要责备你吗,区特威克?”莫尔斯很想知道自己到时候该怎么做。

“呃——你知道我想做什么,对吧?”

“你想让她摘掉眼镜。”

区特威克紧张地笑了笑。“是的，我一直在想……你注意到了，她不愿按我的建议去做。天啊，这很困难。”区特威克觉得自己根本不像个侦探，他很感激身边的两个人一直把他当做侦探来看待。

须臾，戈尔小姐回来了，手里拿了一个装了胡椒粉的小锡盒。茱蒂大大方方地对她表示了感谢，然后把盒子递给了区特威克。

“能替我保管吗，区特威克先生？莫尔斯要开车。”在辛克莱尔女士的暗示下，谁都能明白，一个人不能一边开车，一边保管好胡椒粉。

“当然，”区特威克一边说一边小心翼翼地接过了盒子。“我——我记得，”他紧张地说，“我在学校的时候参加过关于——呃——关于胡椒的讲座。那真是——呃——太有趣了。如果我没记错，胡椒分为很多种。很多。”

“是吗？”戈尔小姐的语气里显然已经下了逐客令。在戈尔小姐看来，在门口发表有关胡椒的演讲根本不合适。而从另外两个人的表情来看，他们好像这一生一直渴望能听到有关胡椒方面的权威的讲座，而始终未能得偿所愿。

“当然有，”区特威克好像被这种表情所鼓舞了，他继续说道，“胡椒的颜色不同，这在某种程度上说明它们——它们的产地不同。比方说，红色的胡椒，就像它们的名字一样，来自红胡椒生产地。灰色的胡椒产自其他地方，呃——黑胡椒产自——呃——也产自其他地方。红色的胡椒，”涨红了脸的区特威克继续说，“当然是味道最冲的。现在，让我们看看这些是什么胡椒。”他拿掉盖子，向里面看了看。“这是灰胡椒粉。”他一边说，一边在关键时刻抓住了即将掉在盒子里的眼镜。

但是，很显然，整整一天时间区特威克都不走运。就在他努力抓住眼镜的时候，小锡盒从他的手里滑落了。他拼尽全力去抓，但盒子只是朝上空飞去，之后就直奔戈尔小姐的方向，达到最高点的时候盒口朝下掉了下来，正好落在戈尔小姐的脑袋上。如果区特威克的目的是想让戈尔小姐了解一下胡椒粉，恐怕没有什么比这样的一课更能给她留下深刻印象的了。

三个人一边围在周围不停地打着喷嚏，一边看着戈尔小姐打喷嚏。这一次，虽然也是打喷嚏，但戈尔小姐牢牢地抓住了眼镜。

还是莫尔斯过来解决了区特威克的难题。当区特威克慌慌张张地道歉时，他走到戈尔小姐身边，用力地移开了她那只紧握着的手，然后为她弹去头发和脸上的胡椒粉。区特威克顺势把眼镜拿在手中。

如果实验的目的是让戈尔小姐摘掉眼镜，那么，截至目前为止，实验肯定是成功的。但是，成功并不彻底。因为，不幸的女人已经被弄得面目全非，红彤彤的面庞很难让人联想起她究竟和什么人相似。

区特威克觉得更对不起戈尔小姐了，一直忙着道歉。很明显，他知道自己把事情搞砸了。一个真正的侦探，即使要利用胡椒粉查案，也会事先估计好必要的剂量，然后依计行事，他真不该在受害者身上用上足足有半磅的胡椒粉。他既尴尬又不安，还感到极度的惶恐。他甚至不知道自己在做什么。他迷迷糊糊地戴上了戈尔小姐的眼镜，又把自己的夹鼻眼镜递给了戈尔小姐。他甚至还试着为她调了调眼镜的位置，仍然有些看不清东西的戈尔小姐手忙脚乱地四处搜寻，区特威克又帮着她寻到了方向，把手按在她发抖的手指上，帮她抓紧眼镜。错误被发现的时候，每个人都看得出区特威克有多尴尬。

渐渐地，戈尔小姐恢复过来了。当她的眼睛不再流泪，能看清每一个人的时候，不能说她看着区特威克的时候是喜悦的表情，但至少她嘴上说原谅他了。她甚至还尽职尽责地回到厨房里又取来了一些胡椒粉，这样她也可以趁机平复一下情绪。

她离开的这段时间，区特威克踱到一扇开着的窗子旁，望向花园。有人可能会猜想，经历了这样一场惨败后，他肯定没脸面对他的同伴了。

之后，除了向余怒未消的试验品道歉之外，区特威克再没有说话，直到他们的车子开出去，消失在房子的视野内。区特威克这才小心翼翼地取下眼镜，从前胸的兜里掏出了一块干净的丝绸手帕，把眼镜轻轻地包在里面，然后把它放在双膝上。“非常成功。”他笑着对茱蒂说。

“成功？”茱蒂重复了一遍，也许这句话里更多的是出于疑问而不是礼貌。

“非常成功，”区特威克试图让她相信这个事实，“也许我有点太急躁，但总比不紧不慢的要好。我不仅想要她戴上眼镜，还帮她戴上了我的眼镜。”

“但是——但是你从中得到了什么？”茱蒂困惑地问。

区特威克的笑容又灿烂了：“她的眼镜是伪装的。没有度数！我怀疑过。她伪装了自己。我现在还不知道她的目的。但是，伪装就说明表里不一，值得怀疑。”区特威克想补充的是，他们得和一个令人怀疑的人周旋了。

“我的天啊！但是，还有件事，区特威克先生。你帮她戴上了你的眼镜。为什么这么做？”

区特威克的脸上简直乐开了花。“她的食指和中指在镜片上留下了清晰的指纹。”他高兴地回答。也许这就是真正的侦查，毫无破绽。

茱蒂敬畏地看着他。

区特威克没有继续解释他为什么想得到戈尔小姐的指纹，也没有解释他想从中得到什么答案。也许，连他自己也不十分清楚。

## 09

# 案件重演

又过了一两天，区特威克越来越觉得在里弗斯米尔德的日子终日无所事事。几乎没有什么东西可以供他侦查。他经常和莫尔斯没完没了地聊天，偶尔也和茱蒂聊天，但是从这样的谈话里既得不出新的事实，也推测不出新的结论。

他已经把那副带着珍贵指纹的夹鼻眼镜寄给了苏格兰场的莫司比，附寄去的还有一封措辞严谨的信。他并没有透露指纹是谁的，只是对查找对比指纹给对方带来的麻烦表示抱歉，并且暗示说他几乎不指望得到什么结果，如果方便的话，能否拍些照片，并把其中放大的一张寄过来……区特威克为什么要拒绝透露指纹属于谁，他自己也说不清楚。也许他羞于宣布自己发现了戈尔小姐在伪装自己，因为，第一，他不知道她是否确实有意在伪装自己；第二，在确定她的伪装最终将导致犯罪之前，只得到眼前的这点线索，所以不应该现在就把这个消息透露给警方。

至于他为什么想要一张放大的指纹照片，这点倒解释得通。这是区特威克第一次进行侦查工作（是否能从中得到什么线索，还是未知数，虽然可能性很小），他想留个纪念。

两天之后，区特威克接到了莫司比的来信，信的内容很幽默。随信寄来的还有两组照片，但很遗憾，警察局的记录里没有与之相匹配的。区特威克不知道留着其中的一组照片有什么用，于是把它寄给了美国警察局，并写了一封和寄给莫司比的信函差不多的信。毕竟，戈尔小姐曾在美国住过，谁也不知道发生过什么事。

最后，还是莫尔斯为进一步的调查提供了启示。"嗯，我们不停地聊啊聊，"莫尔斯在结束他们的闲谈之后懊悔地说，"一会儿确定了这个，一会儿又确定了那个，但实际上进展很慢，不是吗？"

"是的，"区特威克表示同意地说，"恐怕是这样。问题是我们无事可做。我知道有些犯罪学家不在犯罪现场就能作出正确的推论，但很不幸，说到我自己……"

"犯罪现场，"莫尔斯若有所思地说，"我们还没去那儿考察呢，对吧？"

区特威克一下子抓住了这个机会，虽然看样子这样做没有益处。"我们应该注意每一个细节。"他神气活现地说，"我必须得承认，虽然目前我们不知道这样做收效如何，但是，法国人通常会利用这个办法，在案发现场重现案发过程，也许他们真的从中得到了启示，否则就不会这样做了。"

莫尔斯好像很喜欢这个点子："你是说，我们也许可以这样试试了？哎呀，这可真是条妙计，区特威克。我也认为现在还不知道这样做会有什么结果，不过肯定没有坏处，对吗？”

“是的，”区特威克也热情高涨，“一点坏处也没有。”

“只有我们两人？一个人扮演老妇人，另一个人演那个身份不明的男人？”从莫尔斯的话来判断，他并不认为少校有可能有罪，而是把少校的无辜当成事实来看待。

区特威克认为莫尔斯的建议还有待完善：“我想最好是三个人一起去。我们两个人无论谁来扮演辛克莱尔女士都是在浪费时间，而我们之中得有一个人担当我在这件事里的角色。我们应该轮流变换角色，这样一个人错过了什么细节，另一个人可以弥补。”

“那么，我们最好带个女孩一起去。”

“你姐姐。”区特威克立刻说。

莫尔斯坚定地摇了摇头：“不行。如果她像侦探女王阿加莎那样当然可以去。但她不是。她人很好，只是她去了这一切就不好玩了。她在场整个气氛肯定不对。所以，只能带茱蒂去了。”

“这对辛克莱尔夫人来说，未免太痛苦了吧？”区特威克怀疑地问道。

“如果我们把她排除在外，她永远也不会原谅我们了。”莫尔斯很肯定地说。

他们又讨论了一些有关行程的事。他们决定早点动身，如果莫尔斯开车的话，中午正好能赶到镇上吃午饭，两点左右能到达皮卡迪利王宫大酒店。这样一来，这个小小的悲喜剧将在与案发那天一模一样的时间再次上演。

“我们最好能安排好，在镇上过夜。”莫尔斯补充说，“以防万一在现场有什么事发生。真不走运，我们以前常住的地方八月份就关了，否则咱们可以住在那儿。还是先派人订几个房间的好。”

“如果你们愿意来奇斯维克……”区特威克羞怯地说，“我姑姑一定会很高兴地接待你和辛克莱尔夫人。”

“你真是体贴入微，”莫尔斯说，“我们当然愿意去。”

于是，区特威克离开这里，给家里发了一封激动人心的电报。

第二天一早，莫尔斯以最快的速度踏上了这段旅程。宾利轿车沿着高速公路向前飞驰，莫尔斯很享受这个过程。正是这种行驶速度，他节省出来的时间不仅能使他们安安稳稳地到伦敦吃顿午餐，还可以在饭前悠闲地喝上杯鸡尾酒。

前一晚，区特威克和莫尔斯就根据当时案发的时间制定了一份精确的时间表，两个人为此花费了不少心思。从他进入皮卡迪利王宫大酒店的会馆找到了座位（就在走进来时看到了大厅里挂钟的时间，从这一刻算起），一直到他站起身想弄醒好像在睡觉的辛克莱尔女士（要确定这件事发生的确切时间非常困难，尽管区特威克知道自己未能接到电话后是什么时候回到这里来的），这其中的每个细节都不能放过，哪怕再微小，也应该考虑在内，以便帮助他们计算精确的时间。茱蒂和莫尔斯各拿了一份时间表，三个人都全力以赴，把上面的内容牢记在心。如果他们决定去做这件事，至少应该计划周密，认真地去完成。

他们有意让整个过程上演了两次，第一次严格遵守区特威克的时间表，第二次不去管真实的时间，但每个小细节持续的时长不变。第一次，区特威克还是充当自己的角色，第二次和莫尔斯交换了位置。为了保证这次还能坐同一张桌子，他们提前来到了皮卡迪利王宫大酒店。

区特威克一坐下来，就感到一种莫名的兴奋。我们中的大多数人都会有些迷信，并且爱幻想，在这两种作用下，区特威克也产生了不太合逻辑的想法，他也说不准这究竟是不是决定辛克莱尔少校命运的最后的一步棋。如果他是清白的，线索就会随着这场悲惨闹剧的上演浮出水面；如果什么发现也没有，他将被绞死。但是，区特威克的想法有点荒唐，可他越是挣扎，越是说服不了自己。

茱蒂单独坐在另一张桌子旁，她看上去很焦虑。区特威克之所以这样肯定她的情绪，也许是因为他看到辛克莱尔夫人刚听到这个计划所表现出来的犹豫不决，他相信她对这样做没什么信心。她也碰到了区特威克的眼神，于是紧张地笑了笑。区特威克想给她一个宽慰的笑容，但自己的表情似乎也有些不确定。眼下，这就是合适的气氛了。如果莫尔斯肯定梅宝夫人会破坏气氛，那么，区特威克不知道茱蒂来这儿是否会使事情变得更糟。

他扫了一眼手表，差不多两点半了。他向一位服务员招了招手（只有这次最巧，恰好有位服务员就在附近逗留），点了一杯黑咖啡和一杯甜酒。

接下来的三十五分钟的细节没有必要一一陈述了。所有的事都按部就班地进行着。区特威克用了四分钟的时间去观察那个看上去完全没注意到自己的茱蒂,又花了六分钟和恶狠狠地盯着他的莫尔斯玩起了猫捉老鼠的游戏,甚至还背诵了几段《金星号遇难记》中的诗句——当然,他觉得这一点没有必要让他的同伴知道。两点四十七分的时候,他假装遇到了想象中的服务员,离开了会馆。

区特威克觉得接下来的十五分钟相当漫长。他在低矮的通道间来回徘徊,就像案发那天等着莫司比到来一样。他向"住客专用"的废弃房间里看了看,不禁暗想,若有个住客在这里把另一个住客杀了,他的尸体恐怕要放上好几星期才会被人发现。他又到前厅去逛了逛,刚好看到一群酒鬼和他们的女性朋友吃午饭后尖叫着从里面走出来;他甚至去了趟电话房,柜台后一个正在织东西、戴着耳机的女人问他要拨什么号码,于是他又匆匆离开了。三点零一分的时候,他回到了自己的桌子旁,椅子已经为他收好,没喝完的咖啡依然保留在桌上。

小小的一出戏就这样演完了。

区特威克坐在茱蒂桌旁,过了一会儿,莫尔斯也加入了他们。

"区特威克先生?"本来很简单的几个词,茱蒂的声音却有些颤抖。很显然,她已经感觉到了压力。

区特威克点了点头,一副洞悉一切的样子。"不管怎么说,我还是想到了一点,"区特威克想尽量表现得很平静,"你也许注意到了,莫尔斯,就是……"

“不，先别告诉我，”莫尔斯打断了他的话，“我也看出了一点，但是我想看看你是否也发现了什么。”

“我也是！”茱蒂说。

区特威克暗自笑了笑：“好了，这真是鼓舞人心。如果这里没有相同的，我们就得到三条线索了。我也认为，只有通过独立观察，才能验证这些观点。如果是那样，也许我们……”

“现在就行动，是的，”莫尔斯边说边站起身来，“振作起来，亲爱的茱蒂。我们正在寻找我们需要的东西。”

“是的，我当然希望这次试验能有重大收获。”区特威克非常真诚地说。

茱蒂朝两个人笑了笑。

区特威克快步走出会馆的入口时，他真的在想，辛克莱尔夫人是他印象中最勇敢的女人。应该有人为她些事奖励她的这份勇气，帮她个大忙。

接下来三十五分钟里的内容和之前差不多，唯一不同的是，区特威克发现自己并不善于盯着别人看。这之后，三个人又围坐在茱蒂的桌子旁。

区特威克的兴奋溢于言表。“我又有了新的发现。”他突然间喊道，“一个新的发现。天啊，我真的不知道是否……嗯，一定是那样，否则他就是个十足的傻瓜。上帝保佑，一切都会因此而改变！”

“什么，区特威克先生？”茱蒂哀求地说，“什么？”

“你看到对面墙上的镜子了吗？”区特威克嘟囔着说。

"我也发现了，"莫尔斯兴奋地打断他说，"那也是我的发现。你是说，你看过了……"

"怎么能不去看呢？"区特威克慌张地说，"老天爷啊，莫尔斯！我恰巧朝我想看的方向扫了一眼，我禁不住想去看。"

"你不禁想去看什么？"茱蒂说，"告诉我吧，你们谁说都行。"

区特威克有些懊悔。"请原谅。我本该解释清楚的，只是我刚才太激动了。你看到那面镜子了吗？当我把手伸向你杯子时，我朝那个男人看的方向看过去，于是，一眼就看到了那面镜子，就在镜子里——镜子里，"区特威克尖声说，"我清清楚楚地看到莫尔斯正在观察我！"

茱蒂的脸突然间变得惨白，一只手紧紧地抓着衣领，过了好一会儿才恢复正常："这——这对你来说意味着……"

"暂时，如果你不介意的话，"区特威克的脸上泛着健康的红晕，"我不想现在就说。实际上，这对我来说是巨大的变革性理论，在深思熟虑之前，我不愿发表意见。但是，它有可能（请注意，我只是说有可能）扭转这个案子的局势。"

"你的意思是，"茱蒂低声说，"已经证实了林恩是无辜的？"

"我不能确定。"区特威克摇了摇头，但是他的笑容分明在说他已经心中有数了。

"你也是这么想的吗，莫尔斯？"

"要是我知道区特威克在想什么就好了，"莫尔斯一脸迷惑地说，"我自己也注意到了这点，很有趣；我想看看他是否也注意到了。但从中我没得到任何启示，只是觉得那个人天生就是个白痴。”

“他不是，”区特威克很严肃地提醒他说，“绝对不是。”

“好吧，如果你真的不想告诉我这件事的细节，”茱蒂到底是个女孩子，不禁使起性子，“那能告诉我你的另一个发现吗？”

“哦，可以，”区特威克有点害怕她的小脾气，匆忙地说，“当然，这个发现也很重要。非常重要。我在外面等电话的那段时间很漫长，我从来都不知道十四分钟过得那么慢。在这种情况下，我在想一刻钟会有多久。之后，我想到这个时间肯定比氢氰酸发挥作用的时间更长。”

“哦。”莫尔斯一下子明白过来，于是点了点头。

“现在，看这里，”区特威克正了正眼镜，继续说道，同时看着时间表，“我把看到那个男人伸手下毒的时间定在了两点四十四分，而我站起来走向辛克莱尔女士，最终发现她死亡的时间是三点零六分。这之间相隔了二十二分钟；或者，假设说，她喝咖啡只占去七分钟，还剩下十五分钟。我知道死亡时间与剂量多少有关，但是，如果药量太大，就像这个案子里的情况，十五分钟肯定显得有些多余。”

“这很明显，”莫尔斯赞同地说，“显而易见。”

“但是，我还是得在泰勒的书里查查氢氰酸。当然，我必须先弄清用药的剂量。我把这点给忘了。”

“给我半分钟时间。”莫尔斯一边说一边掏出一本书。

“但我肯定，”区特威克继续说，“氢氰酸会使人失去知觉，如果剂量很大,顷刻间就会让人丧命。”

“给我半分钟时间,”莫尔斯重复了一遍,迅速地翻着书页,“我知道了。啊,在这儿。詹姆斯·瑞德利爵士在尸检中的证词‘大约半盎司的普通苯甲醇混合物,相当于五格令的脱水氢氰酸。’真希望你能明白这是什么意思。”

“是的。”区特威克紧锁着眉头说,“那是合理的剂量。相当合适。嗯,我一定得查一下泰勒的书。这非常有趣。”

“我不明白,”茱蒂显得很困惑,“如果真的像你所说的那样,矛头似乎并不是指向那个男人。”

“是指向他的,”区特威克说,“这事很怪。或者有其他——”

“他拖延了时间,没有让她一开始就服下毒药,”莫尔斯补充说,“直到他离开这个地方。有没有这种可能?”

“非常有可能。”区特威克欣然接受了他的看法,“这也许就是真正的答案。他当然不希望还和她在一起的时候她就失去知觉。他没有一开始就让她把咖啡喝掉,而是等到有利的时机才下手,然后再趁她毒发之前匆匆溜走。”

“但这一点好像并不那么重要。”茱蒂提出了自己的看法。

“当我们的调查毫无进展的时候,无论它有多么微不足道,我们都要予以重视,”区特威克一本正经地对她说,“我记得你刚才说你也有发现要告诉我们。是什么?”

“就是辛克莱尔女士端详那个男人的事。我和莫尔斯说话的时候,我仔细地观察了,依我看,无论我有多近视,也不至于眯着眼睛去看坐在我旁边和我说话的人。我是说，辛克莱尔女士之所以那样做是因为她怀疑那个人根本就不是林恩。”

“前提是那男人在有意模仿你丈夫。”区特威克嘟囔着说。

“我认为，在这一点上我们已达成了共识，想想那通虚假的电话，再想想他被引诱到那个根本没人为他提供不在场证据的地方就知道了。如果有什么事是可以肯定的，那就是那个男人在故意模仿林恩。”茱蒂一定是过于紧张了，否则她不会这样气愤。

“是的，是的，”区特威克安慰她说，“我相信很有可能是这样，我只是想提醒你，不能把想当然的事作为推论的依据。有这个条件做前提，我想你的分析很有道理，辛克莱尔夫人。”

“她看着他觉得不对劲，”比刚才平静了一些的茱蒂说，“是因为那个人的声音有问题。声音是没办法模仿的。这就是她眯着眼看他的原因。”

“茱蒂，你也许说到点子上了。”莫尔斯赞赏地看着她，那表情根本不像正在看着一个姐妹。区特威克打断了他。他心想，我的天，这个男人肯定有点喜欢她，难怪会这样。区特威克并不清楚，他自己对茱蒂究竟喜欢到了什么程度。

“但是，在法庭上恐怕没人会相信。”茱蒂叹了口气说。

“再小的细节也有帮助。”区特威克鼓励她说。

已经过了四点钟。区特威克好不容易才叫住一个从桌旁走过的服务员，点了下午茶。

他们一边吃，一边讨论下一步的行动。茱蒂想趁着来伦敦的机会去看看待在潘特维勒的丈夫，官方曾暗示过她，只要理由正当，她什么时候想来看丈夫都可以。区特威克有几个问题想托她问问少校，并希望她记清答案。他把问题写了下来，辛克莱尔夫人答应她会帮他找出答案。

至于区特威克本人，他想再去一趟苏格兰场。作为一个诚实的人，他希望能够提醒莫司比一声，他现在已经不像从前那样肯定辛克莱尔少校是有罪的了。作为一个非正式的侦探，他想向专业人士请教一两个问题。

莫尔斯主动提出要陪茱蒂去潘特维勒，三个人约好了见面地点，这样可以一起在晚饭前赶回奇斯维克。

随着出租车缓缓地驶向白厅街，区特威克不禁思绪万千，他不止一次这样想过，这些人是多么可爱呀，但这种相遇却是因为这样一件令人痛苦的命案。茱蒂，当然是万里挑一的女人，而莫尔斯，给区特威克留下的印象也相当不错，他为人单纯、真诚、自然。区特威克（对其他人了解甚少）觉得，如果有更多的公爵像他一样，就可以少谈论一些荒谬的社会变革了。

莫司比热情地接待了区特威克，示意他坐下："有事吗？只是来确认一下我们的犯人还没逃走？"

"不，总探长，"区特威克有点尴尬地说，"呃——不是的。实际上，恰好相反。"

"希望你不是来和我说，你考虑再三，还是决定不给我们提供证据了？"总探长打趣地说，"或者是，你带来了园艺师女儿的指纹吗，先生？”

“我来这儿的，”区特威克勇敢地说，“部分原因是想告诉您，我不再像之前那样肯定辛克莱尔少校是有罪的了。”

莫司比突然收起了笑容。他用探究的目光打量着区特威克。“他的那些朋友一直在你身边吗，先生？”他相当严厉地问。

“呃？”区特威克说。

“我知道，他们找了个公爵来帮忙。”他尖刻地挖苦说，“我想，你这样的绅士是不允许自己被一个公爵给牵绊住的。”

莫司比的话似乎是说，公爵是不值得信任的，只有十足的傻瓜才会相信他。

“这么说，您——您知道发生了什么事？”一种孤立无助之感向区特威克袭来，就好像面前站了许多更优秀的人，使他意识到了苏格兰场的能力是如此之大。

“先生，我知道你一直住在哪儿，也知道他们找到了一位公爵从中帮忙，真没想到，”莫司比讽刺说，“这个年代还会有这种事。”

事已至此，区特威克不知道还可以说些什么，“我并不是拒绝提供证据，总探长，”他庄重地说，“希望您别这么想。一方面，我有义务陈述我当天看到的事。但另一方面，我真的不想看到一个无辜的人接受绞刑。”

“我们也一样，先生，”莫司比向他保证，“那么，让我们理智地谈一谈，是什么改变了你的观点？”

区特威克觉得自己有些进退两难。如果只是回答说辛克莱尔少校的朋友们性格好,这样的答案显然是荒唐可笑的,这对莫司比来说一点意义也没有。区特威克也觉得没必要使自己的理论复杂化,告诉他整件事都是阴谋,自己看到的那个人只是在扮演少校,而真正的少校在关键时刻并不在人们的视野之内;如果没有强有力的证据支持这一切,苏格兰场的人会认为这个想法是不切实际的,当然,这样想也情有可原。另一方面,区特威克也不希望泄露今天下午在酒店里找到的新发现,没有证据支持,苏格兰场的人又很爱争论,务实的莫司比肯定会把这些视为废话不予考虑。区特威克只能退一步,为自己产生的怀疑找个辩护的理由,但要保证恰如其分。

“有许多小事,但只有一件事让我怀疑,”区特威克在说谎,“辛克莱尔女士究竟是不是自杀,主要问题在于毒药。”

“哦,是吗,先生!”莫司比说。他的表情好像是一位大学里的教授,正在试图礼貌地倾听全班上最无聊的学生的发言。这就是大学教授和中小学里的教师的区别,后者在听这样的话时可不会伪装出礼貌的样子,而会立刻亮出用以惩罚学生的桦木棒。

“我记得,氢氰酸的药效,”区特威克继续说,“考虑到用药的剂量,它应该更快发挥作用。我已经仔细地检验了时间,从我看到那个男人伸手放在杯口一直到辛克莱尔女士的死亡,这期间已经过了二十二分钟。总探长,其实我想问的是,你们是否有证据证明辛克莱尔女士究竟是什么时候喝掉那杯咖啡的?”

“没有,先生,”莫司比高兴地说,“有太多事要去猜想。但我想我们不会像你一样担心此事。”

“那么，你们有证据表明我看到的那个人是什么时候离开的会馆吗？”区特威克追问道。

“辛克莱尔少校？”总探长若无其事地问，“是的，我们知道了。你一去接电话他就走了。如果我们需要，四个证人可以作证。几张桌子不远处有几个人看到你们两个离开了。我希望，”莫司比激动地说，“周围有更多的人注意到了这些事。”

“我明白了。”区特威克庄重地说。这并不是事实。只是区特威克看不出来。莫司比的回答不但没能消除疑虑，反而使案子更加扑朔迷离。

“还有，”莫司比说，“他们愿意发誓，保证在你之前没有任何人走近她。但如果我是你，我就不会担心。自从上次见了你之后，我们又找到点证据，有三个药商，他们现在都在伦敦，这几个人都从登在报纸上的照片中认出了少校，并指认说在案发的前一天他曾到过他们的店里想要买氢氰酸。这件事你怎么想？”

“我的天啊！”区特威克大声地喊道。

“事实对你来说更清楚了，不是吗？”

“这件事肯定会引人关注，”区特威克谨慎地说，“他们三个人中有谁把药卖给他了吗？”

“没有，”莫司比不得不承认这一点，“我们还没有找到是谁把药卖给他的，虽然我们已经仔细地调查了许多药商，并且检查了伦敦方圆五十里内的每一份有毒药品登记表。”

“您怎么看？”区特威克饶有兴趣地问。

“我相信卖药的人是躲起来了。他知道自己的生意不合规矩，你知道（因为没有人在有毒药品购货单上签字），万一事情败露，他麻烦可大了。区特威克先生，请相信我，我们不必一定指出是谁把毒药卖给了少校，这是明摆着的事实，药肯定在他手里。我们只要证明他曾经试图买过这种药就行了，你明白——这就足够了。”

“天啊！”区特威克温和地说，不久之后就离开了。莫司比的道别可没有刚见面打招呼时那样热情。区特威克认为，只要他提供给他们想要的证据，并且告诉他们自己看到了什么，莫司比就会原谅任何愚蠢的怀疑和担心。

区特威克朝查灵·克罗斯街走去。距离和其他两个人见面的时间还有半小时，有什么事能比逛二手书市场更好呢？

同一时刻，在奇斯维克的家里，一个老人正坐在狭长而低矮的起居室里，一边是斯皮内琴，一边是白色的波斯猫。此时此刻，她正在等待迎接五十多年来到家里做客的第一位公爵，连她软帽上的淡紫色缎带都欢喜得直跳。

# 10
# 绝妙的理论

区特威克热情地接待了他的客人，等他们两位为赴晚宴准备正装的时候，区特威克又去寻求泰勒撰写的医学书籍的帮助，开始查找有关氢氰酸的问题。他看着找到的答案摇了摇头。

区特威克回想着整个局势，这一切在不断发生着变化。今天的实验结果不容置疑，它们使他改变了对这个案子的看法，此时的区特威克既欣喜又不安。他之所以开心——特别开心——是因为终于有些事能表明——少校是清白的了，虽然不是什么特别重要的线索，只是一张惨白、幽灵般的面孔一样模糊不清的印象。但是，这些都有可能变成确凿的证据。他感到不安是因为这些发现不仅能证明辛克莱尔少校是无辜的，也有可能对那个伪装成他的人（如果少校真的是无辜的话）有利。这样的结果真是荒唐。

晚饭后，大家坐在起居室，区特威克把眼前的难题给他们分析了一番。

吃晚饭的时候，由于仆人在场，谁也没有提有关案子的事，吃完饭后，区特威克女士想单独留下他们三人在一起讨论此事。茱蒂和莫尔斯不让她离开，他们认为她的阅历也许会在什么地方帮上忙。谁也没有暗示说这样一个体面的女人也许不会了解谋杀案和凶手的事。区特威克女士显得慈祥而欣喜，她的侄子突然间发现她对待自己的态度就像一个正常人对待自己一样，而打自己记事起还没发生过这样的事呢。

“你们看，”由于姑姑在场，显得有些羞怯的区特威克开始仔细地解释给大家听，“我发现的难题是:总探长莫司比告诉我说，那个男人是紧跟着我离开会馆的——也就是说，他在辛克莱尔女士死亡的二十分钟之前就离开了。如果案子中还有什么是未知的，那就是这个男人是否是凶手。如果他是凶手，我们可以作这样的假设，他在确定辛克莱尔女士即将喝掉那杯有毒咖啡之前是不会离开的。再就是有关我在医学书上得知的有关氢氰酸发挥作用的知识。”区特威克翻着已经破旧不堪的书页，“嗯——嗯……啊！……‘如果服用了半盎司甚至更多的氢氰酸，一个人死亡的平均时间从两分钟至十分钟之间不等，’嗯，‘我们发现只有当用药的剂量恰好可以令人致死时，这个人才有机会活得更长久一些。’”区特威克一脸迷惑，透过眼镜的上方看了看在座的每一个人。

“根据这上面所说，十分钟是极限。换句话说，辛克莱尔女士体内药品发挥作用的平均时间是六分钟左右。但现在已知的时间是二十分钟，我完全不能理解。”

很显然，其他人也搞不清楚。

“但是，这不就是今天下午我们解释过的那点吗？”茱蒂说，“你还记得吧，莫尔斯认为那个人可能在拖延时间，直到他离开时才让她喝下咖啡。”

“是的，哦，是的，他有可能会那样做。你看……”区特威克又看了看那一页，“是的，在这儿。‘症状的出现可能会被延迟一到两分钟，但这种情形很少见。’嗯……‘呼吸困难，深度昏迷时可能会打鼾……’是的，是的，我相信他会尽全力在出现这些症状之前找个借口离开。但是，这是种瞬间就会见效的毒药，也就是说，他必须在她服药之前就离开。这段时间足足有十五分钟，十五分钟前他就离开了。”

“她被什么事拖住了，所以没喝咖啡。”莫尔斯说。

“没有女人会等上十五分钟才喝她的咖啡，”区特威克女士根据毕生的经验总结说，“除非她是个傻瓜。每一个理智的女人都愿意喝热咖啡。”区特威克女士好像对自己还很年轻表现出很蔑视的样子。

“我也是这么想的，姑姑。”区特威克惊奇地发现，自己竟能在这个问题上和姑姑达成共识。

“但是，如果因为这样就认为这个人是无辜的，那真是太荒唐了。”茱蒂不耐烦地说。虽然并没有谁说过这样的话。

“当然，”区特威克忙不迭地附和道，“那很可笑。我认为，辛克莱尔女士最早喝掉咖啡也要在两点五十六分，也许还要迟几分钟。就在那个时候,我返回到了会馆。”

“你已经想出办法了,区特威克。”莫尔斯指责地说。

“没有,相信我。”区特威克回绝了这种暗示。

“对于解决这一难题,你想到了些什么。”

“嗯,”区特威克表现得很谦虚,“我有个理论。”

“好样的!我就一点儿也想不出来。说出来听听。”

区特威克清了清嗓子,又紧张地扫了眼他的姑姑。“这件事意义重大。我是这么认为的。但是,说真的……”

“不管怎么说,我想大家都可能认为这是一起精心布置的阴谋。涉及伪装别人的阴谋都必须做到这点。辛克莱尔夫人,我不必问是否你的丈夫最近试图去买过氢氰酸,也不必问是否他在药商的店铺里公开提出购买此药。警察认为他们已经掌握了相关证据。至少有三个药商指认说,就在案发的前一天,辛克莱尔少校曾提出要买氢氰酸。”

“什么?”被吓坏的茱蒂大声喊道。

“你知道,这是进一步的伪装,他这样做是想让你丈夫的罪行看起来更像是真的。虽然我觉得,”区特威克站在司法角度来考虑这个问题,“罪犯这样做有些过犹不及。”即使真的犯了罪,但只要他是清醒的,就不会这样做。虽然,”他觉得有必要补充一下,“在很多案件中,凶手确实办过这样的蠢事,但是,那都是些脑子不清的人。不幸的是,我相信警察对这样的比较心理学方面的问题并不感兴趣,他们也不会在意这其中的区别。”

“事实上，这场阴谋的安排和实施到处都显示出小心翼翼和深谋远虑。也许你们也会觉得这点意义深远，就是因为它能识破这个狡猾的凶手的诡计，他的目的是转移视线，让大家不会怀疑他。这样做合情合理。”

“这就是你今天下午暗示过的理论？”莫尔斯问，“就是因为这一点，才改变了你对整个案子的看法吗？”

“我这样说过吗？”区特威克担心地说，“天啊，那真不能令人原谅。是同一个理论，但我只是不肯定地提一下而已，拿出来初步讨论讨论。我在酒店时得到的启示，但还不能说就因为这个我的想法就改变了，也许只是说可能改变了。因为，这事有点不可思议。至少，我觉得警察会这么认为。”

“安布洛兹，你的理论到底是什么？”区特威克女士冷淡但很理智地问道。

“这个，”区特威克又开始变得胆怯了，“我完全搞错了，我以为那个男人盯着我看是为了让我往别的地方看而不再去看他。但事实上，他这样做的真实目的是想让我盯着他的一举一动。”区特威克的脸庞微微地红了，好像他对自己这个极不合情理的理论感到不好意思。

“胡说。”区特威克女士马上反驳道，好像在说自己的侄子是个白痴，自然观点也不靠谱。

莫尔斯并不这样认为，茱蒂在一旁大声地喘着气。“什么——什么意思，区特威克先生？”她问。

更加胆怯的区特威克试着解释这个观点:“你知道,如果一个人一直盯着你看,你就不可能不关注他。你的眼睛总会回到那个人的身上,看他是否还在盯着你。想要阻止自己这样做真的很难。至少,对我来说一向如此。不知道你们是否有过这种经历。”

“当然,”莫尔斯肯定地说,“每次都是这样。继续说下去。”

“一个人越是看你,或是盯着你不动,”区特威克信心十足地说,“你越是无法控制自己,一定要看着他。何况这个人是在很愤怒地盯着我看,这一切都能说明,他希望我在他有需要的时候盯着他看——他能在那面镜子里看到我确实在这样做,而且应该能注意到他悬在杯口上的手(对此我有种不祥的预感)。”区特威克叹了口气,脸庞更加红润了。

“哎呀!”莫尔斯轻轻地叫了一声。

茱蒂好像并没有对这个理论表现出钦佩之情。“哦,区特威克先生,这个理论的意义的确是非常重大,只是超乎我的想象。”

“你可能会这样想。”区特威克有些追悔莫及。

“我倒觉得有些道理,”莫尔斯为他鸣不平,“但我不太明白,区特威克。为什么那个家伙想让你看到他往杯子里下毒呢?”

“他并没有那样做,”区特威克回答说,“他是用别的方法毒害了辛克莱尔女士。因为他太聪明,如果有人怀疑他,他肯定会想办法脱身,究竟他是用什么方法下的毒,现在还不知道。”

“你是说,他可以通过氢氰酸的药效来证明辛克莱尔女士的死不可能是因为他在咖啡里下了毒?”

“不仅如此。如果我的理论是正确的，他可能还有其他的证据作为支持，这些证据会使他脱罪，但我们对此还一无所知。”

“为什么不知道？”莫尔斯又恢复到原来的愚蠢状态。

茱蒂一下子就理解了区特威克的意思：“为什么，因为——因为那些证据也同样可以使林恩脱罪。你是这个意思吗，区特威克先生？”

“是的，”区特威克笑着说，“是的。”

空气因接下来的沉默而凝结在了一起。

“哎呀！”莫尔斯又说了一句。

“如果我能想到的话，”茱蒂叹了口气说，“但是，说实话，恐怕……你怎么想，区特威克女士？”

“如果安布洛兹认为有这样的证据存在，他最好把它找出来。”区特威克女士脱口而出。

“恐怕很困难。”她的侄子难过地说。

茱蒂边忙着思考边看着他：“你会把这想法告诉警察吗？”

“恐怕他们会觉得这想法太不可思议。”区特威克坦白地说。

“这是没用的，”茱蒂坚定地说，“甚至更糟，他们确信林恩是有罪的。如果是这样，没有确凿的证据，他们绝不会改变看法。如果你真的认为这点很重要，区特威克先生（虽然坦白说，我自己都不指望你会这样想）它有可能指引我们找到证据。但是我们一定要小心，毕竟我们不是警察。如果有证据可以为林恩脱罪，我不希望隐瞒着不说，据说警察一旦决定定罪，就做不到公正无私了。”

“哦，也许不是，”区特威克争辩说，“我相信他们不至于如此。”

茱蒂好像并不相信他的话。“我知道他们一点也不诚实。”她固执地说，甚至还有点生气。

“好吧，由你的律师来决定是否应该把这个理论告诉警察，好不好？”莫尔斯温和地建议说。

“为了我。”茱蒂坚定地说。好像她愿意为此承担一切后果。

“当然，为了你。”莫尔斯离开表示同意。

茱蒂毫不犹豫地说：“我会说不。我了解那些律师。他们才不会听我们的。如果有什么事是我们能力范围内的，我们必须自己做。你说呢，区特威克先生？”

“完全正确。”区特威克说，他好像对自己的如此精妙的理论没给茱蒂留下好印象而感到有点失望。

接下来，几个人陷入了尴尬和沉默。

茱蒂用一种公务式的口吻对此下了结论，她暗示说这一理论已经从想象变成了现实：“区特威克先生，关于你提出的那几个问题，我问过我丈夫了。答案记在这儿了。”她在包里搜索了片刻，拿出来一张皱皱巴巴的纸，然后仔细地看了看，“他不知道为什么选择皮卡迪利大酒店作为见面的地点。不是他建议去那儿的。当他得知辛克莱尔女士想在那里见面时，他自己也感到惊讶。”

“啊！”区特威克跷起腿，仰头望着天花板，“也许我错了，大错特错，我一直认为这一点至关重要。应该不是辛克莱尔女士自己作出的选择。”

“你是说，是别人建议她选那里的？”莫尔斯毕恭毕敬地问。

“很有可能。但是，会是谁呢？”

没有人对此提供建议，因此，茱蒂接着往下说：“他们给林恩看了那个装氢氰酸的小瓶，他当然认不出。你让我问他，他是否记得曾经拿过类似的小瓶，他说他不记得了，但在我们家的浴室里有个装浓缩漱口剂的小瓶有些相似。我离开监狱就乘出租车回到家，看看那个小瓶是否还在那里。是的，而且它比那个案发现场的小瓶大了好多。”

“坦白说，我不明白那些指纹是怎么回事。”区特威克不得不承认这一点。

“我想，指纹是可伪造的，对吧？”莫尔斯提出了自己的想法。

“可以吗？”区特威克怀疑地问，“除非是侦探故事，否则我真的很怀疑。”

“我知道这一点几乎是致命的，”茱蒂呆呆地说，“我和他反复强调过了。那个瓶子的形状很普通，我对他说他一定是在什么地方拿过它；另一种可能是，他说在厄尔什兹曾见过一只类似的小瓶，是辛克莱尔女士用来装眼药水的，但他并不确定两个小瓶究竟有没有那么相似。即使它们很相似，我认为这也帮不上什么忙。”

“他可能待在那里的时候拿过瓶子，”区特威克指出，“很有可能是这样。没错，替辛克莱尔女士把瓶子送到楼下，或者是，辛克莱尔女士让他帮忙从什么其他地方去拿眼药水。”如果问题涉及了有关姑姑的事，没有什么人比区特威克更有发言权，“也许指纹就是这样印上去的。我们必须接受这一说法。”

“如果它们相似呢？”

“那就找到了二者之间的联系。”区特威克看上去比他自己想象的更有信心。

“但是，这也帮不了林恩的忙，除非我们能证明辛克莱尔女士的瓶子被除了她自己和林恩之外的第三个人拿到过。而且，我想，”茱蒂苦笑着说，“如果去问戈尔小姐最近辛克莱尔女士的药水瓶是否在家中神秘地失踪过，她帮不上什么忙。”

“尽管如此，”区特威克坚持说，“万一她告诉我的确失踪过，只要查出小瓶在什么人手里，我们立刻就能知道凶手的身份。无论如何，我们决不能忽略这一点。”

茱蒂无奈地叹了口气：“哦，这些小事……好吧，下一条。对于电话里的声音，除了之前曾告诉过我们的，林恩再想不出什么特别的了。他只是说‘夸张的牛津口语’。”

“他当时不觉得奇怪吗？”

“有一点，就是阿喀琉斯不该用青年时期那种拉长音的方式说话，其他的，没什么了。他什么也没怀疑。第四条，关于他在皮卡迪利大酒店时做了什么事，他没有任何补充，也没对证明他的不在场证据提供任何启示。”

“嗯！我突然想到与此相关的一点，”区特威克谦虚地说，“无论如何，即使我们不能从正面证明，至少我们可以反证。你——呃——希望找出真相？无论最终的真相是什么？”

“你的意思是，即使最终的结果是林恩的确毒死了她的姑姑？”茱蒂平静地说，“是的，当然，我会和其他人一样坚定。”

“如果是那样，我建议，”区特威克笑着说，“你可以向那些能证明辛克莱尔少校当时正在他所提到的地方的人支付一笔价值不菲的赏金。如果没有人提供证据，至少可以证明当时那个地方根本没有其他人在场，我想律师肯定明白这一点。”

众人沉默了片刻。

“你——你真的认为这样做很明智吗？”茱蒂结结巴巴地说。

区特威克点燃了一支烟。“我想你不会有疑问。”他轻轻地说。

茱蒂突然仰起了头：“我没有！我一定照你说的做，区特威克先生。我认为这是个好主意。”

“我想这么做也许能帮上忙。”区特威克毫不谦虚地说。

但究竟是否能帮上忙，接下来的谈话没有涉及重要的结论。区特威克不禁感觉，气氛有些不对头。也许是因为多半时间都保持沉默的姑姑在场，所以才会这样，虽然这样想过于敏感；也许是因为区特威克本来希望利用已经取得的进展使茱蒂高兴起来，虽然这些观点存在问题，但很有趣，可是，随着夜色一点点地加深，案子变得越来越令人沮丧，大家也感到越来越失望。在人们的印象里，也许区特威克的新理论意义重大，即使它并没有推动整件事向前发展。因为没有人相信这个理论，他们也没办法去证实它。甚至莫尔斯也被这种忧伤所感染了，他时不时望着茱蒂的眼神已经完全超出了兄弟般的关爱。

就是这种不祥的预感使谈话早早地结束了，大家各自回房间准备休息。

区特威克假借询问客人还有什么需要的机会，来到了莫尔斯的房间。

莫尔斯非常热情地迎接了他的到来：“我正希望你能来呢。我还没准备睡觉。能继续聊聊吗，只限于咱们两个人？”

“我非常乐意，”区特威克热情地回应说，“聊这样的话题……我想我们在楼下的时候有点累了。”

“事情变得糟透了，不是吗？可怜的茱蒂。”莫尔斯叹了口气说，随手把剩掉的四分之一烟头扔出了窗外，“你看，她太理智了，容不下半点错觉和猜想，恐怕她已经绝望了。”

区特威克轻轻地坐在椅子上。“她好像并不欣赏我提出的新点子，”他遗憾地说，“当然，这里边意义重大，也许会有人说不可思议，但是，我确实觉得——”

在屋里不安地走来走去的莫尔斯在区特威克的对面停了下来。“她这样想也有道理，”他并不赞同地说，“她可以争辩。茱蒂没有再深入地考虑一下，我觉得很遗憾，如果你的思路不对，我个人并不觉得惊讶。无论如何，你这么聪明，一定能解决好。”

“你真的这样想？”区特威克毫不掩饰自己的得意，笑着说，“我确实希望……但问题是，我们又进了死胡同。这一次情况不同了，进了——呃——死胡同。”

“是吗？”莫尔斯皱着眉问。“我还不太确定。”他沉默了片刻，靠在椅背上恶狠狠地怒视着正在沉思的区特威克,“你知道,我越来越觉得你说到点子上了。”

“只有一点。”区特威克自豪地说。

莫尔斯又点燃了一支烟。“你看,”他在一吸一吐之间说,“如果那个家伙不是个十足的傻瓜(事情越来越清楚,他不是傻瓜),他一定知道盯着你看只会使你也盯着他,就像实际情况一样。他如果不想让你看着他,就会装作什么也没看见;如果他想躲避你的眼神,只需要移一下椅子之类的就可以了。之后,正如你所说,他故意表现得很夸张,把手停留在辛克莱尔女士的杯子上方,动作既不迅速,也不是趁人不注意地偷偷完成;还有那面镜子——区特威克,我肯定你是对的!”

“我就是这么想的。”区特威克充满活力地点了点头。

“那么,我们来看看从中到底能得到什么启示。”莫尔斯看上去是那样真诚,那样年轻。

区特威克感到心里更加温暖了。他现在想尽早破案,不仅是为了茱蒂,也为了莫尔斯。隐藏在对犯罪学和集邮的高度热情背后的区特威克,也被一种浪漫的情感所感动,他看到的是一个年轻的男人不顾一切,一心一意地解救那个他心爱的女子的丈夫,让他回到她身边。

他把得出的结论仔细地重复给他听。

“是的,”莫尔斯点了点头,“你关于氢氰酸发挥作用的那套理论目前真的帮不上林恩,因为要证实辛克莱尔女士是什么时候喝掉那杯咖啡是不可能的。虽然律师会明白这一点,但是陪审团不会重视心理——心理学方面的可能性。”

“也许法官也会这样。”区特威克悲伤地说。他想到最近的那些个声名狼藉的误判事件,在很大程度上导致那些有学问的法官完全拒绝接受非英国式的价值观,于是有感而发。“你知道那些满脑子法律的人。”他很难过,就像一个脸上长了根本不显眼的疖子的小孩一样忧虑。

“另一方面,你认为能证明此人无罪的证据,林恩和他……”

“嗯,”区特威克修正说,“我并不肯定这样的证据真的存在,只是有存在的可能。即使存在,我也不确定它能否为他们洗脱嫌疑。在我看来,”他一边认真思考一边说道,“它最大的作用就是让陪审团相信辛克莱尔女士是自杀的(因为我提供的证明并不能说明这点,她肯定不是自杀),如果是这样,警察会发现定罪相当困难,可能就不会再起诉他了。除此之外,我想不出其他的办法。”

“无论如何,”莫尔斯不耐烦地说,“这能救林恩一条命。”

“哦,是的,”区特威克表示同意,他好像一时间忘了自己究竟想说什么,“我想,也许这能帮上忙。”

“那么,谈谈细节怎么样?”

“如果能找到真正的凶手就好了,”区特威克叹了口气说,“即使辛克莱尔少校被宣布无罪,但他仍被怀疑毒害了他姑姑;有这么多人怀疑他,人言可畏,就等于是事实了。”区特威克为此感到很难过。

“是的，当然。但是，先帮林恩脱罪再说。等着瞧吧，看看我们能不能找出这样的证据。”莫尔斯心意已决，而且，他当区特威克已经同意了，“现在，我们应该怎么做？”

“我们必须站在罪犯的立场想问题，”区特威克立刻回答说，毕竟，那些侦探故事可不是白读的，“然后，看看他会做什么。”

他们假设自己就是罪犯，但是，莫尔斯什么也没想到。他承认自己一无所获。

“我也是，”区特威克坦白地说，“天啊，这可真难。我不知道——不知道我们是否被弄糊涂了。我想，也许是这样。你知道我想做什么吗，莫尔斯？我想回到书房，把整个案子写下来，列出我们已经达成共识的结论，以及仍然值得怀疑的观点，还有根据以上这些得出的合理推论。在这个基础上，”区特威克说，他回忆起在上个案子中几个同伴使用了这个巧妙的方法，虽然最终的结论是错误的，令人惊讶，“努力找出凶手的思考模式，这可能会帮助我们对那些仍不为我们所知的行为作出正确的估计。”

“那可，”莫尔斯敬畏地说，“真是个好点子。”

于是，区特威克来到了他姑姑的书房。

他坐在桌子旁，无所顾虑地抓起他姑姑最心爱的那支钢笔。他想记录下当时那一秒钟闪现在脑子里的想法。“如果我是凶手。”区特威克写着这些看似荒唐的……

# 11 区特威克着手解决问题

区特威克记下了笔记，又接着写下了摘要：

（一）大致结论

这是一桩经过精心计划的谋杀案，也许凶手为此花费了很多时间，本案主要涉及伪装他人以及故意栽赃陷害。

如果凶手达到了以上这个目的，并如他所愿把辛克莱尔少校送上了绞刑架，这就等于是双重意义上的谋杀（结论的前提是辛克莱尔少校是无辜的）。

凶手的主要目的是杀死辛克莱尔女士。

把罪名嫁祸给辛克莱尔少校并最终导致他的死亡也是一个非常重要的目标，但更重要的是凶手在发现自己被人怀疑的时候首先要确保自己的安全（前提是我对有关凶手行为的理论分析是正确的）。

在这件案子里，我仅与三件事密切相关，第一，我当时单独一人待在现场；第二，我目睹了凶手行凶的过程；第三，他可以在镜子中看到我。任何满足这几个条件的人都会成为案件中的重要人物。（注意：从凶手的立场来看，可以解释他为什么选择了皮卡迪利王宫大酒店，当时肯定是那里的什么人实施了谋杀。在凶手看来，皮卡迪利王宫大酒店是达成他的几个目标的理想场所。但是，很显然，是辛克莱尔女士而不是凶手选择在酒店见面。如果了解清楚这一点，对破获此案很有帮助。）

另外，还有一项至关重要的证据有待发掘，有了这个证据，辛克莱尔少校几乎可以被宣告无罪释放。

在这件案子里，我、警察以及其他人可能已经掉入这个非常聪明的凶手布下的陷阱。

仔细思考之后，我认为自己的理论是正确的，其他的分析都是以此为依据的。

（二）有关下毒方面的推理

也许还没有人发现毒药究竟是被放在哪种饮品里。毒药出现在咖啡中，这点很令人怀疑。（会不会是辛克莱尔女士又点了什么其他饮品，或许是那个男人替她点了什么？比如说，一杯烈性甜酒？像樱桃酒或者葛缕子口酒这样的酒会掩盖住氢氰酸的气味。有可能是这类甜酒。）

凶手肯定是确定辛克莱尔女士喝掉了毒药,然后才紧跟着我离开会馆的,所以,他一定是在我被叫去接电话时下的毒。(注意:有关这一点,也许叫我去接电话的女服务员能帮上忙。)

辛克莱尔女士至少是十分钟后才喝掉毒药的,这种可能性很大。与毒药混合在一起的液体一定是凉的(比如说烈性甜酒),或者是凶手了解到的辛克莱尔女士在离开之前会服用的某种东西,比如说一剂药物。(应该对此做些调查。)

凶手一定用了某种方法,确保她在自己离开之后才走。他也许只是找个借口暂时离开一下,而她还以为他会回来。

(三)根据我亲眼所见的会面场面得出的推论

辛克莱尔女士曾经怀疑这个男人是否是她的侄子,但她消除了疑虑。这就是她为什么一开始怀疑地眯着眼睛看他的原因(正如辛克莱尔夫人所说),而后来才开始生气地对他讲话。

辛克莱尔女士把一副眼镜落在了家里,又把另一副眼镜打碎了,这个凶手真是太走运了,但正因为如此,这一切更像是设计好的而不像是好运气。(注意:这是调查中最有利的一点。)

我见到的与辛克莱尔女士在一起的那个男人并不是我

印象中的辛克莱尔少校，后来我通过近距离的观察，我发现了一些细微的差别，与我之前的记忆有些出入；辛克莱尔少校年纪更大些，身板更宽一些，而且更具某种自然高贵的气质。这些细微的差别虽然不至影响对凶手的指认，但最好做到心中有数。

也许伪装他人并不像我们所想象的那样困难。辛克莱尔女士没有看出破绽，而且，会面时的大部分时间都是她在讲话；他除了倾听之外也用不着做其他事。假设他已经找到了借口，比如他说自己嗓子疼，这样就能解释为什么声音发生了变化，但这只是借口。正是由于他要对付的是对少校如此熟悉的辛克莱尔女士，所以才不能不费吹灰之力就欺骗成功。

仔细回想一下，我越来越觉得，凶手下毒的时候并不是乘人不备，而是不紧不慢。如果他只是从小瓶向杯子里倒了些什么，他的手没有必要停留那么久。他应该一得手立刻恢复常态。

我尽全力回想那一幕，我坚信凶手在分散了辛克莱尔女士的注意力让她向别的地方看时，他并没有盯着自己手掌下方的杯子看，而是向别处扫了一两眼。这就证实了我的理论是正确的，他是在看镜子，看我是否还在观察他。（注意：虽然我并不肯定自己的记忆是否正确，但它确实在我的脑子中留有印象。）

（四）根据小瓶得出的推论

凶手一定是个男人，他不仅与辛克莱尔女士取得了联系（他知道三点半钟在皮卡迪利大酒店的会面），而且，为了指纹的事，也能接触到辛克莱尔少校。

凶手能得到印有辛克莱尔少校指纹的瓶子，这一点对于查证凶手的身份可能会有很大的帮助。

这个小瓶不仅会连累到辛克莱尔少校，也为警察设下了陷阱，也许毒药并没有装在这个小瓶里。如果是那样……

写到这儿，区特威克张着嘴巴在椅子上坐得笔直。他心不在焉地看着面前的白纸，下颌越来越低，钢笔从他的手指中溜下去，在洁白的手稿纸上留下了一处大大的墨渍。他思考了将近一分钟，然后，猛地从椅子上站起来，冲出了房门，飞奔上楼，闯进了公爵的房间。

"莫尔斯，"他尖声说，"我——我犯了个大错，真不好意思。我——我——真的，我不敢想象自己怎么会忽视这样的证据。"

在区特威克无礼地闯进来之前，莫尔斯正痛苦地坐在椅子上仔细地研读笔记。他兴奋地从椅子上跳了起来。"什么？"他问道，"你不会已经证实林恩无罪了吧？"

区特威克露出了胜利的微笑："嗯，也许不完全是。但我认为，是这样的。至少,可以说我也已经攻破了对他最不利的因素。有了这个证据,他们就定不了他的罪!它一直都摆在我们所有人的面前——你、我、警察和每一个人的面前。如果我们对此案的看法不够坚定,也许永远也注意不到这点。天啊,天啊。"

"究竟是什么?"

"嗯,"区特威克说,"是那个小瓶。如果那个模仿辛克莱尔少校的人在我离开会馆后紧跟着离去,那个时候辛克莱尔女士还活着,而且意识清醒(那几个看到他离开的证人可以证实这一点),他怎能把这个小瓶放在失去知觉的手指中呢?"

两个人互相看了看。

"哦,简单透彻,"莫尔斯小声说,"分析得真对。"

"这很简单,"区特威克自鸣得意地说,"但不易察觉。"

"这样一来就不关林恩的事了。"莫尔斯咧着嘴笑着说。

"我认为是这样的,"区特威克也咧着嘴笑了笑,"根据这一点,陪审团就不可能排除自杀的可能性了。"

他们又看了看对方。

"那么,是谁,"莫尔斯问,"把小瓶放在那里的?"

区特威克的嘴张得比刚才在书房时还大。他全然不顾眼镜正从鼻梁上滑落下来,只顾瞪着眼睛惊奇地看着莫尔斯。

"我的天啊!"区特威克倒吸了一口冷气,"我——我从来没想过这个问题。"

接下来的半小时里发生的事差不多是这样:

区特威克回到他姑姑的书房,虽然进展困难,但他依然继续着他的推测。

莫尔斯提到的问题令他感到非常困惑,两个人对此讨论了半天。这个凶手是不是有同谋?区特威克曾经这样想过,但是行不通,他觉得这件事是一个人所为。莫司比说有四个证人证实从红发男人离开到区特威克出现在辛克莱尔女士身边这段时间,没有人靠近老妇人的桌子,自从区特威克得知这个消息后,他就认为凶手应该是没有同谋的。现在看来仍然是这样,但是,如果红发男人做不到,是谁把那个小瓶放在辛克莱尔女士已经失去知觉的手里的呢?

两个人讨论了半小时,但并没得出令人信服的答案。最终,两人达成共识,暂时先不去管这点。莫尔斯完全相信区特威克想到的两点:第一,有四个证人可以作证;第二,当那个小瓶被放在辛克莱尔女士微合的手里时,她已经失去了知觉。就这样,凌晨一点过几分的时候,区特威克离开了莫尔斯的房间。

不到一小时,区特威克就完成了他的摘要。接下来的部分并没有包括刚才提到的那个问题,只是记录了之前发生的事;即便如此,他仍记下了自己的思路和想到的可能性。通读一遍之后,他认为这份报告总体来说很有价值。

(五)根据凶手得出的结论

他一定极其聪明,能力很强,而且凡事习惯自己解决。

要制订出一个计划,使他杀看上去像是自杀,而且令大家怀疑另一个人是凶手,同时制造出几个警察能识破的小麻烦,最终又能顺利实施这个计划,这些都说明他有聪明的头脑和坚定的决心,是其他罪犯无法超越的。

他一定能从辛克莱尔女士和少校的死亡当中获得好处,前者必须被直接杀死,与此相比,后者的死可以缓一缓。(注意:这样一来,在很大程度上缩小了怀疑和搜索的范围。)

他一定能接触到辛克莱尔女士,亲自见到她或给她写信,或通过这种方式与她家人保持联系。与辛克莱尔少校可能也是这样沟通的。(注意:这是极其宝贵的线索。)

从制订计划,直到通过成功伪装他人顺利实施这一计划,综合以上两点,他一定曾经有过伪装的经历,很明显,他对伪装很有信心。

从他在电话中的声音来判断,他可能是个有修养、受过良好教育的人。(注意:他说自己是阿喀琉斯,这一点进一步证实了他了解辛克莱尔少校的事。也许是从辛克莱尔少校牛津大学的朋友口中了解到的。但是,辛克莱尔女士的死对于他的这位朋友有什么好处呢?)

我们对他的相貌有大致的了解。他一定是个大块头,个子非常高,身板没有辛克莱尔少校那样宽广,长着明显的鹰勾鼻,与辛克莱尔少校的鼻子很像。他的头发是红色的

（虽然这也许是假发），说话爱拉长音（虽然也许这样做是为了使自己听上去更像阿喀琉斯），比辛克莱尔少校年轻了几岁（只是个人观点，但不确定），行为举止上显得做事马虎（这一点也是个人观点，只是模模糊糊有这种印象）。

综上所述，如果能够找出重大疑点，我们有可能确认他的身份，虽然这样做并不容易。

（六）根据凶手的作案手法和意图得到的思考

只有当辛克莱尔少校被处决以后，我们才能知道他究竟会得到什么好处，这对我们来说是个难点。

他布局的精妙之处随处可见，尤其高明的一招是他下毒的方法（以及确保那个小瓶在辛克莱尔女士手中被发现），现在仍不为他人所知。

如果正如我们所分析的，凶手与辛克莱尔女士在一起的时候，不可能在四个人的眼皮底下把小瓶放在她手里，他可能是用一杯有毒的咖啡换掉了辛克莱尔女士原来的那杯咖啡；换句话说，有毒的杯子和小瓶一样，也是个陷阱，虽然杯子有毒，但不能证明毒药是溶解在咖啡里的；如果是这样，真正溶有毒药的液体不可能在同一时间里被移走。

天啊，区特威克花费用了很长时间来思考这一点，但是，说实话，对付这样一个聪明的罪犯……

从整个计划来看，凶手不仅想让辛克莱尔女士和少校死，而且，最重要的是保护自己的安全。人们所说的“安全至上”就是他的信条，若他不能万无一失地(或者看上去万无一失地)毒害辛克莱尔女士，他会随时收手。所以，他一定会找个方法，把小瓶送到辛克莱尔女士手里，使这一切看起来与凶手无关。这里边可能会有个同谋；但是，我们不仅没有证据证明有什么人曾经接触过他，而且，从他的谨慎来看，他也不会相信一个同谋。如果我是凶手，在离开桌子的那一刻我就已经心满意足了，而那个小瓶，是一张万能牌，只有保证自己绝对安全、条件允许时才能亮出来。他既然选择了这样做，我们就需要了解：一、当时的情况如何；二、这项艰巨的任务是怎样完成的。

有关凶手的动机，我们现在还不得而知，但是分析了所有人之后，看看谁会在辛克莱尔女士和少校死去之后获得利益，我们就能找到答案。

凶手使辛克莱尔少校找不到不在场证据，这样的聪明人自然不会忽略这一点，他一定会为自己的不在场证据有所部署。我们要做好心理准备，我们要对付的可能是相当难推翻的证据。

按照通常的理解，凶手一定会对保护辛克莱尔少校的辩护之词表现得异常愤怒，如果这个人恰好符合我们已知的凶手的特点，他就有最大的嫌疑。

（七）以下几点仍有待解释

为什么辛克莱尔女士选择皮卡迪利王宫大酒店作为会面的地点？

凶手是怎样下的毒？

辛克莱尔少校的指纹为什么会出现在小瓶上？

小瓶是怎样被放到辛克莱尔女士手上的？

为什么戈尔小姐要伪装？

“这些肯定有帮助。”区特威克嘟囔说，然后又把摘要通读了一遍。

“是的，事实肯定就是这样的，”区特威克又花了五分钟看了一遍，并得出相似的结论，“难题就是，如何去证明这些观点。天啊，这家伙一定坏透了。”区特威克想到这儿悲伤地摇了摇头，然后把稿子整理得整整齐齐从中间对折起来，捏着这沓手稿进入了梦乡。

# 12

# 一次短暂的调查行动

区特威克利用早上的几小时又对案情进行了一番深入思考，他最终决定还是不把自己得出的结论告诉茱蒂和莫尔斯。因为这些结论尚有待证实，一旦出现问题，他会感到很难为情。区特威克也不想瞒着他们，但是他不愿意给他们一个立即就会破灭的希望，尤其是对于莫尔斯而言，区特威克认为他最好暂时沉浸在迷惑中比较好。

因此，第二天一大早，他就有意在为自己的打算作铺垫。早饭时，区特威克若无其事地提到有几件事他要去查一查，这几乎是每一个业余侦探都会做的例行公事，因此，今天不能和他们一起回多塞特郡了，并且暗示说，没什么别的事两位可以不必留在伦敦。莫尔斯主动提出要留下来帮他。区特威克女士打破了多年来的老习惯，竟然出现在早餐的餐桌上，她一次又一次地发出邀请，虽然语气生硬，但一次比一次令人感到盛情难却，她想让客人们再多留一晚，但是，区特威克有自己的打算，以免泄露行踪不好办事，他想方设法在11点之前送他们离开了这里，并假装承诺一找到重要线索立刻就去多塞特郡找他们。

在他们离开之前，区特威克为了公平起见，给他们看了自己写下的摘要，主要是想看看他们是否也能得出自己的结论。两个人对这份文件很感兴趣，读过之后，他们都认为它很有价值，对破案会有很大帮助；虽然他们也对其中的观点随意发表了自己的看法，但是都没有注意到引起区特威克特别关注的关键性线索。

接下来的时间里，这个精明的侦探采取了行动。他找到莫司比，向他询问了有关老妇人手里的小瓶的事，为了不引起怀疑，区特威克只是间接地提了几个问题。结果令区特威克非常满意。莫司比并没有怀疑他，只是觉得问题很好笑，他似乎觉得区特威克想要单独调查此案这件事挺有意思，即使与自己产生什么意见分歧，也只是一笑置之。在莫司比眼里，区特威克不只是一只会表演的宠物，而且是一只能表演出令人捧腹大笑的节目的宠物。在莫司比看来，区特威克凭良心办事只是自娱自乐而已。

区特威克默默地承受了这一切。他并不介意莫司比怎样看待自己和自己的良知，只要莫司比能够肯定自己的观点就行。警方的医生已经排除了自杀的可能性，小瓶一定是什么人在她失去知觉之后才放在她手上的。莫司比又一次肯定地表示(狂笑着说)他的四个证人，又帮忙找到两个证人，一共是六个人现在都愿意作证，证明在红发男人离开之后直到区特威克出现在辛克莱尔女士桌旁这段时间内没有人靠近过她。

区特威克对莫司比仍没有发现这两件事之间的明显关联而感到惊讶，并且认为现在还是不告诉他的好——其实，他自己几小时之前也没有察觉到这二者之间的关系。

只要想一想，区特威克就会因为那六个证人愿意发誓为几周以前发生的一件小事去作证而感到惊奇。他们这样做也许是对的，如果是这样，他们对细节的观察能力真是太令人羡慕了。这就像住在两栋相同样式的半独立别墅里的人，他们过着令人难以忍受的生活。只要一家人把鼻子贴在另一家的窗子上，两眼不知疲倦地盯着人家的一举一动，另一家就会想方设法地找麻烦；如果另一家人试图透过窗帘窥探对方家里的每一个秘密，那对方自然不会善罢甘休。这样的生活真是令人烦透了。

区特威克从没住过这样的半独立式别墅，对住在里面的人们的生活方式既不能理解，又感到惊讶。

与犯罪行为的近距离接触确实使区特威克大开眼界。与姑姑住了这么久，区特威克还是第一次在没有取得她的允许的情况下没回家吃饭。他只是平静地说他不回家吃饭了，根本没意识到自己究竟在做什么。区特威克女士由于她侄子结识了大人物，也就顺从地没提出什么异议。

与莫司比的会面结束之后，区特威克准备去吃午饭。他选择了皮卡迪利王宫大酒店，因为饭后他在那里还有事要办。巨大的餐厅里人山人海，在这里吃一顿大餐（不包括面包和色拉）只需要区区两个先令,区特威克嫌这里人太多,于是决定去会馆用餐,就坐在案发当天辛克莱尔女士坐过的那张桌子旁。在这里吃饭并不是为了引起别人的关注,他只想找到那个曾经为辛克莱尔女士端上咖啡的女服务员。

区特威克的运气不错。躲在暗处的服务员突然看到了区特威克,她是把他当朋友看待的(从严格意义上来说)。就冲着他们在警局结下的友谊,她特别破例,主动走上前去为他服务,而一般的顾客是享受不到这种待遇的。

她甚至贸然地喊出了他的名字。就这样走过去与客人打招呼已经很无礼了,更何况还喊出了人家的名字。“下午好,区特威克先生,”她很忧郁地说,从语气中判断她好像参与了什么阴谋似的,“您想来点什么?”从她的语气来判断,别人也许会认为她和区特威克是凶案中的主要人物,而不是与发现命案有关。

区特威克示意想要一杯咖啡,服务员点了点头。她好像早猜到区特威克要点咖啡,在这种场合下,也许只有咖啡才适合悲伤的气氛,她全然不顾她负责的其他桌客人的召唤毅然离开了。

区特威克趁这段时间仔细地搜索着头脑里对这个女服务员的回忆。虽然他们曾经见过面,之前还在警局里聊过几句,但那次之后他甚至记不起她的头发是金色、棕色还是鲜艳的豌豆绿,而在验尸过程中和在地方治安法庭时她给自己留下的印象也相当模糊。这一次,当她向自己走过来时,区特威克认出了她,但只是能认出来而已。通过细心观察,他发现她并不十分年轻,至少有三十二三岁，容貌一般，淡色的鬈发，嘴唇很薄，一双蓝色的眼睛水汪汪的。

服务员热情地送来了咖啡。“是想再看看这个地方吗，区特威克先生？”她严肃地问，完全不去理会周围用手指敲着桌子试图引起服务员注意的顾客。

“事实上，”区特威克说，“我是来这找你的。有没有什么——呃——比较清静的地方我们能聊几句？”

“我们是应该谈谈，”服务员表示同意，“确实如此。有，这有很多清静的地方。你要不要先喝完咖啡，区特威克先生？”

“看你什么时候方便。”区特威克体贴地说。

她反感地瞧了瞧周围还在敲着桌子的顾客。“我想最好先应付这些人，”她叹了一口气说，“看他们的那副德行！永远不让人有清静的时候，有些人就是这样。好吧，好吧。”她向一个正在疯狂地敲桌子的白头发乡村神职人员走了过去，“我来了，不是吗？想要点什么？”

她记下了其他一些客人的菜单后，庄重地离开了。区特威克突然有一种优越感，就好像自己如同一位皇室贵族正置身于一群侍臣当中一样。

区特威克趁着这段时间喝掉了咖啡，周围敲桌子的声音渐渐消退了，区特威克跟着服务员走出了会馆。他们走下几段通道，来到一间巨大的房间，她告诉区特威克这里是私人餐厅，白天不用，他们在这里谈话不会受到打扰。服务员坐在椅子上，并示意区特威克也坐下来，她说自己不赶时间，因为有另一个女孩可以接替她几分钟。从这点来看,她对这次会面非常重视。

“谢谢,谢谢,”区特威克嘟囔着坐了下来,“让我想想。哦,对。我想问的是:你记不记得那个被毒害的可怜的辛克莱尔女士或是那个和她在一起的人除了两杯咖啡之外还点了其他什么东西?”

“其他什么东西?不,没有。哦,区特威克先生,这太可怕了。一个像你一样清清白白坐在这里的男人,竟会往她的杯子里下毒。坦白说,案发后只要一想到这事我就整夜整夜地睡不着觉。我怎么上庭作证——天啊!在地方治安法庭的时候我的表现就已经很糟了,你觉得呢?但是……”

“你确定,”区特威克追问道,“他们谁都没有再叫喝的,比如烈性甜酒之类的?”

“没有。如果有这事我立刻会知道。乖乖,我如果知道他们坐在那儿……”

“他们点别的东西时,会不会是别的服务员来服务的?”

“如果是这样,我事后马上会知道。不,区特威克先生,我向你保证,他们只要了咖啡,后来还把毒药放在里面了。我的天啊,我还以为自己头脑不清呢……”她仔细地描述了一番自己的想法。

区特威克趁着她停下来的空当开始询问下一个问题:“如果他们没有再点什么东西,你是否记得除了咖啡杯外还从桌子上撤走过什么东西?他有没有让你撤走别的什么?”

“没有,只是杯子而已,就这样。把我叫过去,让我把杯子拿走,然后——”

“他离开之后，你有没有从桌上拿走什么东西？比如说，空药瓶之类的东西？或者是一张纸？”

“为什么这么想？”服务员深表怀疑地问，“我已经把我知道的事都告诉警察了，说过很多次了。我不明白为什么你认为我还有事情没透露？”

“我并没有这样想，”区特威克慌忙说，“天啊，不，恰恰相反。我相信你已经把记得的事都告诉了警察，我也一样。我只是想知道，是否有一些小细节你忽略了，比如你路过桌旁时拿掉过一张废纸，等等。我最初向警察提供证词之后，还时不时地想起一些小事，所以很自然……”

“你究竟想知道什么？”服务员仍然有些怀疑地问。

区特威克摆出一副神神秘秘的样子：“是这样。现在有人怀疑咖啡杯可能不是盛有毒药的真正容器。”

“但是医生说杯子闻起来有毒药的气味。我在医生进行尸检时听到的。”

“哦，是的。但问题就在这儿。这会不会是凶手设下的陷阱故意迷惑我们的视线，让大家相信辛克莱尔女士是自杀而死的。这个问题——呃——和毒药的药效有关。”

“天啊，他可真狡猾，”平静下来的服务员钦佩地说，“我完全相信。如果他们找不出盛有毒药的器皿，凶手就会逍遥法外吗？”

“也许是。”区特威克表示同意。

“如果我知道答案就好了，如果我知道答案，一定会告诉你；虽然我并不崇尚暴力，但对待这样的人，绞刑也许太仁慈了，即使他是一名少校。竟然毒害了自己的姑姑！可是，现在说这话有什么用？他准备离开时我撤掉了他的杯子，之后再没有靠近那张桌子，我记得很清楚。区特威克先生，很抱歉，我没帮上你的忙，警察和你后来赶到现场的时候，桌子上的东西还照原样摆在那里。"

"据你所知，你离开之后没有其他人靠近过那张桌子吗？"

"警察也问过我这个问题，我告诉他们我不能确定，我不想告诉他们连我自己都说不准的事。我对他们是怎么说的，对你也怎么说，我只能告诉你，我注意到那张桌子的时候没人靠近它。"

"我明白了。"区特威克很失望地说。他记录下来要询问的两个要点没有一个能带给他启示。

他沉默了片刻，借机想了想是否还有什么其他问题要问。

"很有趣，你刚才提到了甜酒。"服务员慢吞吞地说。

"啊？"区特威克喊出声来。

"我是说，很有意思，你刚才提到了甜酒，因为——它让我想起点事。"

"是吗，什么事？"

"嗯，说不清，"服务员含糊地说，"不知道该不该讲。"

区特威克的回答使她确信完全有必要说清楚。

"我没和警察提过这件事，因为，一方面，我觉得没有这个必要，另一方面，我当时没记起来。但是，现在我确实觉得桌子上曾经有个酒杯。你提到这个我才想起来的。"

“你——你确定曾经看到辛克莱尔女士的桌上有个酒杯?”兴奋的区特威克脸色红得发紫。

“很有意思。我也说不清楚,前一分钟还在,但当我再去找的时候已经不在了,所以我还以为自己在做梦。很有趣,你提到了甜酒,对吗?”

区特威克不在乎这是否幽默,只想了解事实。他不想让对方猜到她的回答对自己至关重要,所以凡事都很小心。既然服务员觉得是自己产生了幻觉,就让她继续那样认为吧。区特威克不想把这次会面的事透露给苏格兰场。要从大量的无关紧要的事和趣闻当中挖掘事实本来就不是件容易事,更何况被女服务员大肆渲染之后,更需要考验区特威克的谈话技巧和耐心了。

他最终得偿所愿,完整的故事是这样的:

就在那个男人离开不久,这个女服务员从旁边走过,在几码远的地方招呼另一桌客人,她知道辛克莱尔女士桌子上有个咖啡杯要收走,所以从旁边走过时扫了几眼,想看看那杯子是否空了,如果是空的,稍后回去时可以顺便带走。杯子不是空的,所以她回去时就没有从那张桌子旁边经过,因为那样走回去有点绕远。她后来隐约记得咖啡杯旁有一个装满白色甜酒的酒杯。五分钟后,她又抄近路回到这里招呼客人,因此也没有从辛克莱尔女士旁边经过,距离比较远,她没注意咖啡杯是不是空的;但她注意到了那张桌子,发现上面并没有酒杯,之后就把这事给忘了。

事实就是这样,通过仔细询问,区特威克把这个故事补充得更加完整。

她确定这是那个男人离开之后的事,因为当他要离开时才把服务员叫去让她拿走杯子,这至少是五分钟之后的事,而且,她当时注意到桌旁只有老妇人一个人。她返回服务室为客人取餐时才注意到桌子上的酒杯,她当时觉得很奇怪,她记得坐在那张桌的客人没有点甜酒,自己也没有送甜酒;也许事情并不像她想象的那样奇怪,因为一些脾气好的女服务员看到客人催得太紧或是指定的服务员正忙得不可开交,有时就会主动帮忙,招呼这些不属于自己职责范围内的客人;后来,桌子上有个酒杯的印象越来越模糊,以致后来酒杯不见了她也并没感到惊讶,以为是自己搞错了。

区特威克竭力隐藏起自己的兴奋,有关这一点的信息他已经掌握了,所以开始转向了下一个话题。

“谢谢,谢谢。还有最后一件事。如果你觉得不方便,没有关系,不是特别重要,我想和叫我去接电话的女服务员聊几句。你觉得行得通吗?”

“没什么不可以的,”服务员和蔼地说(她越是这样,区特威克越觉得手足无措,甚至有些害羞),“不知道是哪个服务员。据我所知,她不是证人吧。警察只叫了我去问话。能形容一下她的长相吗,区特威克先生?”

问题就在这儿,区特威克根本不知道她长什么样。她的脸在区特威克的记忆中是一片空白。区特威克第一次意识到,人们很少从正面仔细看一个服务员,除非是为了记住下一次应该招呼哪一个过来为自己服务。他对她的样子几乎一点印象也没有。凭着记忆,区特威克只能作如下描述:她是高个子,皮肤比较黑,总体上来说,长得不难看。有了这样的描述,应该会找到这个年轻的女人。

但是,事与愿违。服务员去服务室询问了一番,不得不空手而回。区特威克坐在服务室门口附近,这样就能看到每一个进出的服务员,虽然有一两个他觉得有点印象,但询问了之后,证实她们都不是自己要找的人。

区特威克为了查到结果,临走时给这个服务员留下了十先令的小费,当然,搜索范围有所扩大,不仅包括酒店在职的这些女服务员,也包括自从案发那天离开的女服务员。

区特威克一边往外走一边想,自己真是粗心大意,他见过这个女孩不止一次,第一次是在会馆里,后来一次是在大厅,但没有一次仔细观察过她。

突然,他停住了脚步,满脸涨成了深红色。

“我的天啊!”区特威克轻声说。

忽然有一件从未考虑过的事从他的脑子中闪过。当然,这不可能。哦,绝不可能。门儿都没有。真是可笑。哦,干吗要浪费时间呢?

而且……

“电话号码是多少?”区特威克心不在焉地嘟囔说,“我永远也记不起来了。永远,永远。谁能记得住?天啊,天啊。”

但是,记忆就是这样奇怪。也许它拒绝记下一张曾经与之对话过的脸庞，但却会仔细记录下发生过的最微不足道的事，比如一个不经意间被某人匆匆提到过的电话号码。

“473！”区特威克几乎是在胜利地欢呼，“我的天啊。是473。”他急忙向酒店的办公室走去，那里有大量的客人登记信息。

这几周以来，区特威克总是风风火火地来了又走，因此，没有人对他的行为提出质疑，他最终找到了他想查的东西。他从口袋里掏出个旧信封，在上面写下一行字：

六月十二日。473号，杰斯·霍·因格斯。阿什顿，萨斯利姆别墅，47号。

“天啊，”区特威克心不在焉地嘟囔说，“阿什顿，这么远。但我必须去一趟，我必须去。呃——请问，这里有到阿什顿的列车时刻表吗？”他向柜台后的年轻女人谦逊地询问道。

“时刻表，门卫那里有。”年轻女子没好气地说。

区特威克又匆忙地赶去找门卫。

晚饭时分，区特威克为了保证此行能够顺利，给他姑姑打了电话，告诉她明天要离开去阿什顿一趟，但并没有说明原因。区特威克女士对此很不满意，他认为一个平民百姓是不应该到那种地方去的，但是她想到这是替公爵办事，情绪就平复了许多。区特威克完全自由了。

区特威克并不想到阿什顿去。尽管对许多人来说，那里是欢乐、美丽、令人神往的天堂，谁能说这种想法是错的呢？但是，凡事都怕比较，一个视野只局限在谢菲尔德的人自然会有那样的想法，认为阿什顿好得不得了。但区特威克很快就发现，自己并不是这些人当中的一员。对他来说，阿什顿的景色在三分钟之内就能向他解释清楚三十几年来一直困扰着他的问题，那就是为什么人们普遍对工业发展感到如此的不满。

有关这段旅程，我们简短地说。他搭乘了一列早班车，随着它来到了这个烟雾蒙蒙的阿什顿，一路上没有人和他讲话，周围的人都像坐在灵车上的哑巴一样。他在镇上最好的酒店吃了一餐，这里服务态度恶劣，但价格高得离谱，他以前从没碰到过这样的事，他乘着出租车来到了萨斯利姆别墅的所在地。这是一条长长的街道，里面挤满了一排破旧的半独立式房子，每个房子与房子之间都由一条六英尺宽的狭长的苗圃隔开，里面的植物无精打采，看不到一点生气，整个街道的布局让人感到很压抑。区特威克找到了47号，敲了门之后才知道因格斯先生不在家。他现在在哪儿呢？也许在传教区。传教区在哪儿？第一个路口左转，第二个路口右转，第三个路口再左转，对面就是。

坚信自己正在进行侦查工作的区特威克按照这样的路线，一路来到一栋有损文明形象的建筑物前，楼身是红色的（或者曾经是红色的）波纹形金属结构，上面的玻璃脏得让人难以想象。楼外摆了一块通告牌，上面的内容是说下个星期天，因格斯先生会就“不忏悔就下地狱”这个极端的话题向福音教堂的信徒们布道。

因格斯先生躲在这么一个杀风景的建筑物里，当然事先要做忏悔。犹豫不定的区特威克用手杖尖敲了敲房门，由波纹形金属制造出的回声响彻了整个大楼，里面的人都被吓了一跳，赶紧出来开门。来开门的人个子很高，骨瘦如柴，脑袋上的头发已经有一半掉光了，胡子乱蓬蓬的，身披一件旧礼服，圆领笔直外翻，领子上的扣子由别针别着，外面还系了一个淡蓝色的假领结，瘦长的脖子赤裸裸地露在外面，让人觉着很不舒服。虽然这在外人看来有点怪，但肯定是心中坚守的神圣信念才促使他穿成这样的，他透过钢架眼镜温和地看着区特威克。

"您是杰斯·霍·因格斯先生吗？"区特威克紧张地问。

"是的，兄弟。"他说。

区特威克还是有点结巴，但已经好多了。

"我——呃——您六月份住在皮卡迪利王宫大酒店的时候我就想拜访您。"他撒谎说。

"是吗？"

"是的，您——呃——您当时在那儿，对吗？"

"是的，兄弟，"因格斯郑重其事地说，"我为什么要否认？我是去参加一个由蔼兹拉·杰灵顿博士发起的会议，你肯定对这个名字很熟悉，哈利路亚！"

"能——能再说一遍吗？"区特威克以为自己听到了什么下流话，于是结巴地问道。

"我是说，你肯定很熟悉创始人的名字。赞美上帝！如果想见我，请先进来，兄弟。"

"不了，谢谢。"区特威克忙说，"不必了。我刚从伦敦赶过来，来这，来这，是为了——为了——我希望替您的基金——您——您设了基金吗？”

“有很多种基金，兄弟。”因格斯先生得意地说。

“当然，肯定是这样。我只是希望为您的基金——其中的一只基金捐款。区区的……没错。别客气，不用谢。下午好。”区特威克向惊讶的因格斯先生已经张开的手里塞了一张一英镑的纸币之后，就匆匆返回伦敦去了。

我就担心是这样，区特威克一边看着也许今后再也见不到的阿什顿的郊外景色，一边有些得意地沉思着。天啊，真可怕。我还以为已经接近……现在的情形比之前更让人困惑了。我一定要仔细想想。

区特威克舒舒服服地坐在角落里思考着问题。

# 13 人无完人

区特威克回到伦敦后，足足有三天时间沉浸在极度忧虑之中。每过一天，他就要多违背一点对莫尔斯许下的诺言，他曾说过，只要发现了有趣的事，就去多塞特找他和茱蒂，每一天，他都下不了决心，不知道该不该去找他俩。区特威克认为自己已发现了一些非常重要的事，但是，不能只看到事情的一面而忽略另一面，也许这发现只是看似有趣，并没有真正价值，自己加进去的理解也不知道是否有意义，如果告诉了别人，只能增添他们的烦恼。如果他的估计正确，那他必须想办法解决问题，找到支持自己那套理论的证据，也就是找到问题的解决方法，但是，仍有一点令人困惑，那个小瓶是怎样被放在辛克莱尔女士已经失去知觉的手上的呢？区特威克和莫尔斯都认为这是案子的症结所在。

应不应去见见莫司比，把自己的新发现告诉这个愿意怀疑别人的总探长呢？但这些只是自己的想法罢了，没有实际的证据辅助支持这些观点,他不会采取行动证明它们是对是错。莫司比会不会因为这些独特的点子而赞叹不已呢？只要区特威克动脑想一想,他就会知道问题的答案了。

应不应该去见辩护律师,与他们交涉？虽然区特威克不太了解律师,但不难想象,这些律师一定会对外人擅自干涉此案而感到嫉妒。他们总是一副冷冰冰的样子,毫无情感,只会按法律要求办事——只知道收集可证实的事实。而区特威克没办法给他们提供这样的事实。

应不应该冒着让他们空欢喜一场的险把整件事告诉莫尔斯和茱蒂,然后把责任丢给他们,让他们去找证据并处理后续的事？毕竟,这是他们自己的事。区特威克还是想呈现给他们一些更为实际的证据,这样才能支持自己的理论。他利用这三天中的大部分时间去搜集证据,像个没头苍蝇一样到处乱撞,但调查结果一无所获,询问的一些无关紧要的问题还惹恼了一大群人,都没帮上什么忙;除了以上这些负面消息外,那个让自己去接电话的女服务员也杳无音信,区特威克竟连一丁点证明自己观点的证据也找不到。

第四天的上午,随着莫尔斯和茱蒂的到来,困扰着区特威克的烦恼烟消云散。区特威克女士热情地邀请他们留下来吃午饭。

区特威克一见到他们,就知道自己应该把推测出的犯罪过程的新理论告诉他们,但由于这一切还有待于进一步的证实,所以要继续隐瞒自己推测出的凶手是谁。这样做很容易。

因此,吃午饭的时候,区特威克就很神秘地向他们暗示调查有了新的发现。午饭后，他把两个人带到了姑姑的书房，他认为这里比起居室更适合透露秘密。虽然区特威克女士对他们的事很好奇，但是，这一次她下定决心不参加讨论，她不希望事后大家会后悔曾经把秘密透露给她。

区特威克微笑地看着这两个听众专注的神情，靠在椅背上跷起了二郎腿，然后清了清嗓子。

“自从上次与你们见面之后，我集中思考了主要问题，”他的语气中带着点说教的味道，“就是有关下毒的过程和那个小瓶究竟是怎么样被放到辛克莱尔女士手里的事。还记得上一次你们离开之前的那一晚我写的摘要吧，我当时就很怀疑咖啡是不是溶解毒药的媒介，尽管杯子里到处都是氢氰酸的残渣。我暂时还不知道，那个咖啡杯是否也是凶手为警察设下的一个陷阱。

“因此，我去了一趟皮卡迪利王宫大酒店，问了那个案发当天为辛克莱尔女士服务的女服务员几个问题。我不必重复那些问题了。总之，这些问题确实使女服务员回忆起了一个场景。她好像在某个时段看到过辛克莱尔女士的桌子上放了一个盛有白色甜酒的酒杯。”

“太好了，”莫尔斯边拍着大腿边喊道，“和你猜的一样。”

“一点不差，”区特威克笑了笑，然后继续叙述他和女服务员接下来的谈话。

“你看，这一点似乎已经得到了解释，”他继续说，“我肯定那个女服务员当时确实看到了那杯甜酒，毒药就在酒里面。但是，这又引发了另一个需要解释的难题:是谁把那杯酒端给辛克莱尔女士的?”

“肯定不是在那里工作的服务员。这个女孩一定和这场悲剧有关。也许她已经从中尝到了甜头,而且,毫无疑问,另外能从这件事中获利的人立刻会跳出来分享她的成功,真令人难以置信,这个女孩竟会忽略这一点。还有,我们已经有了确凿的证据证实从那个男人离开到我走近辛克莱尔女士之前这段时间内没人接近过她。真让人捉摸不透。”

“现在,根据总探长提供的信息,那几名证人都对这一点非常肯定,有了两个新证人的加入,更加肯定了原来那四个证人的证词。我们可以相信,这些诚实的人告诉大家的是他们认为真实的事。另一方面,真正的事实证明他们是错的。怎么解释这种分歧呢?”区特威克用询问的眼光看了看他的听众。

两个人互相看了看对方,莫尔斯先开了口。“别问我。”他无助地说。

“我是在问自己,”区特威克继续说,“不止一次地问自己,问过很多次了。刚开始,我并没有找到答案。但是,就在我要离开酒店的时候,我想到一个绝妙的点子。更确切地说,应该是两个点子,但是二者混在一起,我花了好一会儿才把它们分开来。第一点:有没有可能这些证人并没有看到他们并未察觉的事呢?”说到这儿,区特威克又停了下来。

“你究竟想说什么,区特威克先生?”茱蒂问道。

“不是很明白。”莫尔斯嘟囔着说。

区特威克看上去有点难过:“天啊,恐怕是我没解释清楚。但是,用正常的语言真的很难说明白。或许我应该这样说:会不会是证人的眼睛看到了一件司空见惯的事,而大脑中没有留下印象呢?换句话说,是不是他们认为在那段关键时期酒店里没有客人接触过辛克莱尔女士是对的,而认为没人接近她就是错的?”

“请一个字一个字地说清楚。”莫尔斯恳求地说,“我今天一定是脑筋不灵活。”

“你还没懂我的意思吗?那么,说得直白一点。假设说,走近辛克莱尔女士的是一个女服务员。这在公众场合里是再普通不过的事了,尽管证人们看得很清楚,他们也不会对此有任何印象,依旧会发誓证明没人接近过辛克莱尔女士。我想,”区特威克羞怯地说,“这个解释行得通。”

“真是太妙了。”茱蒂的语气中虽然没有透露出明确的勉强意味,但她似乎并不完全相信区特威克的话。

“但是,根本就没有这样一个服务员啊,你又怎么解释这一点呢?”莫尔斯也对区特威克的判断表示怀疑。

“这的确是个问题,所以才想起第二个点子。你会搞清楚这两点之间的关系的。第二点就是:假设罪犯的同谋是个女的,她假扮成了服务员。”区特威克毫不掩饰自己满意的笑容。

这一次,不仅是莫尔斯,就连茱蒂也对区特威克的这番分析表示钦佩。她猛地从椅子上挺直了身体,瞪着大大的眼睛望着区特威克。“你已经找到证据支持这一点了吗？”她的口气有些强硬。

“目前，结果并不乐观，”区特威克忧伤地说，“但是，等着瞧吧，形势会朝着有利的一面发展。只要证实了这一点，一切就都会变得简单。它几乎可以破解辛克莱尔女士死亡之谜的所有细小的疑问。比如，为什么要叫一杯甜酒，为什么酒杯要事先撤掉，为什么要把预先准备好的小瓶放在辛克莱尔女士手里，还有，为什么在那个男人离开之后很久毒药才发挥药效，这些安排最后都指向一点，凶手希望能逃脱罪责，置身事外。解释清了这一点，所有的难题都神奇般地消失了。”

“但是，他的同伙是怎么做到的？”茱蒂神情紧张地问，“我明白，从我们的角度看，如果确有其事，一切都变得简单了，但是——但是这样做难度太大，几乎是不可能的。她怎么能伪装成女服务员达两分钟之久而不被别人发现呢？你的想法很好，但是——”她遗憾地摇了摇头。

“我想这完全有可能发生，”区特威克信心十足地辩解道，“我思考了很久，越想越觉得这个计划简单易行。想想看，他的同谋根本没有和其他服务员待在一起。他们俩提前计算好时间，或做好安排，这样出现在公众场合的时间就会被缩减至最短。她也许藏在什么地方，等那个男人从大厅里出来，告诉她一切准备就绪，她就用托盘端着酒杯走过去（谁会怀疑她呢），递给辛克莱尔女士，等她喝得足够多了（这段时间特别危险），把杯子撤走，再顺手把随身携带的小瓶放在辛克莱尔女士手里，然后全身而退。还有什么比这事更简单？

“我必须承认，如果是个小地方，这样做很困难，但是，像皮卡迪利王宫大酒店的会馆这种地方，即使不算餐厅和烤肉馆，服务员都多得数不过来，她们之间都不认识。每天都有新的面孔出现。她可以趁负责那桌客人的服务员正在忙着的时候下手，这样做很容易。她只需要端着盘子装作很忙碌的样子，没人会对她的出现提出质疑。我发现这个计划的精妙之处就在于‘简单’二字。”

“当然，这只是我一相情愿的想法，也许是那个男人说服辛克莱尔女士喝下了那杯甜酒，酒里的含药量大到只是一小口就能置人于死地。除了这一点，其他的都不难解释。他的同伙为了不在瓶子上留下自己的指纹，可能只是抓着瓶子的塑料塞。为了掩人耳目，她可以假装蹲下来捡东西或是什么，顺便停下来把瓶子放在老妇人手上。我相信，凶手就是这样做的。”涨红了脸的区特威克认真地说。

“我同意你的看法，”莫尔斯郑重其事地说，“我认为你已经证实了自己的观点。哎呀，等这件事彻底解决了，我们欠你一个好大的人情呢。”

但是，茱蒂好像还不太确定：“那她是怎么换衣服的呢？大庭广众之下太危险了。我想，从那个女人的角度出发看问题，难度要比你想象得大。”

“那一点已经，”区特威克更加温和地说，“我已经考虑过她的伪装问题了。当然，这也只是推测，如果我是她，就会在酒店里租一个房间。这样她就安全了，只需要等那个男人告诉她一切准备就绪，而这个男人，为了伪装好自己，也许戴了红色的假发或是其他一些他认为必要的装饰，并且准备了各种各样盛毒药的器皿。事情进展得很顺利，如果我没有被其中某个环节所误导，真实的情况应该差不多是这样。”

“但愿如此，”莫尔斯说，“如果她真的这样做了，一定会被找到，会被认出来。”

“是的，”区特威克有些迟疑地说，“我也想到了这一点，所以已经去酒店登记处查过了。但是酒店实在太大，一千多间卧房几乎天天客满。案发那天，根据我的计算，酒店的单人房里住了至少二百一十七位女士。想要从这么多人里找到她，是业余的私家侦探能力所不及的。”

“哦！”莫尔斯说。

“我们必须从其他渠道了解她的身份才行，比如说，她跟凶手的关系。”

“首先得知道凶手是谁。”茱蒂有些冷漠地说。

“这是当然，”区特威克有些愧疚地说，“一定得先找出凶手。”

“也要找出是否真的有这样一个同伙，”茱蒂仍有些怀疑地补充说，“正如我所说，区特威克先生，你的想法棒极了，但是没有一点证据作为支持。你的理论的确可以简化我们遇到的问题，但我们不能把它当成事实来看待，不是吗？”

“是的，当然不能这样做。但是，有证据可以支持我的观点。”

“有证据？”茱蒂又一次警觉起来，“是什么证据？”

“我想我已经提过，只是一点不太乐观的证据，也许只是巧合，但给我留下了深刻的印象。那个叫我去接电话的女服务员后来在大厅里和我说了几句话，她问我是否接到了电话。本来这事没什么特别。我告诉她也许是搞错了，根本没有电话找我，于是她问我是不是住在473号房的客人，我回答说不是，她随口说我和那个房间的客人像两颗豌豆简直长得一模一样。这个，”区特威克有点抱歉地说，“就是我指的证据。”

两个人看上去都很迷惑。“我不太明白。”莫尔斯说。

区特威克突然反应过来。“哦！请原谅。我还没有解释这件事，对吗？我去登记处查出那天晚上谁住在473号房，最后发现那个人和我长得一点都不像，他长得更像个西葫芦，如果说，”区特威克细心地解释道，“如果说我真的长得像粒豌豆的话。为此，我特地去了趟阿什顿。”他很有感触地说。

“啊，”莫尔斯点了点头，“我有点明白了。你认为那个女的就是同谋，然后呢？”

“如果真的确有其人，”区特威克一边说，一边羞怯地扫了茱蒂一眼。

“但是，我不明白，”茱蒂大声说，“也许是我太笨了，这个女人为什么要不怀好意地让你去接一个根本就不存在的电话呢？她这样做的用意是什么？”

“是这样”，区特威克有些迟疑地解释说，“我想你会明白的。

我已经看到了凶手想让我看到的一切，是时候把我甩掉了，因为接下来发生的事，比如投毒的过程，凶手不想被人看到。之后，我还要返回到出事地点，眼睁睁地看着老妇人死去，因为我不可能忘记自己曾经看到过的事，所以成为了这个案子的主要证人，站在了你丈夫的对立面，这就是她的意图。”

“这一切好像很复杂。”茱蒂怀疑地说。

“我倒认为这其实很简单。”区特威克发表了不同意见。

他们谁都没有出声，几个人都在认真地思考这种手段的简单性之中可能蕴涵着的复杂性。

“但是，很不幸，你已经不记得这个女人的样子了？”茱蒂怀疑地问。

“恐怕，”区特威克不好意思地说，“是这样的。我已经试着努力回忆有关她的每一个细节了。”

“回忆起了什么？”莫尔斯问道。

区特威克在他靠不住的记忆里搜索了一圈：“在我的印象里，她好像个子很高，肤色比较黑，长得不难看，否则我会注意到这一点。我怀疑自己是否真的从正面看过她的脸。很可能没有。”

“很遗憾，”莫尔斯惋惜地说，“一个女人不会在她的脸上作伪装。她可能会换上不同的衣服或什么，但不可能在脸上粘胡子吧？”莫尔斯暗示着征求茱蒂的意见，但她只是若有所思地看着他，没有回答。

“但她可以戴一副龟板材质框架的眼镜啊。”区特威克一边回忆一边说道。

莫尔斯从椅子上站了起来:“天啊,你不是指……”

“不,”区特威克反对说,“我的意思只是说有这种可能。我从没那么想过。”

几个人正想就这个有趣的话题仔细讨论一番的时候,外面传来了敲门声。“先生,您的电话。”客厅里的侍女说。

区特威克和他们说失陪一下,然后离开了房间。

区特威克比之前更加独立自由了,这部安装好的电话就是最好的证据。他轻而易举就摆脱了姑姑的反对,坚持要装一部电话,因为,对于几乎每天都要和苏格兰场保持联系(正如区特威克所指出的那样)的区特威克来说,电话是必不可少的。

电话正是从苏格兰场打来的。电话那端传来了莫司比的声音:“是你吗,区特威克先生?”

区特威克暗示说就是他本人。

“你之前不是寄给我们一些指纹的照片吗?”

区特威克的心一紧:“是的,总探长。”

“我们在记录中查不到这些指纹。你是不是把另外一套照片寄去了美国?”

“是——是的,”区特威克屏住呼吸说,“我是寄去了一套。出了什么事?”

“我想知道这些指纹是谁的。”

“为什么,总探长?”区特威克尖声问,“您——您是不是听到了美国方面的什么消息？”

“他们认为最好给我发封电报说明此事。”莫司比谨慎地说。

“总得有个原因啊？他们告诉您什么了？”

“嗯！你得理解，区特威克先生，这是保密的。不劳你费心了。”莫司比油滑地说，“我只想知道这些指纹是谁的？”

区特威克若非竭力保持冷静，几乎就兴奋得翩翩起舞了：“但是——您问的事也是保密的。非常机密。恐怕……哦，我不能说。”

“你的意思是，”从莫司比的声音里听出了疲惫，“除非我告诉你美国方面说了什么，否则你就不告诉我答案？”

也许是因为区特威克和莫司比不是面对面地说话，所以他才敢如此肯定地作出回答，电话真是个奇妙的东西。“是的。只有……实际上，我坚持认为如果我……是的，就是这样。”

“好吧，区特威克先生，”莫司比无奈地说，“当然了，你得明白，如果有必要，我们很快就能查出来。其实，也没什么好隐瞒你的，如果真的是我怀疑的对象，你最好多加小心。美国方面通知我们，指纹的主人形迹可疑，可能涉嫌参与过多宗珠宝盗窃案，他们之前一直都没有查到指纹属于什么人，他们甚至找不到任何可以指控她的确凿证据，只是建议我们在这里盯紧她。他们在一个失窃的珠宝盒上找到了指纹，但是这些指纹与记录中的那些都不相符，所以一直找不出答案。但是，他们相信，这个女人一定是在有钱女人身边装作侍女或做些类似的工作，借机对她的雇主的朋友下手，她聪明得很，不会直接对自己的雇主下手。”

“天啊！”区特威克喘着粗气说。

“那么，我想，在电话里你只需要告诉我那个人的名字是否以G开头的就可以了。好吗？”

“确实是以G开头的，总探长，你说得非常正确。上帝保佑！”

区特威克觉得浑身的血液都在奔流。他立刻返回书房，在第一时间把这个消息透露给莫尔斯和茱蒂。

“天啊，”倍感惊讶的莫尔斯大声说，“真是道德高尚的典范！”

“我从来都不信任她。”听从直觉的茱蒂喊道。

区特威克和莫尔斯对视了一下。

“真令人惊讶！”莫尔斯低声说，“你现在怎么看，区特威克？”

“她——她一定是惯犯。”区特威克冷静地说。

茱蒂突然间担任起了律师的角色：“我们不能被那些次要问题所误导，”她认为按常理来说，应该是这样，“这个女人可能是个贼，但她并不一定是凶手的同谋。而且，区特威克先生，你现在还是不能使我确信凶手的确有个同谋。”

“这只是推测，”区特威克嘟囔着说，“仅仅是归纳出来的推测结论而已。”

“他是对的，我敢打赌，”莫尔斯坚定地说，“而且，我相信区特威克已经找到她了。”

区特威克看了看茱蒂。“的确如此，辛克莱尔夫人，”他笑着说，“我想我已经找到她了。”

茱蒂并未报以微笑，只怀疑地嘀咕道：“你是说戈尔小姐！”

“她肤色较黑，个子很高，如果不戴眼镜，样子可能很好看，”莫尔斯滔滔不绝地发表了观点，“哦，我们已经找到她了。”

“我当然希望是这样。”茱蒂叹了口气，又沉浸在了幻想当中。

莫尔斯转向区特威克：“你总结出来的推论要点在这里吗，区特威克？”

“在这儿。”区特威克立刻说。随即，他从上衣口袋里掏出一个本子。

莫尔斯翻了翻本子：“找到了，在这儿——‘以下几点仍有待解释’——听着，茱蒂，我会把区特威克的问题一一解答清楚的。而且你肯定会同意这些观点的。”

“‘为什么辛克莱尔女士选择皮卡迪利王宫大酒店作为会面的地点。’不是她选的。是戈尔小姐一手安排的，她只要在打字时动点手脚就能修改辛克莱尔女士给林恩的那封信上的原来的见面地点。林恩的回信说要在皮卡迪利王宫大酒店见面，她也能找到借口来解释，这是第一点。”

“第二点，‘凶手是怎样下的毒。’我们现在已经知道了，幸好这里有一位福尔摩斯。”

“第三点，‘辛克莱尔少校的指纹为什么会出现在小瓶上。’因为戈尔小姐是同谋，所以这个问题迎刃而解。林恩说的那个小瓶和浴室里的辛克莱尔女士用来装眼药水的小瓶很相似，他是这样说的吧？下面一点。”

“第四点，‘小瓶是怎样被放到辛克莱尔女士手上的。’我们的福尔摩斯已经解释过了。第五点,‘为什么戈尔小姐要伪装。’答案明摆着。你看,就这些,每个难点都解释清楚了。这些还不足以证明凶手的确有同谋吗?”

“比刚开始时有说服力了。”茱蒂承认说。

“也可能有别的事,”莫尔斯意犹未尽地说,“那个戈尔是个盗窃珠宝的贼。她会不会偷辛克莱尔女士的珠宝?她死之后珠宝有没有丢?”

茱蒂断然摇了摇头:“据我所知,没有,其他人也没有发现。为了核实遗嘱中的财产情况,我特地列了张详单,东西一样也不少。”

莫尔斯有些失望:“哦!我认为,江山易改,本性难移。何况是遇上这样的好机会。不是吗,区特威克?”

“罪犯很难戒掉自己的习惯,”区特威克发表了权威的观点,“我也认为,只要你再仔细地检查一下也许就会有所发现,辛克莱尔夫人。”

茱蒂暗示说她会这样做。

莫尔斯和区特威克开始热烈地讨论这一案情的新进展给他们带来的启示,莫尔斯认为从同谋的身份入手,一定能追查到真凶,区特威克非常同意他的观点,但他并没有透露自己所坚信的真凶是谁。区特威克不喜欢鲁莽行事,他一定要在翻越栅栏之前看清栅栏的另一边有没有水沟。

“区特威克先生!”茱蒂突然说。她又一次沉浸在自己的白日梦里,根本不知道他们俩在说什么:“区特威克先生,我一直在想,我们必须对这件事保密。”

“保密？”莫尔斯惊讶地说，“但是……”

“只限于我们自己知道，”茱蒂坚定地说，“只是目前。无论这些听来有多合理，但我们尚未证实其真实性。我知道警察和林恩的那些律师会怎么说。证据，证据，证据！我们在告诉其他人之前必须先找证据。你同意我的看法吗，区特威克先生？”

区特威克考虑了一会儿：“我同意。确实应该这样做。时机还不成熟，贸然泄露消息是致命的。我们要不惜一切代价，”区特威克说：“绝不能打草惊蛇。”

“你也许是对的，”莫尔斯勉强地承认说，“但是，这样做对林恩太残忍了。能不能让茱蒂给他个暗示，告诉他我们已经帮他脱罪了，只等着赢这场官司呢。”

区特威克用怀疑的眼神看了看茱蒂：“这样做可不明智。”

“是啊，”茱蒂也这么认为，“对林恩是很苛刻，但他随后会明白的。”

就这样，谁也没有再提这件事。区特威克没有明确地下结论，只是暗示自己已经对凶手的身份有了初步的掌握，但至少还要等上一两天才能真相大白。接下来，他们又谈了些别的事。

“顺便说一句，”莫尔斯随意地说，“那个失踪的继承人明天就到，区特威克。”

“真的吗？”区特威克很感兴趣地问，“到利物浦？”

“不，到南安普敦。我和茱蒂开车去接他。”

“把他带到伦敦来吗？”

“不，阿加莎认为他最好直接到里弗斯米尔德去，茱蒂和其他人都能见见他。我觉得这个提议不错，他住在那儿比在伦敦瞎折腾的好。”

“他会在伦敦不老实吗？”

“茱蒂看了他的来信，他说无论如何也要帮林恩洗脱罪名，是不是？”

“他好像很热情，”茱蒂冷冰冰地说，“也很鲁莽。”

“以一大笔财产为代价，”区特威克同样冷漠地说，“不仅是个鲁莽的人，还是个无私的人。我真想见见他。”

“这太容易了。我们今晚住在伦敦。明天你和我们一起去。”

“我不会碍事吗？”区特威克提出疑问。

“当然不会。阿加莎说你想什么时候回里弗斯米尔德就什么时候回去。有一间卧室一直为你准备着，只要你想来，食宿方面没有问题。”

“你姐姐真是太细心了。”区特威克感激地说。

“比起你为我们所做的一切，这些算不了什么。”莫尔斯热情地说。

虽然这样做在英国人眼里并无不妥，但他们都觉得很不自在，两个男人的脸微微地泛起红晕。为了打破这种尴尬的局面，区特威克坚持要挽留莫尔斯和茱蒂在这里过夜，他们两个人都觉得区特威克太体贴了，但不知道这样做会不会打扰区特威克女士。为此，区特威克特地把姑姑叫过来，让他们安心住下，毕竟，一位公爵和他的一位情同姐妹的女士在这里过夜根本不是件麻烦事。

同一天的傍晚，区特威克自然而然就琢磨起了这两个人。一位公爵，一个视他为兄弟的女孩。虽然茱蒂对待莫尔斯是一种对待兄弟的感情，但是，莫尔斯对她的感情却要复杂得多。同时，区特威克不止一次替这个值得尊敬而又迷人的女人感到遗憾，她竟然爱得这样无助，这样绝望。但是，在区特威克无私的想法里，尘世上就应该有他们这样的人的存在。

直到黑夜降临，案情才有了新的突破。这一点是区特威克想到的。他突然从椅子上弹起来，恍然大悟地喊出声来，把桌旁正在安静地讨论如何精心培育蘑菇的几位吓了一跳。“上帝保佑！”区特威克低沉而有力地说。

“安布洛兹！”他的姑姑很愤怒地喊道。

“天啊！所有这些……我的天！”区特威克继续喊道。他好像因为惊喜而一时间神志不清了。

“什么？”其他人问。

区特威克多多少少冷静了些：“我刚刚才意识到……我可能告诉过你们，我好像在什么地方见过戈尔小姐，但是想不起……记忆就是这样神奇……自从那时起我一直在冥思苦想，试图想起……现在，一边思考着蘑菇的事……那个女孩和蘑菇有什么关系？”

“什么女孩？”莫尔斯问。他和区特威克女士凝视着区特威克迷惑的表情，两个人相视笑了笑。

“戈尔小姐使你想起了什么人？”茱蒂耐心地问。

区特威克微微地吃了一惊：“哦，是的。请原谅。是我想起了一个在皮卡迪利王宫大酒店会馆里的一个女孩。她很漂亮，所以引起了我的注意。我是说，”区特威克看到姑姑正盯着自己于是急忙改口说。“我是说，我恰巧注意到了她，觉得她很漂亮，之后我就开始——开始观察辛克莱尔女士。这件事转瞬即逝，我后来就忘了。我好像再没注意过她，也不知道她在那待了多久。我发现辛克莱尔女上更有意思。”他停下来，心不在焉地望着其他人，脑子还在飞快地运转。

“戈尔小姐使你想到了那个女孩？”茱蒂轻轻地问。

区特威克凝视着她，好像在斟酌自己应该如何回答。之后，他打定了主意。“那个女孩就是戈尔小姐。”他坚定地说。

几个人谁也没有说话，好像他们都在等待一个重要的宣布结果。茱蒂突然尖声地笑起来：“是的，我想莫尔斯也会这么说，问题解决了。我的上帝，我会……”区特威克惊愕地看着茱蒂，他没想到像她这样冷静的人也会说出如此心怀不满——也许有人会说这根本就是存心报复，就好像她瞧上一眼戈尔小姐，那女人就会在她眼皮底下被撕成碎片，她抓着椅子扶手的手指关节已经没有了血色，她就要歇斯底里了。

慢慢地，茱蒂镇定了下来，放松了许多，她迟疑地笑了笑。“很抱歉，”她的手滑过前额，声音有些颤抖，“我尝试着控制自己的情绪，但是这件事使我压力很大。”她摇摇晃晃地站起身，“如果您不介意，区特威克女士，我去睡觉了。”

“当然不介意，亲爱的，”区特威克女士也站起身来，异常温柔地说道，“我们都很理解。我去给你取点缓解疲劳的东西，马上就回来。”

莫尔斯从椅子上一跃而起，一只胳膊绕在茱蒂的腰上：“过来，茱蒂，宝贝。我送你上楼去。”

茱蒂用忧伤的眼神望向四周。“很抱歉，”她重复道，“我不想当众出洋相，讨人嫌。晚安。”她重重地靠在莫尔斯的身上走出了房间。

区特威克意识到自己刚刚看到了一个人赤裸裸的灵魂，他有点不好意思，就好像一个偷果酱的小男孩被抓到时一样羞怯。

# 14

# 大打出手

第二天,他们踏上了从南安普敦去多塞特的行程,一路上安安静静,至少在区特威克的眼里是这样的。莫尔斯聚精会神地开车,区特威克忙着思考,后座上坐着由于客气而显得很拘谨的茱蒂和辛克莱尔的表弟。

刚到码头的时候,三个人盯着川流不息的人群,很容易就认出了这个表弟。无论他的父亲是什么样子,他都摆脱不了辛克莱尔家族的特点;无论他的姓氏是什么,鹰勾鼻一下子就使他在人群中显露出来。实际上,他姓班森。

他的相貌引起了区特威克的浓厚兴趣。

霍罗德·杰·班森,不到三十岁,不仅有明显的鹰勾鼻,还具有辛克莱尔家族高大、健壮的体格特征,一双灰绿色的眼睛,两种颜色交织在一起的头发鬈曲在脑袋正上方,就好像一只凤头鹦鹉;除了这样的头发外,他还继承了辛克莱尔家族的发际靠后的前额和下巴，也许下巴还遗传了他父亲的某些特征——这是他从父亲那儿得到的唯一的东西。

他紧紧地握着茱蒂的手，直到每个人的眼中都噙满了泪水。他告诉每个人自己能和他们见面不知道有多激动，只是很遗憾是在这样的情况下和大家相见，并且表示他要在发火之前笑着面对苏格兰场和警察部队，绝不让那些人看到自己的眼泪。三个听众觉得根本没必要这样做，因此只是含糊地附和着，他们默默地希望班森也能和整个警力部门和睦相处。

他继续用极其浓重的美国口音（区特威克认为这是自己所听过的最浓重的美音）讲个不停，说他要给苏格兰场的那帮人一点颜色看看。他对茱蒂说，他保证在三天之内让她和丈夫在家中团聚；对莫尔斯说，他周围的人在听说他一来伦敦就会结识一位真正的公爵并和他以兄弟相称；但随后又对区特威克说，公爵和其他人没什么两样。他带着几位出了海关，引领他们来到车子旁，而且差一点就可以为莫尔斯指出一条更好的行车路线。简而言之，班森就像是指导英国人在游览美国——区特威克认为他这样做有点夸张，并对他的声情并茂而感到吃惊。

到了里弗斯米尔德小修道院，他依然表现出了同样的热情。区特威克想到自己被一堆陌生人围在中间时所表现出的尴尬，不禁对他的应对自如心生妒忌。班森紧紧地握着女主人的手（茱蒂在一旁高兴地望着他），又在男主人的背上轻轻地拍了拍，弄得这位年长的贵族有点手足无措。最后，他为了表达对所有人的感激之情，特意讲了几句话，感谢他们对自己无微不至的关爱，感谢各位对自己的欢迎，而且，还多此一举地提到为表兄林恩勇敢的妻子感到万分遗憾，并且称那个男管家（就是那个长着鱼一样的肿眼泡，在区特威克第一天来的那晚就给他难堪的男管家）为“波”。

随后，他跟随着仆人，拖着沉重的步子进了自己的房间，大家惊讶地目送着他的背影。

阿加莎咯咯地傻笑起来。“他——他就像一出蹩脚的滑稽剧里的美国喜剧演员，”她忍不住说，“也许他刚从舞台上下来。”

“那，”区特威克若有所思地说，“那就是他的工作。”

“你说什么，区特威克先生？”茱蒂好奇地问。

“我——只是认为他的确做过，”区特威克有些尴尬地解释说，“你不是提到过他曾经是演员吗？”

从梅宝勋爵的方向传来了低沉的怒吼声。“如果是那样，”他低声说，“去厄尔什兹吧。”人们可能会猜想，在梅宝勋爵的眼中，这可能是最大的悲剧了。

回到屋里的时候，大家各个表情严肃，纷纷忙着准备午饭。离开饭时间还有半小时，正如茱蒂所说，大家现在能做的就是分散开来各忙各的。

吃饭的时候，班森的一言一行规矩多了。也许是他发现在自己所处的环境中不适宜这样张扬，或许是他感到这样做让其他人有些紧张，也可能是（区特威克认为这种可能性更大）有人向他提出了警告和暗示。无论是因为哪种原因，他没有再次发表演讲，激情也明显减退了许多,就连美国口音也没有那么明显了。毕竟,没有什么比一个有教养的英国家庭更令客人感到不安了。

老实说,午饭后的区特威克变得特别烦人,就像一个幻化成了人形的恶魔,这个恶魔同时还是一个极度热情的业余摄影师。他一直压抑着自己的狂热,现在终于找到了发泄的渠道。他完全不顾及这样做是否合适,也不顾及其他人的感受,就这样拿着照相机对着他们拍个不停,有集体照,也有单人照,一边拍一边唠叨他有多喜欢他见过的人和他从各地收集到的纪念品,而且对即将添加到相册中的新照片感到沾沾自喜。梅宝勋爵丝毫不去掩饰脸上的痛苦表情,无助地看着自己的妻子。而梅宝夫人本人,她的热情丝毫不亚于那个折磨大家的主角,她正为给其他人排队形、摆姿势而忙得不亦乐乎呢。这十五分钟令人很不愉快。

区特威克竭力躲避着男主人的眼睛,虽然他感到不好意思,但总算成功地拍了两卷照片,临走时还硬拉着莫尔斯和他一起出了房间,说要他帮忙冲洗胶卷。他们刚离开其他人的视线,区特威克就带着莫尔斯走进自己的房间,随手锁上了房门。

"我从不知道你还是个摄影师,区特威克。"莫尔斯说。他看到区特威克锁上了房门,显然有些吃惊。

"我不是,"区特威克说,"但我希望能像别人一样那么熟练。我昨天买了照相机,告诉你姐姐我想拍照片,她说很乐意帮我完成这个工作。至少,"区特威克顾虑重重地说,"我希望我已经完成了这个工作,但是照相机真的比我想象中的难操作。你姐姐说她知道怎么用，所以一切顺利。”

“我看到她替你换了胶卷。”莫尔斯慢条斯理地说。

“我发现这个真的挺难学，”区特威克说，“虽然我昨晚在卧室练习过。”

莫尔斯看了看他：“好了，区特威克。这背后肯定有别的事。究竟是怎么回事？”

区特威克并没有立即回答。他坐了下来，双手放在膝盖上，表情极其严肃：“这是条计谋。我需要那些照片。”

“为什么？”

“莫尔斯，”区特威克冷静地说，“我想我已经找到了那个在皮卡迪利王宫大酒店里模仿辛克莱尔少校的人了。”

“你已经找到了？”莫尔斯傻傻地问。

“嗯——只有一种可能，不是吗？我已经怀疑好一阵了。他的鼻子，我一看到就立刻肯定了自己的观点。”

“班森？”莫尔斯惊讶地说，“但他的声音不对。很显然，他说话是美音。这点他骗不过辛克莱尔女士。”

“他是个演员。但是个蹩脚的演员。他在电话中故意夸张地装出阿喀琉斯的牛津英音；今天早上又故意展示他的美音；他后来意识到了自己的行为不太妥当，才有所收敛。”

“可是，案发当时他在美国！”

“是吗？”区特威克自信地问道，“我也想弄明白这一点。这就是我为什么想拍这些照片的原因。如果案发时他在现场，他一定在案发后立刻赶回美国了，我可以给各个船运办公室的职员们看他的照片，询问他们案发那天或之后是否订过船票。”如果区特威克之前对于自己的办案能力感到差强人意和羞愧的话，现在，这种感觉已经离他远去了，他从没像现在这样坚定过，一定是追捕凶手的热情鼓舞了他。

“我和你一起去。”莫尔斯立刻说。

“我正希望你和我一起去呢，”区特威克感激地说，“我们现在就应该出发。”

“越快越好。五分钟后吧。我想先把这好消息告诉茱蒂。”

“告诉她？”区特威克犹豫地说，“我们还没证实这一切呢，等所有的事搞清楚了再告诉她不是更好吗？”

“那样的话，她永远也不会原谅我们了。”莫尔斯肯定地说。

“哦，好吧，也许这样做也没什么坏处。”但区特威克看上去仍有点拿不准，“你肯定想亲口告诉她，我去和你姐姐辞行。”

莫尔斯认为灵感来自区特威克，所以应该由他去告诉茱蒂这个消息。但是，区特威克嘀咕说他要替莫尔斯照看车子，说完就匆忙去找梅宝夫人了，手里紧紧攥着装在口袋里的胶卷。莫尔斯一点儿也不明白他葫芦里卖的究竟是什么药。

十分钟之后，他们又一次行驶在路上。

莫尔斯告诉区特威克说，茱蒂对他的结论很感兴趣，只是觉得有点不可思议。她主动提出要在他们离开这段时间盯住嫌疑人。

一路上，区特威克似乎一直沉浸在思考当中，但显然思考的结果令人焦虑,因为他一直在不停地叹气。莫尔斯见状只得一言不发。走了五十公里路,只有区特威克主动说了两句话。第一句是拍这些照片的另一个原因,他认为可以拿着这些照片到戏服出租商那里询问一下,案发前几天有没有人买过一个红色的假发;第二句是说他们没必要这样赶,因为今晚可能来不及了。

他们在六点钟前到达了伦敦,区特威克为莫尔斯指引行车路线,一起来到了原来购买相机的那家商店,还没等莫尔斯下车,区特威克就匆匆忙忙地冲进商店,把两卷要冲洗的胶卷递了过去,而且交代店员今晚一定要洗好,只要他们按吩咐做,钱不是问题。"我想把这胶卷上的第四张照片和那卷上的第三张放大,"他看着笔记本上的信息说,"这个也要今晚做好。明天一早我就来取。"

"先生,恐怕放大的照片今晚完不成。"店员争辩说。

"如果需要的话,我可以让苏格兰场的人和你们谈。"尽管这不是真的,区特威克依然理直气壮地反驳了店员的话。

店员看了看他:"真的很重要吗,先生?"

区特威克强调说千真万确。店员认为,如果是那样,他可以想想办法。区特威克告诉了他自己的名字,赶在这些店面就要关门的时候离开了。

天色已晚,其他的事办不成了,于是,莫尔斯把区特威克带到自己经常去的俱乐部,替他点了很多种不同的酒。

他们在俱乐部用了晚餐,又为了放松一下去看了出时事讽刺剧。一切活动之前,区特威克已经往奇斯维克的家里打了电话。

将近十二点钟的时候，他们才赶到区特威克女士的家里。令两个人十分惊讶的是，茱蒂竟然在这里，为了等他们回来她一直熬夜等到现在。

“我说服不了自己，”她说，“我知道我答应过要留在那看着嫌疑人，我知道这样做是擅离职守，我知道我不该这样做——但是，我就这样乘坐第一班我能赶上的火车来了，我想看看你们进展如何，区特威克，和我说说现在的情况吧。基本大功告成了，是吗？”

区特威克朝她紧张地笑了笑。眼前的茱蒂羞怯腼腆，和前一晚那个既绝望又有些歇斯底里的她真是天壤之别：“希望如此，辛克莱尔夫人，希望如此。”

“哦，叫我茱蒂，”她笑着说，“区特威克先生，没有一个认识我这么久的人——有多久？足足将近两个星期！——还这样称呼我的。现在不流行这个了。”

区特威克附和了几句。

“照片的事怎么样了？已经洗好了吗？我真想看一看。”

“留在路上了。”莫尔斯一边大声咀嚼着三明治一边说。

“把它弄丢了？”

“留在店里冲洗了。”

“哦！你吓了我一跳。那么，你们还有别的发现吗？”

“没什么特别的。”

“我想知道为什么你会认为这个单纯的牛仔，要毒害他从未听说过的姑姑。至少，他说他从没听说过自己有这样一个姑姑。说给我听听，区特威克先生。”

区特威克把自己的想法说给她听。茱蒂认为班森没那么聪明。莫尔斯也这样认为。他们为此争论了将近半个钟头。后来，区特威克想回房间休息了。茱蒂说自己太兴奋，根本睡不着，莫尔斯好像很乐意陪她坐到天亮。于是，区特威克独自离开了，只剩下他们两个人。

那一夜，区特威克也没怎么合眼。

尽管如此，他还是在八点半准时下楼来吃早饭，莫尔斯也一样。也许茱蒂刚刚睡着不久，所以现在爬不起来了。

区特威克热情地为客人盛好了粥，然后坐下来忙着弄好自己的那一份。他一边说话，一边打开了一封来信。突然间，他惊叹得喊出声来。他的椅子突然间朝后一移，摩擦在地板上发出又长又尖的声响。区特威克从椅子上微微站起，又坐了下来，又一次站起来，然后把那封信一下子推到莫尔斯的面前。“上帝保佑，这太可怕了，”他心不在焉地嘀咕说，“读读那封信。”

令区特威克如此不安的那封信内容如下：

亲爱的区特威克先生：

当你凭借那个一点也不高明的手段观察我没戴眼镜时的样子，我就知道你在怀疑我。我担心你已经记起在皮卡迪利王宫大酒店曾经见过我。今天下午有警察来问话，因此可以肯定你的确怀疑我了。你的想法很正确，但我不会坐以待毙，等着别人给我安上同谋的罪名，抓我去坐牢。你得知这些信息的时候，我应该已经安全了。

至少，请允许我把话说清楚，我写这封信就是这个目的。没错，我帮着林恩除掉了那个老太太，但我是被迫的。他对我不太光彩的过去有点了解，便以此相要挟，一定让我帮他的忙。他不得不除掉辛克莱尔夫人，因为她要剥夺他的继承权，但他自己一个人做不了这事。他制订了整个计划，我只需要装扮成女服务员，在辛克莱尔女士失去知觉后把小瓶放在她手上，使她看上去像是自杀，本来这事很容易，但那个愚蠢的家伙在小瓶上留下了指纹。要不是你倒霉，恰好盯着他看，警察肯定找不到他，也没有人会怀疑他。

我的意思是，难道你不能放过我吗？我不知道你和警察说了些什么，也不知道你是否提过你的怀疑，但是，真的有必要告诉他们这个案子里也有我的份吗？我向你保证，我已经接受了足够的惩罚了。那滋味不好受。而且，他们已经抓到真正的凶手林恩·辛克莱尔了。如果不是他恐吓我，我绝不会掺和进来。区特威克先生，行行好吧。把这封信撕掉，忘记你曾经怀疑过我。这样的要求并不过分吧？

玛丽·戈尔

附注：无论如何，我都会消失，想来抓我就试试看吧。

“上帝啊！”莫尔斯放下信，一脸严肃，“这么说林恩——这对茱蒂来说太糟糕了。”

“真是非常——出人意料。”区特威克慢吞吞地说。

“你的那些好点子都没用了。都是没有根据的。”

“永远都把问题复杂化，”区特威克盯着自己的盘子呆呆地说，“很难记住最有可能发生的事往往是最简单的。”

两个人都沉默了。失魂落魄的莫尔斯拿着勺子一口一口地喝着粥。“谁去告诉茱蒂？”他嘟囔着，“我想知道这一点。”

区特威克好像突然间打定了主意，腾地站起来：“我去。”

“不是现在吧？”莫尔斯惊讶地望着他。

“为什么不？”区特威克问，“迟早得告诉她。拖延时间和把问题复杂化同样危险。”但他还是犹豫了。

“她可能在睡觉。不必把她叫醒。”

“我不会吵醒她的，”区特威克答应说，“我敲门之后如果她没来开门，我再下来。”

两分钟之后，他回来了。面对莫尔斯扬起眉毛的疑问神情，区特威克摇了摇头。“她一定是在睡觉。”他说。

早餐就在这种令人绝望的寂静中进行着。莫尔斯完全被这突如其来的打击给压垮了，区特威克则是一副预言最终毁于一旦的落魄样子。他们一句话也说不出。

就在吃土司和橘子酱时，区特威克又有了惊人之举。他紧握着的拳头重重地砸在桌子上，口中念念有词。“我不相信！”区特威克嚷嚷道。

"什么？"莫尔斯惊讶地问。

"那封信。"

"什么？"

"太详细了。不需要那样详细。这样的坦白包含了每一个细节——详细得不可思议！莫尔斯，我——我想这可能是认真的。"

"什么可能是认真的。"

"那封信，"区特威克语无伦次地说，"戈尔小姐……事情——"

"你是说——你是说那封信可能是伪造的？"

"我们必须现在就去，"区特威克突然站起来说，"立刻。邮戳地址是什么？"他一边在桌子上的信封中乱翻一边问。"啊！伦敦，西南大街14号。对，我们必须现在就去。你准备好了吗？"

"当然。但是，我们要去哪儿？"

"怎么这么问，"区特威克惊讶地说，"去多塞特郡。"

"好，"莫尔斯说，"听你的。"他不知道为什么要去那儿，也不知道是什么使区特威克那样焦虑不安，但他知道，那位绅士的话是不容置疑的，他说话肯定有道理。

"对茱蒂什么也不说？"他在去车库的路上小心翼翼地问。

区特威克好像一下子从催眠状态中清醒过来，一两秒钟之后才开口回答。"对辛克莱尔夫人什么也不说，"他的态度很坚决，后面又补充了一句，"路上记得取照片。"

又一次，他们乘坐这辆宾利轿车驶向了多塞特郡。

然而，摄影商店里有个令人吃惊的消息正等着区特威克。"照片？”店员惊讶地问，“差不多十分钟之前，我把它们交给你的信差了，我们一开门照片就被取走了。”

“我的信差？”区特威克重复说。他看起来并不怎么惊讶。但一旁的莫尔斯听了这个消息嘴巴张得老大。

“他说是您派他来取照片的。”店员预感到了有麻烦，于是辩解说。

“能描述一下他的样子吗？”区特威克问。

“好吧，”店员含糊地说，“他看上去很体面。我希望没出什么事，先生。”

“他使你想起什么人没有？”

“使我想起什么？不，先生。你不是说——”

“他不是我的信差，”区特威克沮丧地说，“你把所有东西都给他了？胶卷、洗好的照片，还有放大的照片？”

“是的，先生，非常抱歉。但是，我没有理由怀疑他不是您派来的。他说‘区特威克的照片’，所以，我就交给他了。”

“是的，”区特威克扭过脸说，“我知道这不是你的错。我本该提醒你注意的。但是我从没……是我的疏忽。早上好。”

“等一下，先生，”店员兴奋地喊道，“您昨晚说这些照片非常重要，所以我就把放大的照片做了两份。我想现在马上就能取走。”

“你没把这个交给他？”区特威克也兴奋地说。

“它们现在就在隔壁的屋子里。”店员说。

区特威克趁着等照片的机会转过头和莫尔斯说了几句。“你不介意——呃——现在就启动引擎吧？我们一分钟也不能浪费。”

“我们一上车，它就能启动。”莫尔斯对于区特威克的建议有些摸不着头脑。

区特威克故意表现出既尴尬又神秘的样子。尴尬是因为他正在说谎，而神秘是因为他就想表现给别人看。“我还是希望一出店门汽车就能启动，也许汽车现在已经在启动了。”

“天啊！你不是说有可能发生什么——暴力犯罪吧？”

“谁知道呢。”区特威克悲观地说。

莫尔斯只好出去查看一番。

区特威克拿到照片后仔细地检查了一下，付了钱，然后匆匆地走进了商店。他上车之后只等了半秒钟汽车就启动了，区特威克挣扎着保持好身体的平衡。莫尔斯可能不会提出有建设性的意见，但绝对服从命令。

“多塞特郡？”他简洁地说。

区特威克点了点头：“加大油门，莫尔斯——这样说对吗？”

“很严重的事吗？”

“事关生死。”区特威克面无表情地说。

莫尔斯加大了油门。

直到车子开到交通不那样拥挤的地方，区特威克才又开口说话：“谢天谢地，那封信的内容使我有所行动。”

“你确定那封信是伪造的了？”莫尔斯一边开车擦着一辆卡车超过去一边嘀咕说。

区特威克盯着速度计的指针从60慢慢升到70。“我确定。照片的事就证明了这一点。”

“行动得真快。”

“非常快。”区特威克沮丧地说。说这话时，他正在打瞌睡。

“但那个恶魔怎么知道我们把照片放在哪里的？”

“我们在和聪明人打交道，”区特威克叹了口气说，“相当聪明的家伙。”

“真不知道那个牛仔还有这一手。”莫尔斯的口气中包含了明显的羡慕之情。

接下来的四十英里谁也没有开口说话。莫尔斯集中精力打破之前的行驶速度纪录，根本顾不上说，而区特威克，为此几乎吓得不能呼吸了。

到达贝星斯托克小镇的时候，区特威克终于开了腔：“莫尔斯，仔细想想。我要你帮我列个单子，我要知道里弗斯米尔德附近所有能藏人的地方：空房子、废弃的矿井、山洞，什么都行。”

“地方太多。你是说人能藏在里面的地方吗？”

“不是！是任何一个能藏人的地方。”

莫尔斯吹了声口哨：“哦，你是说他把戈尔小姐抓起来了，逼她写的那封信？”

“差不多。请想一想，这太重要了。”

莫尔斯思考了一会。“好吧，”他笑了一声，“一时之间我能想到几个。乡下有个地方，有很多洞穴和采石场。要搜遍那里得用一周时间。”

“如果是那样，”区特威克的脸晴转多云，“如果是那样，我们必须采用直接的方法。我们必须抓住班森本人。”

“我愿意参加。”莫尔斯热情地说。

中间休息的时候，速度计上的指针滑落到六十以下，他们乘机讨论了一下细节。由于这不是体育比赛，所以像比赛规则这样的阻碍因素都应该排除在外。目的就是从班森口中得到真相，而且要速战速决。莫尔斯和区特威克的身材都很矮小，不是班森的对手，所以他们决定把看守也叫来帮忙。他是个结实的年轻人，莫尔斯最喜欢他。他们三个人在一起，班森绝没有逃脱的可能。

到达里弗斯米尔德之前，两个人都没有再说话。他们走进大门时，莫尔斯看了下手表。从伦敦到这里的133英里路程，他们只用了两小时四十分钟。

年轻的看守格里格斯正和看守总管在乡村小屋外聊天。莫尔斯停下来让他上了车，并且在路上简要地解释了一下情况。格里格斯是个聪明的年轻人，他好像很快就明白了自己的职责，咧着嘴笑了笑。

简短地说，格里格斯在一处林中空地附近下了车，区特威克和他待在一起，莫尔斯进屋去找班森，看他是否还在那儿。一眨眼的工夫，他就把班森带出来了。班森一看到两个人站在树下表情严肃地等着他，就预感到事情不对头，想转身逃跑。莫尔斯在后面，手里挥舞着一根短棒。班森又犹豫了一下，格里格斯乘机扑过去，一下子扭住了他的耳朵。班森就这样被拎了起来。

他重重地摔在刚才被拎起来的地方,愤怒地大喊大叫,嚷嚷着问他们知不知道自己在干什么。

“戈尔小姐在哪儿,你这恶棍?”区特威克的眼睛里满是愤怒。

“戈尔小姐?”他吼道,“没听说过。你们三个马上给我滚。”

“格里格斯,揍他,”区特威克在一旁喊道,“用不着同情他。”

但是,班森好像并不想说实话。

“揍他,格里格斯,揍他,”区特威克恳求说,“不要拘泥于小节,没有时间了。”

格里格斯想了一下,然后冲到林中空地旁边,从榛树上用力拧下一截粗树枝。“我会让这个硬骨头开口的。”他一边咬着牙说,一边积蓄着力量。

“戈尔小姐在哪儿?”区特威克尖声重复道。

只打了几下,挣扎着的身体就吃不消了。

“停下来,我告诉你们。”格里格斯在一旁警惕地准备着。“在冰屋。”班森面有愠色地说。

“她还活着吗?”

“她当然还活着。”

“冰屋?”莫尔斯询问说。

“我明白他的意思。阁下,”格里格斯说,“那是他们夏天用来储存冰块的地下室,我听说过,那里已经荒废很多年了。那外面还有扇门,就在这附近。我们能去看看吗,阁下?”

“可以，带上那个家伙和我们一起去。如果她不在那儿，我们就向他的国家借个点子，动用点私刑。我真希望把他吊死。”

但是，这样极端的办法看来用不上了。戈尔小姐的确在冰屋。但她对于自己得到解救一事一点也不开心。在她的眼里，区特威克就是个多管闲事的人。

几个问题之后，她的态度就改变了。戈尔小姐一直以为警察已经下了拘捕令，是好心的班森救了她，虽然她也承认，吉米（她是这样称呼他的）没有这样无私。

“这么说，你们以前就认识？”区特威克温和地说。

“认识吉米·罗比？可以这样说吧。我们在那边时一起工作。”对于这件事，戈尔小姐很乐意和别人沟通。

“我懂了。”区特威克说道，仿佛这件事根本不出他的意料。

“但这个案子没我的事。”戈尔小姐突然说。

“你他妈说谎！”班森粗鲁地说，“你知道得一清二楚你——”

“格里格斯，把他放在那儿，锁起来，”区特威克突然说，“我稍后再来看他。”格里格斯只推搡了几下就把班森搞定了，然后重重地关上了房门。

“吉米是个胆小鬼。”戈尔小姐轻蔑地说。她好奇地看着区特威克：“他尖叫了吗？”

“还没有，但他会的。”区特威克严肃地说。“你，”他补充说，“也会的。”

“我？”戈尔小姐讶然说道，“你是什么意思？我对这件事一无所知。我一心只想着老太太的钻石。你别把我跟别的事扯在一起。”

“那么，今早你写的那封信呢？”莫尔斯皱着眉问。

“信？”戈尔小姐重复道，这次她真的感到惊讶了，“什么信？我不知道你说的什么信。”

“我来处理这件事吧，莫尔斯。”区特威克看着一旁莫尔斯建议说。他转向戈尔小姐，然后很和善地问她：“你最近一直在敲诈别人，有这事吗？”

一丝惊恐立刻掠过戈尔小姐的脸庞。“你到底想说什么？”她尖声地问，“我根本听不懂。”

“我想你明白我的意思，”区特威克自信地说，好像他已经从戈尔小姐那得到了确切的答案，“我认为是这样。听我说，年轻的女士，那个叫班森的人，我别无选择，只能交给警察。但对于你，我有个想法。如果你答应告诉我真相，并且回答我的问题，我保证在交给苏格兰场的报告中不提你的名字。也许这样做不对，但我说到做到。”

戈尔小姐好奇地看着他：“你是什么人？”

“别管我是什么人，”区特威克庄重地说，“我给你五分钟时间考虑。格里格斯，请看好她，别让她跑了。”他把莫尔斯带到一边，工于心计的戈尔小姐紧紧地盯着两人的背影。

“我们抓到他们了，”莫尔斯等到戈尔小姐听不到的时候兴奋地说，“原来班森真的是职业罪犯，不是吗？对于辛克莱尔家族，这可真是个不错的亲戚。”

“我猜整件事就是这样。”区特威克嘟囔着说。

“吉米·罗比，”莫尔斯心里想，“这个名字和他很相配。昨天他一直就在表演台词。真是太夸张了。”

“是的，”区特威克同意说，“太过详细，是整个案子的破绽，无处不在。”

“直到你开始调查这件事，一切才变得简单明了。顺便提一句，区特威克，我知道这不关我的事，但我想我们应该把戈尔小姐也交给警察。你知道，她是同谋。”

“她是事后同谋，”区特威克承认说，“但从犯罪的角度讲，只是巧合而已。”

莫尔斯看上去很困惑：“事后？事前也是。”

“哦，不，”区特威克坚定地摇了摇头，“不，不。事前不是。”

“但是，如果她真的是同谋，那——”

“她不是同谋！”

莫尔斯凝视着他：“她不是？但是——”

“根本就没有同谋。”

这下子莫尔斯是丈二和尚摸不着头脑了。之后，他的表情又轻松下来：“哦，我明白了。这里面根本就没有同谋。你说的关于那个女服务员的理论不成立，是吗？这样事情就简单了。无论如何，我们已经抓到凶手了。”

“你是说班森？”区特威克很不安地说。

“当然。”

区特威克清了清嗓子。“他不是凶手。”他低声沙哑地说。

“嘿,你们两个,”不远处传来了戈尔小姐的声音,“我已经打定主意了。我会说出我知道的一切。”两个人谁也没注意到她。

“不是——不是凶手?”莫尔斯结结巴巴地说。

“不是。”区特威克费了很大的力气才说出口,“他只是在不经意间被真正的凶手利用了,虽然事后他肯定知道这是起谋杀案。”

“那么,谁——谁才是真正的凶手? 不是——林恩吧?”

区特威克摇了摇头,双眼盯着地面。“不,不是林恩。”他烦躁不安地踩了踩植物的根,“莫尔斯,我担心这件事对你来说是个沉重的打击。巨大的打击。但我想你最好现在就知道答案。”

莫尔斯的脸已经没有了血色。“上帝啊,”他小声说,“你不是指——你不是指——”

“是的,”区特威克看向别的地方低声说,“是她。茱蒂·辛克莱尔。”

## 15

# 使　者

梅宝夫人把盛橄榄的盘子朝区特威克推了推，告诉服务员快点把酒端上来。区特威克一边若无其事地吃着橄榄，一边小口品着鸡尾酒。他就像个不小心走进女子蒸汽室的男人，在可以逃走之前拼命躲避着别人的目光。

“你以前从没在女子俱乐部里吃过饭吗，区特威克先生？”微醉的梅宝夫人微笑着说。

“呃——是的，”区特威克承认说，“从没有过。”从他的表情来看，恐怕他这辈子再也不想到这里来吃饭了。

“这里其实还不错，”梅宝夫人说，“想再来一杯鸡尾酒吗？”

“不了，谢谢，”区特威克说，“真的，谢谢。”

梅宝夫人叫来了服务员。“再来两杯鸡尾酒。我还想喝一杯。”她补充说，她的脸上露出了迷人的微笑，“我不想自己一个人喝酒。你不介意吧？”就这样，在鸡尾酒和迷人微笑的双重作用下，区特威克不再感到那样约束了。

“哦,好吧。”区特威克笑着说。

梅宝夫人等待着第二杯鸡尾酒发挥效力。“现在,”她说,“我想听听完整的故事。每一个细节!”

“可以,”区特威克含糊地说,“当然可以。呃——莫尔斯好多了,你是这么说的吧?”

“对,我想是的。茱蒂的死对他打击很大,但他意识到这样的结果总比——嗯,总比被逮捕要好。我想,她肯定被定罪了?”

“根据班森提供的证词,她肯定逃不掉。”

“班森怎么样了?”

“非常严厉的判决。他是事后从犯。”

梅宝夫人叹了口气:“区特威克先生,即使到现在我也没搞清楚是怎么回事!”

“什么事?”

“你和茱蒂服毒自杀以及此前供认罪行这件事有关,对吗?”

区特威克看上去很不自在:“其实,梅宝夫人——”

“如果这件事需要保密,我肯定不透露给任何人。你究竟做了什么,区特威克?”

“我……嗯!这件事是需要保密,但也许……和班森聊过之后,我确信(正如我想象的那样)他是因为急于保命才供出了辛克莱尔夫人,我就找了个借口,支开了莫尔斯,然后往奇斯维克打了个电话。辛克莱尔夫人还在那里,我很坦白地告诉她发生了什么事，我说自己别无选择，只能把这事交给警方处理，但不是现在，至少要三小时以后，等我再回到伦敦的时候。我必须得承认，”区特威克愧疚地说，“我说得很坦白，凶手肯定会被定罪，不可能有逃脱的机会，她只是选择了更简单的一种方式作为回应。愿赌服输。”区特威克回想起他和茱蒂的那段可怕的对话后叹了一口气说。就是在那段对话中，电话中另一端的女人被轻而易举地判了死刑。茱蒂·辛克莱尔也许是个冷酷无情的女人，但同时也很勇敢。

“关于那封认罪信的故事，我暗示说，她应该写下真实的情况，而不是让别人相信从班森口中得知的消息，她立刻答应了。她好像不怨恨任何人，不恨自己的丈夫，甚至不恨班森。我记得，她对我说，靠在坏掉的芦苇上是个错误，但问题是，你不靠上去，你就永远不知道它已经坏掉了。打完电话，她肯定直接回安妮皇后区了，然后写下了认罪书，服下了氢氰酸。”

“是害人之后剩下的毒药，”梅宝夫人严肃地说，“这故事既悲惨，又讽刺。之后你就去了苏格兰场。他们对你说了什么？”

“一开始没说什么。”回忆起当时的情况，区特威克怎么也忍不住想笑。他刚开始叙述这个故事的时候，莫司比一副忍俊不禁、怀疑的神情，当他拿出证据时，莫司比又换了副表情，嘴巴张得老大，很好笑，而当格里格斯和莫尔斯带着他们的囚犯又说了一个版本的故事给莫司比听时，他又摆出一副严厉的官老爷样子。“但后来他们非常友善。”区特威克补充说，因为他又记起莫司比事后确实表扬了他，而且助理警察局局长也对他很热情。

“他们立刻放林恩走了？”

“正式手续一办好他就可以走了。呃——自从那天起，我还没见过他。他怎么样？”辛克莱尔少校感谢区特威克为自己的事所付出的努力，但同时也暗示说，如果区特威克从未插手过此事他会更感激他。

“他会好起来的。人们都这样。他现在伤心很正常。你知道，他爱茱蒂。如果不是那封认罪信，他怎么都不会相信她有罪。但我不知道，”梅宝夫人一边思考一边说，“整个过程中他是不是真的没有怀疑过她。”

“为了他的妻子保持沉默，”区特威克思索着，“他真了不起。”

“是啊，林恩就是那种人。”

吃过了开胃小吃，服务员又端上来一盘小菜，替他们斟上了莱茵白葡萄酒。

“但是，我不明白，”梅宝夫人说道，“茱蒂为什么这样做。我们都那么喜欢她。她一定是个魔鬼，她怎能欺骗我们所有人呢？”

“她天生就是个演员，”区特威克立刻回答说，“虽然她曾经在舞台上展示过，但是，她的才能根本不需要通过舞台来体现。她的一生都在扮演一个角色——这个角色的性格就是她想展示给她的朋友们看的性格。其实，她是个既冷酷又残忍的女人，她对贫穷一直感到恐惧，又习惯挥霍无度，充满自信，而且野心勃勃。”

“你怎么知道的？”梅宝夫人很羡慕地说。

区特威克想了想：“我想，这一切都是从她的童年开始的。贫穷的经历使她终生难忘。而与你们在一起时所享受的奢华让她渴望得到眼前的一切。她认为有了辛克莱尔少校就能拥有财富，虽然他本人并不富有，但他有个有钱的姑姑，而且是财产继承人。这个人向她求了婚，她等了一年才同意，因为她想看看这个男人的前途究竟如何。但是，这个有钱的老太太还没有死，少校的收入仅够两个人维持生计，她发现自己不得不比单身时更注意隐藏真实的自己。而且，她一直担心辛克莱尔女士会极力反对他们的婚事，甚至会为此修改遗嘱。”

“是这件事让她动了杀机，想通过这办法彻底解决问题？”

“不单单是这件事。我想，还有另外一个动机。”

“什么动机？”

区特威克看上去有点尴尬：“你真的想知道？这件事多少和你有点关系，讲出来也许你会不高兴。”

“我还是想知道，告诉我吧。”

“好吧，我想主要的原因是你弟弟深深地爱着她。我觉得他一直都爱她，只是茱蒂结婚的时候他还太年轻，所以茱蒂没仔细留意过他。”

“哦！”梅宝夫人的脸色有些发白，“这真是——令人讨厌。你的意思是说，她不仅想杀死辛克莱尔女士，如果能除掉林恩就更好了，这样她就有机会成为公爵夫人了？”

“不，而是她一定会成为公爵夫人，”区特威克纠正道，“她下了很大的赌注。”

“多么——多么可耻。”

他们安静地坐在那儿，等服务员撤走了盘子，端上来新的菜肴，梅宝夫人才开口说话。她接着刚才的话题：“为什么让那个班森模仿林恩？”

“在你看来是这样。而他这样做，却另有原因。”

“我一直没有弄明白。把整个阴谋说给我听听，区特威克先生，从头开始说。”

“好吧，”区特威克往嘴里塞了一大块烤鸭，若有所思地用勺子追逐着盘子里散得到处都是的豌豆。借着酒精的作用，他不再那样局促不安了，而且已经做好长篇大论的准备。“整件事是从戈尔小姐开始的，她是这么称呼自己的（我认为这个很有可能是她的真实姓名）。你知道，她是个职业罪犯。她很聪明，因为她知道如何利用自己掌握的信息。她第一次见到总探长莫司比和我时讲的故事是真的，至少现在看来是这样，她从没有被人怀疑过。美国方面也找不到证据抓她，她总能成功逃脱而不暴露行踪。”

“她在辛克莱尔女士身边谋了个差事，就像之前那样，陪在有钱的老妇人身边，趁机向她那些有钱的朋友们下手。在这种情况下，她表现得像部高效率的机器，她没有其他女性的那些弱点，比如迷恋漂亮衣服之类的东西，她表现得很出色，一切都显得那么自然，她是个办事效率极高的人。”

“她在辛克莱尔女士身边工作的时候，时不时听她提起少校的那位住在美国的表弟，一开始，她并没有留意，慢慢地，她知道了那个人的名字、相貌特征和其他一些细节，她意识到这个人她可能认识，而且合伙作过案——他总是一味地逢迎别人，是个胆小鬼，办不了什么大案子，只是小偷小摸而已。而戈尔小姐自己，却是个精明的罪犯，她打心眼儿里瞧不起他，但她觉得可以利用一下这个人帮自己达到目的。于是，她给他写了一封信，向他描述了这里的情况，建议他现在马上过来，因为她已经想好了全盘计划，可以帮他谋取老太太的一大部分财产。班森立刻赶了过来。”

“戈尔小姐的计划主要源自两件事。第一，辛克莱尔女士在对待婚姻这件事上要比少校想象得认真得多，她的确想过修改遗嘱，如果辛克莱尔少校敢贸然把自己已经结婚的事实告诉他姑姑，戈尔小姐再从旁煽风点火，辛克莱尔女士肯定会修改遗嘱。第二，辛克莱尔女士有心脏病，她知道自己最多只能再活几个月，虽然她一直没有告诉少校自己的病情，但她对病情心里有数。她觉得没有必要大惊小怪，能再活上段日子已经足够了。戈尔小姐抓住了最关键的一点，如果辛克莱尔女士确实修改过遗嘱，那就证明她死期将至，恐怕来不及和少校和好如初了，这样一来，她有可能在临死前再次修改遗嘱。”

“让别人模仿辛克莱尔少校也是戈尔小姐想出来的吗？她知道班森善于模仿，如果他装扮成少校的样子去见她，在那种场合下，穿帮的概率会最小，他可以趁机把自己已经结婚的事透露给她，受到这样的挑衅，她永远也不会原谅他了。这就是戈尔小姐的整个计划。其他部分都是辛克莱尔夫人想出来的。”

"戈尔的这招很高明。"梅宝夫人评价说。

"非常高明。实施计划的时候也很高明。她选择皮卡迪利王宫大酒店的会馆作为会面地点,那里很嘈杂,辛克莱尔女士会感到不适应,会犯糊涂。而且,没有眼镜(这对戈尔小姐来说很容易,她随便把眼镜藏在什么地方都行),她就看不清楚,会更加不知所措。同时,戈尔小姐也有办法让辛克莱尔女士同意约在那种地方见面。她只需要在辛克莱尔女士写给少校的信中把见面地点改成皮卡迪利王宫大酒店,再把见面由原来的两点半改成三点半,之后再告诉辛克莱尔女士,少校只同意在那个地方和她见面。莫尔斯猜得很对。戈尔小姐就是这样做的。"

区特威克靠在椅背上摆弄着眼镜,任凭酒精在体内发挥作用,他们吃完了烤鸭,服务员又端上来一份咸味点心,一篮水果,还有一杯波尔图酒。

一切都上齐了,没有服务员来打断他们,两个人这才继续刚才的话题。"茱蒂参与进来时因为——哦,你继续吧,区特威克先生。你讲得很生动,思路清晰,不像我从别人嘴里套出来的小道消息的那种感觉。"

"好的,"区特威克继续说,"辛克莱尔夫人加入进来是因为班森,他不满意戈尔小姐承诺说要给他的那部分利益,虽然他自己不想付出太多,却想要份大的。他和戈尔小姐都没有提分赃的比例,但我猜两个人为此肯定吵得很凶。因为计划的始作俑者是戈尔小姐,她肯定要拿多的那份,班森只能得到一小部分。他根本没考虑到这个计划是戈尔小姐想到的，没有她的安排，他们俩谁都甭想从辛克莱尔女士手里得到一毛钱。班森考虑再三，他决定无论如何也不能让自己处于下风，于是就想出卖(应该是这个词没错)戈尔小姐。他开始和其他人接触，看看能从对方那里得到什么好处。考虑到这件事非常重要，他没敢去找少校，因为少校很可能会一脚把他踢下楼，但辛克莱尔夫人不会这样做。班森就是这种人，这样的非法交易他通常会找女人来合作。”

“我不知道辛克莱尔夫人当时是否已经考虑过用这么激烈的手段谋求属于林恩的那部分财产，但从她愿意利用戈尔小姐的计划这一点来看，她可能有过这种打算。现在我才明白，是她一直坚持隐瞒他们的婚事，也许辛克莱尔少校认为他姑姑的威胁不是认真的，但茱蒂不这么想。无论如何，据班森所说，她毫不犹豫地抓住了这个机会，而且立刻采取了行动。当然，戈尔小姐对此一无所知，她一直被蒙在鼓里。

“班森不知道这会是起谋杀案。他只是辛克莱尔夫人手中的一枚棋子。我想他一定是中了辛克莱尔夫人的魔法，她让他做什么，他就做什么。辛克莱尔夫人告诉他可以按照戈尔小姐的计划行事，但这样做是为了他自己的利益。如果他态度强硬，可以把得到的一切据为己有，不分给戈尔小姐任何东西。如果他能按照辛克莱尔夫人补充的计划来做，她答应帮她除掉戈尔小姐，让她什么也得不到。

“当然，要找一个原因让班森相信她不希望辛克莱尔女士把钱留给自己的丈夫是不太容易的，无论这个理由合不合理，总之，她告诉班森，少校是个挥霍无度的人，对她极其恶劣，她正准备离开他，为了报复，她希望他一毛钱也得不到。我们当然不会相信，但辛克莱尔夫人就是会装腔作势，她会编出一个令人相信又感人的故事，绘声绘色地加上些根本没有的细节，让班森相信少校对她的虐待已经让她忍无可忍，这样一来，被说服的班森就会乖乖听命于她了。他要做的第一件事就是戴上戈尔小姐替他买来的红色假发，装扮成辛克莱尔少校（假发肯定使他看上去更像少校），去几家化学品商店去买氢氰酸，不必太招摇，但要让店里的人记住这件事。

“辛克莱尔夫人很难为此找到一个合适的理由，她告诉班森这样做是为了使别人相信辛克莱尔少校正考虑毒害自己的姑姑。她认为，这样一来，他们之间的关系就再也没法修复了。为此，她还说服班森在酒店和辛克莱尔女士会面时，倒几滴液体在她的咖啡里，液体和装液体的小瓶由自己提供。她说这种液体只是一种强效泻药，辛克莱尔夫人会生一场小病，她可能会想到自己被人下了毒，于是，少校试图买过氢氰酸的故事就会被扯出来。她还补充说，如果有可能，附近最好能有什么人看到少校往辛克莱尔女士的咖啡里滴了几滴东西。我就是这样被牵扯到这件事里来的。

“班森以为所有这些事会给他带来巨大的利益，所以一点也没有怀疑过这背后还涉及辛克莱尔夫人自己的利益，于是，毫不犹豫地按原计划行事了。辛克莱尔夫人提前想好了每一个步骤，甚至包括班森叫来服务员撤走空杯子这样的细节。辛克莱尔夫人找借口说她有其他事要做，其实是去换服务员的衣服，以便接近他们。辛克莱尔女士喝咖啡的时候，班森替她点了一杯樱桃酒，茱蒂知道那是辛克莱尔女士最喜欢的酒。”

“她待在那儿会冒很大的风险，”梅宝夫人思索着说，“那些服务员相互都认识。这样的一张面孔肯定会被人立刻认出来。”

“是在冒险，但那个地方太大了。其中有个女服务员确实和她说过话，但她应对自如。她当时立即回答说她是烧烤部新来的服务员，刚才有个客人光顾过那里，她是被派过来送餐的。警察后来才查出来，但当时那个女孩一点也没有怀疑她的身份。辛克莱尔夫人就这样化险为夷了，她是个出色的演员。”

“剩下的部分和我对你弟弟讲得差不多。”区特威克自豪地说。他又叙述了一遍自己的那套理论，凶手如何下的毒，氢氰酸为什么会被留在空的咖啡杯里，又是怎样把留有少校指纹的小瓶放在辛克莱尔夫人手里的。

“你真的猜中了所有的事？”梅宝夫人很敬佩地说。

“为了解释这些事，我也只能这么假设了。”区特威克谦虚地说。“当然，我必须借鉴归纳的方法。”他补充说。他的意思好像是在说每个人都能做到。

“你一直都认为茱蒂是凶手吗？”

“哦，不。天啊，不。我必须得承认，我曾经一度认为凶手是戈尔小姐。这种感觉很强烈。但我怎么也想不出她这么做有什么动机。戈尔小姐没理由要杀死辛克莱尔女士，她更希望她能活着。

班森也是。我原来一直怀疑他,但我不相信他会是凶手,如果他在辛克莱尔女士把遗嘱作了有利于他的修改之前就动手杀了她,太不明智了,所以,杀人之后的利益分配和动机就都指向了一个人,这个人就是辛克莱尔夫人。即便如此,我还是不能肯定,直到我知道有人以我的名义取走了那些照片,我才知道答案。她是唯一一个会这样做的人。但她一向谨慎,她派了一个信差去取照片,只要支付一个先令就有人愿意替她跑腿。当我敲门里面没人答应时,我几乎可以肯定她是出去拿照片了。”

“你拍照片是为了认人?”

“是的,有一张放大的照片是班森,另一张就是辛克莱尔夫人。事情进展太快,所有工作都由警察接手了。”

“他们确定茱蒂就是案发前一天在皮卡迪利王宫大酒店租房间的人?”

“是的,她就是在那儿换上的服务员的衣服。”

“但他们没查出她在哪儿买的毒药,对吗?”

“是的。我想,她很多年前就买了这种药,一直藏在什么地方,不知道何时会派上用场,也不害怕被人发现,当时买来也没有明确的用途。事实上,她一直拥有这种毒药就说明了一切。”

梅宝夫人忧郁地笑了笑:“我还是没办法相信。我一直把茱蒂当成——哦,天啊。你认为她也会杀死戈尔小姐吗?”

“很有可能,”区特威克表情沉重地说,“戈尔小姐太鲁莽了,她跑到酒店去监视自己的计划的进展情况,于是,无意中成为了证人，看到了案子的全过程，还为此勒索过辛克莱尔夫人。辛克莱尔夫人当时并不知道戈尔小姐也在场，以为她说的事只是凭空想象出来的罢了，所以没有理会她。但是，很不幸，我说自己在酒店的时候见过戈尔小姐，这就等于替她签了死亡证书。只要辛克莱尔夫人知道还有这样的证人活着，她就一天都不得安宁。她看到我的怀疑已经一天天接近事实的真相，所以既想除掉戈尔小姐，又想把罪名嫁祸给她。她自己写了一封信，去伦敦把信寄出去，再到奇斯维克来监视我。我必须得承认，有那么几分钟，我真的被这封信给骗了，好在我及时清醒过来。我相信我们是在最紧要的关头救了戈尔小姐一命。的确如此。”

“但是，班森呢？他一定知道是茱蒂谋杀了辛克莱尔女士？”

“他知道。他的问题是他以为（当然，茱蒂事后是这样告诉他的）自己是茱蒂的刽子手。换句话说，他以为自己往辛克莱尔女士咖啡里倒的那几滴液体是氢氰酸（事实上，那只是清水而已）。事后，他不敢把茱蒂供出来，只能尽量躲着她。他们的利益是一致的。除此之外，我对少校的指认也就是对他的指认。辛克莱尔夫人很聪明，她让班森有苦说不出，如果他希望自己没事，就要准备好和她同流合污，甚至在谋杀她丈夫的道路上助他一臂之力。他是个恶棍，无药可救了，”区特威克严肃地说，“但我相信他曾和我说过的一句话，他说这两个月来他就像生活在地狱里一样。”

“为什么茱蒂不直接下毒呢，区特威克先生？我的意思是，在瓶里装上药，然后直接交给班森。这样的话就省了很多麻烦，也不必装成服务员了。”

“这样做太冒险。氢氰酸是种发作很快的毒药，这也是她为什么选择这种毒药的原因。但这种药有种强烈的刺激性气味，如果班森闻一下那个小瓶，他立刻就能闻出来那里面装了什么，肯定会拒绝按她说的做。但事实上，他并没有去闻，所以她才能骗过他，使他相信是自己下的毒。”

“之后他就回美国了？”

“是的。茱蒂让他进退维谷，所以可以尽情地发号施令。班森说他曾经想通过匿名的方式为辛克莱尔少校作证，证明他是无辜的，但这个提议被辛克莱尔夫人断然拒绝了，我怀疑他是否真的为此和茱蒂争论过，她一向都很强势。这件事之后，他就表现得像没事人一样，再没有离开美国。律师们自然追查不到他的行踪，他也不会理会那些广告，但是，他一旦被人找到了，就表现出人们期待的样子——换句话说，他来到这里，如果辛克莱尔少校那时候已经死了，他就可以得到财产；如果她没有死，就假装急于帮助他。他就是这么做的。但他表现得太夸张，就和他在电话里装出阿喀琉斯的语音语调那样，这样做很滑稽。”

“是的，他就是那个样子，完全按照辛克莱尔夫人的指示做。”

区特威克想了想：“我一直认为这件事是个宝贵的线索，虽然它看上去好像意义并不重大。通过这件事，我猜到这个人和罪犯背后的那个人一定和辛克莱尔少校的关系很密切，他们可以在小瓶上印上辛克莱尔少校的指纹这件事进一步证实了我的猜测。正是这件事，使我确信班森这个从未谋面的表弟不会是凶手，在我意识到这个男人并没有把小瓶放在辛克莱尔女士手里时，我就发现了这一点。”

“我不知道你是怎么发现这些的。”梅宝夫人叹了口气说。

“哦，但我曾经犯了很多错误，”区特威克匆忙说，“很多次错误。有很长一段时间，我一直以为罪犯是故意这样安排的，如果别人怀疑到他头上，他就可以顺利脱身。这样想就错了，而且大错特错。很奇怪，这样的错误后来一直指引我找到了正确的答案。”

“我想，所有证据都摆在那里告诉我们真相。哦，那个小瓶。辛克莱尔夫人可以让少校拿着那个小瓶，这样指纹就会留在上面，这并不难办到。比如说，他也许清洗过那个小瓶，还在上面涂了甘油，有些人会这么做，然后她让他把小瓶递给她。案发后，茱蒂这种注意细节的人，可能会再往浴室里放个瓶子替代原来的那个。”

“这就是整个故事，对吗？”

梅宝夫人并没有立即回答。她慢慢地、心不在焉地剥着桃子皮。也许她的思绪又回到了过去，在往日所有的游戏里，那个表情严肃的小女孩都以“让我们假设”作为开头语，而且模仿的部分做得相当不错。梅宝夫人在想，一个人的一生不可能永远都在演戏。

“她知道林恩是无辜的，”她大声说，“和我们大家一样清楚。或者说，她更清楚。她看上去那么伤心。我们一开始还担心她会受不了这样的打击。”

区特威克点了点头：“这就是她的性格。一个招人喜爱的人、一位值得信任的妻子。天啊！”

“但我不明白她为什么让你来里弗斯米尔德，说服你相信林恩是无辜的？”

“顺便问一句，这是谁想的计划？”区特威克问。

梅宝夫人看上去很内疚：“是我想出来的主意。”

“辛克莱尔夫人除了照你说的去做，她还有别的选择吗？不仅要做，还要表现得很积极。她扮演的角色要求她必须这样做。她不惜一切代价也要演好这个角色。”

“我明白了，”梅宝夫人没好气地说，“她准备好为此付出沉重代价了，是吗？”

“呃——嗯，我相信还有……呃——是的。”区特威克很不自在地嘀咕说。

“本性难移，”尽管梅宝夫人话语严厉，但她蓝色的眼睛里却闪着泪花，“其实，比起通俗小说和戏剧的情节，这样的故事太老套，提议太离谱，不是吗？”

“她很善于鉴别她身边这些人的性格，”区特威克一边说，一边试图使自己涨红的脸看起来正常些，“当然，她知道我会拒绝她——嗯！——她的提议。否则……此外，我确信她很享受整个过程。人们会说，她是个完美的妻子。她有机会施展装腔作势的本领了（必须得承认，她的演技一流），而且借机激发了她的幽默感。是的，我相信她非常享受那个——呃——剧情。”

“事实上，她演得如此成功，以致让你改变了初衷而相信了她的话？”梅宝夫人好奇地问。

“的确如此。这就是她整个计划中的唯一破绽，尽管是唯一，但它也是破绽。我想，就是这个破绽帮我找到了答案。辛克莱尔夫人懂得犯罪的艺术，但却不知道什么时候应该停手，什么时候应该尊重简单原则。她以为自己会安然无恙。她知道我不会怀疑自己亲眼所见的事，于是想通过聊天试探试探我。如果那晚她只是适时地展现了自己的魅力而没有画蛇添足地表现出一副痛不欲生的样子，也许她会达到预期目的（她的目的就是让我立刻同意帮她的忙，而不是考虑再三）。”

“也许她演着演着就停不下来了。”梅宝夫人说。

“可能是，但这种缺乏艺术技巧的表演最终让她送了命。冷静的头脑。”区特威克叹了口气，“当她坐在一旁，看着那些她以为永远也不会有人知道的细节被一点点挖出来的时候，真不知道她是什么心情！太可怕了！但她一直神态自若。只有一次，就是当我说戈尔小姐当时也在酒店的那次，她真的失控了。”

“这样的性格太可怕了。就是为了成为公爵夫人？天啊，成为公爵夫人又能怎么样？”梅宝夫人气愤地说。

对于这个问题，区特威克不知道答案，也没有回答。

吉林省版权局著作权合同登记 图字：07-2008-1980号

图书在版编目(CIP)数据

皮卡迪利谋杀案 / (英) 伯克莱著；吴彦妮译. —
长春：吉林出版集团有限责任公司, 2010.9
（古典推理文库）
书名原文: The Piccadilly Murder
ISBN 978-7-5463-3623-7

Ⅰ. ①皮… Ⅱ. ①伯… ②吴… Ⅲ. ①推理小说 - 英国 - 现代 Ⅳ. ①I561.45

中国版本图书馆CIP数据核字(2010)第165122号

皮卡迪利谋杀案

作　　者　[英]安东尼·伯克莱
译　　者　吴彦妮
出　　品　吉林出版集团·北京汉阅传播
策划编辑　渠　诚
责任编辑　顾学云
封面设计　未　氓
开　　本　650mm×950mm　1/16
印　　张　18.5
版　　次　2010年9月第1版
印　　次　2017年7月第2次印刷

出　　版　吉林出版集团有限责任公司
发　　行　北京吉版图书有限责任公司
地　　址　北京市宣武区椿树园15—18号底商A222
　　　　　邮编：100052
电　　话　总编办：010—63103398
　　　　　发行部：010—63104979
网　　址　http://www.jlpg-bj.com/
印　　刷　三河市京兰印务有限公司

ISBN　978-7-5463-3623-7　　定价　46.00元



投稿热线：010—63109462—1040